Bibliothek der Abenteuer

Jules Verne

DIE REISE ZUM MITTELPUNKT DER ERDE

EIN WINTER IM EIS

Jules Verne

Die Reise zum Mittelpunkt der Erde

Aus dem Französischen übertragen
und bearbeitet von Hans Eich

Ein Winter im Eis

Nach einer alten Übersetzung
bearbeitet von Hans Küfner

Arena

Die Reihe »Bibliothek der Abenteuer«
wird herausgegeben von Heinrich Pleticha

Die Deutsche Bibliothek – CIP-Einheitsaufnahme

Verne, Jules:
Die Reise zum Mittelpunkt der Erde / aus d. Franz. übertr. u. bearb. von Hans Eich.
Ein Winter im Eis / nach e. alten Übers. bearb. von Hans Küfner.
Jules Verne – 4. Aufl. – Würzburg: Arena, 1994
(Bibliothek der Abenteuer)
Einheitssacht.: Voyages au centre de la terre ‹dt.›
Einheitssacht.: Un hivernage dans les glaces ‹dt.›
d. beigefügten Werkes
ISBN 3-401-04312-9
NE: Eich, Hans [Bearb.]; Verne, Jules: [Sammlung ‹dt›]

4. Auflage 1994

Originaltitel: »Voyages au centre de la terre«
und »Un hivernage dans les glaces«
Übersetzung und Überarbeitung von »Die Reise zum Mittelpunkt der Erde«
von Hans Eich
Bearbeitung einer alten Übersetzung von »Ein Winter im Eis«
von Hans Küfner
Einbandgestaltung: Karl Müller-Bussdorf
Gesamtherstellung: Chemnitzer Verlag und Druck GmbH,
Werk Zwickau
ISBN 3-401-04312-9

Jules Verne

DIE REISE ZUM MITTELPUNKT DER ERDE

Ich stelle meinen Onkel vor

Am 24. Mai 1863, an einem Sonntag, das werde ich nie vergessen, kam mein Onkel, der ehrenwerte Professor Otto Lidenbrock, überstürzt und aufgeregt nach Hause. Ich sah eben aus dem Fenster, als er die Königsstraße entlangstürmte, eine der ältesten Straßen Hamburgs.

Seine Wirtschafterin, die gute Martha, war ganz durcheinander. Sie meinte, sie hätte sich vielleicht in der Zeit geirrt, denn das Essen begann eben erst zu brodeln.

»Schon gut«, sagte ich, »es ist alles halb so schlimm, wenn nur der Onkel keinen allzu großen Hunger mitbringt, sonst schreit er ungeduldig Zeter und Mordio!«

»Herr Lidenbrock ist ja schon da!« rief die gute Martha erschrocken und öffnete einen Spaltbreit die Tür zum Speisezimmer.

»Ja, Martha, aber das Essen kann schon noch etwas kochen, denn die Uhr der Michaelskirche hat eben erst halb zwei geschlagen.«

»Warum kommt denn Herr Lidenbrock heute vor der gewohnten Zeit nach Hause?«

»Weiß ich's? Das wird er uns schon noch verraten.«

»Ich verdrück' mich lieber. Herr Axel, bringen Sie ihn bloß zur Vernunft!«

Und die gute Martha verschwand wieder in ihrer Küche. Ich blieb allein. Aber einen zornigen Professor zur Vernunft zu bringen schien mir jungem Dachs fast unmöglich. Schon war ich im Begriff, mich vorsichtshalber in mein Zimmer hinaufzubegeben, als die Haustür, rasch aufgerissen, mißtönig in den Angeln quietschte. Mit seinen langen Beinen eilte der Hausherr geräuschvoll die Holztreppe hinauf, quer durch das

Speisezimmer hastig in seinen Arbeitsraum. Als er vorbeirannte, warf er seinen Stock mit dem Kopf eines Nußknakkers am Griff in eine Ecke und seinen gegen den Strich gebürsteten Hut auf den Tisch. Mir aber schrie er zu: »Axel, komm her!«

Ich hatte kaum Zeit, mich vom Fleck zu rühren, als der Professor schon ganz ungeduldig rief: »Zum Kuckuck, wo bleibst du denn?«

Schnell eilte ich ins Zimmer meines polternden Onkels.

Otto Lidenbrock ist eigentlich kein böser Mensch, das gebe ich gern zu; aber wenn er sich nicht noch etwas ändert, was ziemlich unwahrscheinlich ist, so wird er einmal als schrecklicher Sonderling sterben.

Er war Professor am Johanneum und hielt Vorlesungen über Mineralogie. Dabei geriet er regelmäßig in heftigen Zorn. Es lag ihm wenig daran, ob die Schüler seine Vorträge fleißig besuchten, ihm aufmerksam zuhörten und Fortschritte machten. Er lehrte im wahrsten Sinne ganz »subjektiv«, daß heißt, für sich selbst und nicht für andere. Er war ein nur auf sich bezogener Gelehrter, ein Brunnen des Wissens, dessen Rolle knarrte, wenn man einen vollen Eimer heraufziehen wollte: Kurz gesagt, er war ein Geizhals, der sein Wissen am liebsten für sich behalten hätte.

Leider hatte mein Onkel eine etwas schwerfällige Aussprache, weniger im vertrauten Kreis als in der Öffentlichkeit, ein höchst bedauerlicher Mangel bei einem Redner. Oft blieb der Professor bei seinen Vorträgen im Johanneum plötzlich stekken; er kämpfte mit einem widerspenstigen Ausdruck, der nicht über seine Lippen wollte, der sich sträubte und aufblähte, bis er ihm schließlich in der wenig wissenschaftlichen Form eines Fluches herausfuhr.

Nun gibt es aber in der Mineralogie viele halbgriechische, halblateinische Bezeichnungen, so unaussprechbar, holprig

und roh, für den Mund eines Dichters eine wahre Qual. Ich will dieser Wissenschaft bestimmt nichts Übles nachsagen. Doch selbst die gewandteste Zunge stolpert über Begriffe wie: retinasphaltische Harze, Mangantungstenit, Kalziumtitanatsilikat, Kristallisationsdifferentiation, Ammoniummolybdat, Pentlandit und Zirkontitanit.
In der Stadt kannte man diese verzeihliche Schwäche meines Onkels und machte sich über ihn lustig. Man belauerte ihn, wartete auf verfängliche Stellen in seinen Vorträgen und lachte dann, was ihn zum Zorn reizte. Die meisten Zuhörer Lidenbrocks kamen nur, um sich an dem ergötzlichen Treiben des Professors zu belustigen.
Trotz alledem, ich muß es immer wieder sagen, war mein Onkel ein wahrhafter Gelehrter. Obwohl er manchmal bei allzu lebhaften Versuchen seine Musterstücke zerschlug, vereinte er in sich den durchdringenden Verstand des Geologen mit dem scharfen Blick des Mineralogen. Mit seinem Hammer, seiner stählernen Spitzhacke, seiner Magnetnadel, seinem Lötrohr und seinem Fläschchen Salpetersäure war er groß in seinem Fach. Er verstand es, jedes beliebige Gestein nach dem Bruch, dem Aussehen, der Härte, der Schmelzbarkeit, dem Ton, Geruch oder Geschmack ohne zu zögern in die sechshundert heute bekannten Gattungen einzureihen.
Daher hatte auch der Name Lidenbrock einen guten Klang bei den hohen Schulen und den gelehrten Vereinigungen. Die Herren Humphry Davy und Alexander von Humboldt und verschiedene andere Forschungsreisende besuchten ihn in Hamburg. Hervorragende Chemiker baten ihn um Auskunft über wichtige Fragen ihres Fachgebietes. Die Wissenschaften verdankten meinem Onkel manche Entdeckungen, und im Jahre 1853 war in Leipzig der Versuch einer transzendenten Kristallographie in Großfolio mit Abbildungen von Otto Lidenbrock erschienen, ein Werk, das freilich nicht ein-

mal die Kosten deckte. Zudem war mein Onkel Konservator am Mineralogischen Museum des russischen Gesandten Struve, einer Sammlung von europäischem Ruf.

Dieser Mann also rief mich jetzt ungeduldig herbei. Ein großer, magerer Mensch von eiserner Gesundheit, blond und jugendlich aussehend, so daß er mindestens zehn Jahre jünger wirkte, als er tatsächlich war. Seine großen Augen rollten ständig hinter einer schweren Brille; seine Nase, lang und fein, glich einer scharfen Klinge – böse Zungen behaupteten, sie wäre mit einem Magneten bestrichen und zöge den Eisenstaub an sich. Das war aber die reinste Verleumdung, denn sie zog nur Schnupftabak in sich ein, und zwar in reichen Mengen.

Wenn ich noch hinzufüge, daß mein Onkel, mathematisch gemessen, drei Fuß lange Schritte machte, und ferner bemerke, daß er mit festgeschlossenen Händen einherging, was eine heftige Gemütsart verrät, so kennt man ihn genügend, um auf seine Gesellschaft keinen besonderen Wert zu legen.

Er wohnte in der Königsstraße Nr. 19 in seinem eigenen kleinen Haus, halb aus Holz und halb aus Ziegelstein, mit ausgezacktem Giebel. Es lag an einem der Kanäle, die sich durch die Hamburger Altstadt schlängeln, und war von dem großen Brand im Jahre 1842 verschont geblieben. Das Dach saß schon so schief wie einem Studenten die Mütze auf dem Ohr. Das alte Haus neigte sich bereits ein wenig, und man durfte kein Senkblei mehr an seine Seiten legen, aber im ganzen hielt es sich noch gut, dank einer kräftigen Ulme auf der Vorderseite, die im Frühling ihre blühenden Zweige durch die Fenster trieb. Dennoch konnte man meinen Onkel für einen deutschen Professor wohlhabend nennen. Das Haus mit der gesamten Einrichtung war sein Eigentum. Zu den Bewohnern gehörten auch sein siebzehnjähriges Patenkind

Gretchen aus den Vierlanden bei Hamburg, die gute Martha und ich. In meiner doppelten Eigenschaft als Neffe und Waisenkind war ich ihm Gehilfe und Handlanger bei seinen wissenschaftlichen Versuchen.

Ich gestehe, daß ich für die Geologie viel übrig hatte; in meinen Adern floß sozusagen mineralogisches Blut, und in der Gesellschaft meiner kostbaren Gesteine langweilte ich mich niemals.

In diesem kleinen Haus in der Königsstraße konnte man schon glücklich leben, trotz aller Ungeduld seines Besitzers, denn wenn er auch etwas herrschsüchtig war, so liebte er mich doch auf seine Weise. Aber dieser Mann verstand nicht zu warten, und er eilte sogar der Natur voraus. Wenn er im April in seine Blumentöpfe Reseda oder Winde pflanzte, zupfte er jeden Morgen an ihren Blättern, um ihr Wachstum zu beschleunigen.

Bei einem solchen Sonderling blieb einem nichts anderes übrig, als ihm zu gehorchen. Und so stürzte ich denn in sein Arbeitszimmer.

Bücher sind wichtiger als ein Mittagessen

Das Arbeitszimmer meines Onkels glich nahezu einem Museum. Da waren alle Musterstücke mit Namensschildchen versehen, in der vollständigsten Ordnung aneinandergereiht nach den drei großen Abteilungen der brennbaren, der metallischen und steinartigen Mineralien.

Wie war ich mit diesem Spielzeug der mineralogischen Wissenschaft vertraut! Wie oft hatte ich schon, anstatt mit gleichaltrigen Kameraden meine Zeit zu vertrödeln, lieber diese Graphite, Anthrazite, Lignite, die Steinkohlen und Torfe abgestaubt! Natürlich auch die Harze, Erdharze und organischen Salze, die man vor dem kleinsten Staubkörnchen schützen mußte. Dazu die Metalle, vom Eisen bis zum Gold, deren bedingter Wert vor der völligen Gleichheit der wissenschaftlichen Gattungen verschwand! Und schließlich alle Steine, womit man das Haus in der Königsstraße hätte neu aufbauen können, mit einem netten Zimmer, das ich mir eingerichtet hätte!

Als ich nun das Arbeitszimmer betrat, dachte ich keineswegs an all diese Wunder, mein einziger Gedanke galt meinem Onkel. Er war fast vergraben in seinem großen, mit Utrechter Samt ausgeschlagenen Lehnstuhl und hielt ein Buch in der Hand, das er begeistert anschaute.

»Welch ein Buch! Welch ein Buch!« rief er aus.

Dieser Ausruf erinnerte mich daran, daß der Professor Lidenbrock zu gewissen Zeiten auch ein ausgemachter Büchernarr war. Indes hatte ein alter Schmöker in seinen Augen nur dann einen besonderen Wert, wenn er schwer aufzufinden oder zumindest unleserlich war.

»Na«, sagte er, »siehst du denn nicht, was ich da habe? Das

ist ein unbezahlbares Kleinod, das ich heute morgen bei Hevelius aufstöbern konnte.«

»Prachtvoll!« erwiderte ich mit erheuchelter Begeisterung. Im stillen aber dachte ich, was für ein Lärm wegen eines alten Buches in Kalbsleder, eines vergilbten »Schinkens« mit verblaßtem Buchzeichen!

Die schwärmerischen Ausrufe des Professors wollten überhaupt nicht enden. Er fragte sich selbst und antwortete darauf: »Sieh mal an, ist das nicht herrlich? Ja, das ist wunderbar! Was für ein Einband! Wie leicht man es aufschlägt! Und wie ausgezeichnet sich die Blätter zusammenschließen, nirgends klaffen sie auseinander. Und an diesem Rücken sieht man nach sieben Jahrhunderten noch keinen einzigen Riß!«

Während mein Onkel so verzückt daherredete, öffnete und schloß er immer wieder das alte Buch. Ich konnte nichts Besseres tun, als ihn nach dem Inhalt zu fragen, obwohl der mich nicht im geringsten kümmerte.

»Wie ist denn der Titel dieses merkwürdigen Buches?« fragte ich hastig.

»Dieses Werk«, erwiderte mein Onkel lebhaft, »ist die Heimskringla von Snorri Sturluson, dem berühmten isländischen Chronisten des zwölften Jahrhunderts! Es enthält die Geschichte der norwegischen Fürsten, die auf Island herrschten!«

»Tatsächlich!« rief ich so freudig wie möglich. »Sicher eine deutsche Übersetzung?«

»Eine Übersetzung?« fragte verwundert der Professor. »Wozu denn? Es ist ein Originalwerk in Isländisch, dieser prächtigen, reichen, doch so einfachen Sprache!«

»Genauso wie das Deutsche«, fügte ich hinzu.

»Ja«, erwiderte mein Onkel achselzuckend, »nur mit dem Unterschied, daß die isländische Sprache drei Geschlechter bezeichnet, wie das Griechische, und die Eigennamen dekliniert, wie das Lateinische!«

»Ach«, rief ich scheinheilig aus, »wie schön sind doch die Druckbuchstaben!«

»Wieso Druckbuchstaben? Ach, du meinst, das sei gedruckt. Nein, du dummer Kerl, das ist ein Manuskript, ein Manuskript mit Runen!«

»Runen?«

»Soll ich dir dieses Wort erklären?«

»Nein«, sagte ich und tat so, als wäre ich beleidigt.

Doch mein Onkel ließ sich nicht beirren. Er klärte mich über Dinge auf, die ich gar nicht wissen wollte.

»Die Runen«, so fuhr er fort, »waren Schriftzeichen, die seit uralten Zeiten auf Island verwendet wurden. Nach der Überlieferung sind sie göttlichen Ursprungs, von Odin selbst erfunden. So schau doch her, bewundere doch die von einem Gott erdachten Zeichen!«

Wahrhaftig, anstatt zu antworten, fiel ich auf die Knie, eine Antwort, die Göttern und Königen immer gefällt.

Da unterbrach ein kleiner Zwischenfall die Rede: Ein angeschmutztes Stück Pergament fiel aus dem Buch heraus auf den Boden.

Mit wahrer Gier stürzte sich mein Onkel auf diesen Fetzen. Ein alter Wisch, der vielleicht seit unvordenklichen Zeiten in diesem Schmöker lag, mußte ihm unfehlbar als äußerst wertvoll erscheinen.

»Was ist denn das?« rief er aus.

Und sogleich entfaltete er auf dem Tisch ein kleines Stück Pergament, das nur 15 cm lang und 9 cm breit war, worauf in Querzeilen ein unverständliches Gekritzel zu sehen war.

Ich gebe die merkwürdigen Schriftzüge naturgetreu wieder.

Diese seltsamen Zeichen haben den Professor Lidenbrock und seinen Neffen zu dem sonderbarsten Unternehmen des neunzehnten Jahrhunderts veranlaßt!

Der Professor betrachtete sie eine Weile ganz versunken, dann sagte er und rückte seine Brille höher: »Es ist tatsächlich runisch. Diese Zeichen sind denen auf dem Manuskript des Snorri Sturluson völlig gleich! Aber... was mag das nur bedeuten?«

Da mir schien, das Runische wäre eine Erfindung der Gelehrten, um die unwissenden Leute hinters Licht zu führen, war es mir nicht unlieb, daß mein Onkel nichts davon verstand. Das schloß ich aus dem unruhigen Spiel seiner Finger.

»Es ist doch Altisländisch«, brummte er in seinen Bart. Und der Professor Lidenbrock mußte das wohl wissen, denn er galt als ein wahrhaftes Sprachwunder. Die zweitausend Sprachen und viertausend Mundarten, die man auf der Erde kennt, verstand er nicht nur geläufig, sondern sprach auch deren einen guten Teil.

Da schlug die kleine Uhr auf dem Kamin zwei, und die gute Martha öffnete die Tür mit den Worten: »Die Suppe ist aufgetragen.«

»Zum Teufel mit der Suppe«, schrie mein Onkel, »samt der Köchin, und wer sie verzehrt!«

Martha entfloh, ich folgte ihr auf dem Fuße, und ohne zu wissen wie, fand ich mich auf meinem gewohnten Platz im Speisezimmer. Ich wartete ein Weilchen, aber der Professor kam nicht. Zum erstenmal, meines Wissens, fehlte er am Mittagstisch. Und doch, welch ausgezeichnetes Essen: Petersiliensuppe, Eierkuchen mit Schinken in Sauerampfersoße, Klabsnierenbraten mit Pflaumenkompott und hinterher Seekrebschen mit Zucker und ein angenehmer Moselwein. Das alles versäumte mein Onkel wegen eines alten Stückes Papier. Wahrhaftig, als treuer Neffe fühlte ich mich verpflichtet, für uns beide zu essen. Und das tat ich denn auch gewissenhaft.

»Das habe ich noch niemals erlebt«, jammerte die gute Martha, »unser Herr Professor nicht beim Mittagstisch!«

»Unglaublich!«

»Das hat nichts Gutes zu bedeuten!« fuhr die Alte kopfschüttelnd fort.

Meiner Meinung nach aber bedeutete es nur einen fürchterlichen Krach, wenn mein Onkel nichts mehr von dem guten Essen vorfand.

Ich war gerade bei meinem letzten Krebschen angelangt, als mich eine donnernde Stimme den Genüssen des Nachtisches entzog. Mit einem einzigen Satz war ich im Arbeitszimmer des gestrengen Herrn.

Eine rätselhafte Geheimschrift

»Zweifellos sind es Runen«, sagte der Professor stirnrunzelnd.

»Aber ich werde das Geheimnis dahinter schon herausbekommen, sonst . . .« Und eine heftige Bewegung mit der Hand vollendete seinen Gedanken.

»Setz dich dahin«, fuhr er fort und zeigte auf den Tisch, »und schreib!«

Im Augenblick war ich dazu bereit.

»Ich werde dir jetzt jeden Buchstaben unseres Alphabetes diktieren, wie er mit einem dieser Schriftzeichen übereinstimmt. Wir werden ja sehen, was dabei herauskommt. Aber nimm dich in acht, daß du dabei keinen Fehler machst!«

Er fing an zu diktieren, und ich gab mir alle Mühe. Er benannte jeden Buchstaben, einen nach dem anderen, und es bildeten sich folgende unverständliche Worte:

m.rnlls	*esreuel*	*seecJde*
sgtssmf	*unteief*	*niedrke*
kt,samn	*atrateS*	*Saodrrn*
emtnael	*nuacect*	*rrilSa*
Atvaar	*.nscrc*	*ieaabs*
ccdrmi	*eeutul*	*frantu*
dt,iac	*oseibo*	*KediiI*

Als ich fertig war, nahm mein Onkel hastig das Blatt, worauf ich geschrieben hatte.

»Was soll das bedeuten?« wiederholte er.

Weiß Gott, ich hätte es ihm nicht sagen können. Übrigens fragte er mich gar nicht und sprach nur mit sich selbst: »Das nennen wir eine Geheimschrift, worin der Sinn versteckt ist hinter absichtlich durcheinandergewürfelten Buchstaben, die, in gehöriger Folge geordnet, einen verständlichen Satz bilden könnten. Damit wird vielleicht eine große Entdeckung erklärt oder wenigstens angedeutet.«

Ich für meinen Teil dachte, es steckt überhaupt nichts dahinter, aber ich hütete mich wohl, mit meiner Meinung herauszurücken.

Der Professor nahm nun das Buch und das Pergament und verglich beides miteinander.

»Diese beiden Schriften«, sagte er, »stammen nicht von ein und derselben Hand; der Text auf dem Pergament ist späteren Ursprungs als das Buch, wie ich das gleich vorn aus einem unwiderlegbaren Beweis ersehe. In der Tat, der erste Buchstabe ist ein doppeltes M, das sich in Sturlusons Buch nicht findet, denn es wurde erst im vierzehnten Jahrhundert dem isländischen Alphabet hinzugefügt. Demnach liegen wenigstens zwei Jahrhunderte zwischen Manuskript und Geheimschrift.« Das leuchtete mir ein.

»Das bringt mich auf den Gedanken«, fuhr mein Onkel fort, »daß ein Besitzer dieses Buches diese geheimnisvolle Schrift auf dem Pergament verfaßt hat. Aber wer zum Kuckuck war dieser Besitzer? Ob er nicht am Ende seinen Namen irgendwo unter das Manuskript gesetzt hat?«

Mein Onkel schob seine Brille höher hinauf, nahm eine starke Lupe und musterte sorgfältig die ersten Seiten des Buches. Auf der zweiten Rückseite entdeckte er eine Art Fleck, ähnlich einem Tintenklecks; aber genauer betrachtet, konnte man ein paar halb verlöschte Schriftzüge unterscheiden. Mein Onkel begriff sofort, daß dies der springende Punkt war; er machte sich eifrig darüber her und erkannte endlich mit Hilfe seiner Lupe die folgenden Runenzeichen, die er mühelos lesen konnte:

»Arne Saknussemm!« rief er mit dem Ton eines Siegers, »das ist der Name, und noch dazu der isländische Name, eines Gelehrten im sechzehnten Jahrhundert, eines berühmten Alchimisten.«
Ich schaute meinen Onkel etwas verwundert an.
»Diese Alchimisten«, fuhr er fort, »Avicenna, Bacon, Lullus, Paracelsus, waren die einzigen wahrhaften Gelehrten ihrer Zeit. Sie haben unglaubliche Entdeckungen gemacht. Warum sollte nicht dieser Saknussemm unter dieser Geheimschrift eine sonst auffällige Entdeckung verhüllt haben? So muß es sein! So ist es wirklich!«
Über diese Vermutung erhitzte sich der Professor immer mehr.
»Ganz ohne Zweifel«, wagte ich zu antworten, »aber aus welchem Grunde hielt dieser Gelehrte seine merkwürdige Entdeckung geheim?«
»Warum, warum? Weiß ich das? Hat es Galilei nicht ebenso gemacht in Beziehung auf den Saturn? Übrigens, wir werden schon sehen: Ich bekomme das Geheimnis heraus, und ich werde weder essen noch schlafen, bis ich es habe.«
»O weh!« dachte ich.
»Axel, auch du darfst jetzt nicht an Essen und Schlafen denken!« fuhr mein Onkel fort.
»Wie gut», sagte ich zu mir, »daß ich für zwei gegessen habe!«
»Zuerst«, erklärte mein Onkel, »müssen wir herausbekommen, in welcher Sprache diese Geheimschrift abgefaßt worden ist. Das dürfte nicht allzu schwer sein.«
Bei diesen Worten hob ich lebhaft den Kopf. Mein Onkel fuhr in seinem Selbstgespräch fort: »Es gibt nichts Leichteres.

Diese Geheimschrift enthält hundertzweiunddreißig Buchstaben, davon neunundsiebzig Konsonanten und dreiundfünfzig Vokale. Ungefähr dieses Verhältnis findet sich bei den südlichen Sprachen, während die Sprachen im Norden weit mehr Konsonanten aufweisen. Es handelt sich also einwandfrei um eine Sprache des Südens.«

Diese Folgerungen waren richtig.

»Aber was für eine Sprache mag das sein?«

»Dieser Saknussemm«, fuhr er fort, »war ein gut unterrichteter Mann. Wenn er also nicht in seiner Muttersprache schrieb, mußte er die unter den gebildeten Geistern des sechzehnten Jahrhunderts geläufige Sprache vorziehen: die lateinische. Sollte ich mich wirklich irren, so könnte ich immer noch einen Versuch machen mit dem Spanischen, dem Französischen, dem Italienischen, dem Griechischen und dem Hebräischen. Aber die Gelehrten des sechzehnten Jahrhunderts schrieben im allgemeinen lateinisch. Ich darf also von vornherein annehmen, es sei Latein.«

Da sprang ich von meinem Stuhl auf. Meine Erinnerungen aus der Lateinschule sträubten sich gegen die Behauptung, diese Gruppe seltsamer Worte könnten der anmutigen Sprache Vergils angehören.

»Ja, Latein«, erklärte mein Onkel, »aber ein sehr verworrenes Latein.«

»Recht so«, dachte ich, »wenn du das entwirrst, lieber Onkel, bist du ein ganz heller Kopf!«

»Untersuchen wir doch ganz gründlich«, sagte er und nahm das von mir beschriebene Blatt wieder zur Hand. »Hier ist eine Gruppe von hundertzweiunddreißig Buchstaben ziemlich durcheinandergeraten. Da gibt es Worte, in denen nur Konsonanten vorkommen, wie das erste ›mlls‹, in anderen dagegen überwiegen die Vokale, zum Beispiel das fünfte ›unteie‹ oder das vorletzte ›oseibo‹. Nun war offenbar diese

Gruppe nicht von Anfang an so zusammengesetzt; sie wurde mathematisch gegeben durch ein uns unbekanntes Verhältnis, nach dem die Aneinanderreihung dieser Buchstaben bestimmt wurde. Ich meine, der ursprüngliche Satz war wohl regelrecht geschrieben, wurde aber umgebildet nach einem Grundgedanken, den wir eben finden müssen. Wer den Schlüssel dieser Geheimschrift besitzt, kann sie mühelos lesen. Aber was ist das für ein Schlüssel? Axel, hast du vielleicht diesen Schlüssel?«

Auf diese Frage wußte ich keine Antwort, und das aus gutem Grund. Meine Blicke hingen nämlich an einem reizenden Bild an der Wand, dem Bild Gretchens. Der Mündel meines Onkels weilte damals in Altona bei einer Verwandten, und ich war über ihre Abwesenheit sehr betrübt, denn – jetzt kann ich es ja gestehen – die hübsche Vierländerin und der Neffe des Herrn Professors liebten sich mit echter deutscher Herzlichkeit und Ausdauer. Wir hatten uns ohne Wissen des Onkels verlobt, der allzusehr Wissenschaftler war, um für solche Gefühle Verständnis zu haben. Gretchen war ein reizendes Mädchen, mit blonden Haaren und blauen Augen, von etwas gesetztem Wesen und ernstem Sinn; aber sie liebte mich darum nicht minder innig. Ich meinerseits verehrte sie von ganzem Herzen. Das Bild meiner kleinen Vierländerin versetzte mich also auf einmal aus der wirklichen Welt in die Welt der Träume und der Erinnerung.

In diesem Bild erblickte ich die treue Gefährtin meiner Arbeiten und Freuden. Sie half mir tagtäglich die wertvollen Steine des Onkels ordnen und sie mit Namensschildern versehen. Gretchen war in der Mineralogie wohlbewandert. Sie befaßte sich gern damit, schwierige Fragen unseres Fachgebietes zu ergründen. Wieviel Zeit haben wir schon mit gemeinsamen Studien verbracht! Und wie oft beneidete ich die Steine um das Glück, von ihren reizenden Händen berührt zu werden!

Anschließend gingen wir manchmal durch die belaubte Alsterallee und besuchten zusammen die alte Mühle, die sich am Ende des Sees so gut ausnimmt. Unterwegs gingen wir Hand in Hand und plauderten, und ich erzählte ihr allerlei, worüber sie herzlich lachen mußte. So kamen wir bis zum Elbufer, und nachdem wir den Schwänen, die zwischen den großen weißen Seerosen lautlos dahinglitten, gute Nacht gesagt hatten, fuhren wir mit dem Dampfboot wieder zum Kai.

Hier war ich glücklich mit meinen Träumen angekommen, als mein Onkel mit der Faust auf den Tisch schlug und mich so gewaltsam in die Wirklichkeit zurückrief.

»Die erste Möglichkeit«, sagte er, »die sich dem Geist darbietet, um die Buchstaben eines Satzes aus ihrer Ordnung zu bringen, besteht nach meiner Ansicht darin, daß man die Worte anstatt waagerecht, senkrecht schreibt. Wir wollen sehen, was dabei herauskommt. Axel, schreib doch irgendeinen Satz auf diesen Zettel, aber anstatt die Buchstaben nebeneinander zu stellen, setz sie, einen nach dem anderen, in senkrechten Reihen, und zwar in Gruppen von fünf bis sechs.«

Ich verstand sofort, wie das gemeint war, und schrieb sogleich:

I	*e*	*r*	*m*	*t*	*t*
ch	*d*	*z*	*e*	*e*	*ch*
l	*i*	*l*	*i*	*s*	*e*
i	*ch*	*i*	*n*	*G*	*n*
e	*h*	*ch*	*g*	*r*	*!*
b	*e*	*,*	*u*	*e*	

»Gut«, sagte der Professor, ohne daß er es gelesen hatte, »nun schreib dieses in einer waagerechten Zeile.«

Ich gehorchte und bekam folgende Gruppe heraus:

Iermtt chdzeech lilise ichinGn ehchgr! be, ue

»So ist es recht«, sagte mein Onkel und riß mir den Zettel aus der Hand, »das sieht schon so aus wie die alte Geheimschrift: Die Vokale wie Konsonanten stehen ebenso durcheinander; selbst Anfangsbuchstaben und Komma stehen mitten in den Worten, ganz so wie im Pergament des Saknussemm!«

Ich konnte nicht umhin, diese Bemerkung meines Onkels für sehr sinnreich zu halten.

»Nun«, fuhr mein Onkel fort, »um den Satz, den du aufgeschrieben hast und dessen Inhalt ich noch nicht kenne, ordentlich zu lesen, brauche ich nur den ersten Buchstaben jedes Wortes aneinanderzufügen, dann jeden zweiten, hernach jeden dritten und so fort.«

Und mein Onkel las zu seinem und meinem großen Erstaunen:

»Ich liebe dich herzlich, mein gutes Gretchen!«

»Oho!« sagte der Professor.

Ja, ganz unversehens hatte ich als verliebter Tölpel diese verräterische Zeile geschrieben.

»So, so! Du liebst also Gretchen«, wiederholte mein Onkel. »Aber nun wollen wir doch unser Verfahren auf die fragliche Geheimschrift anwenden.«

Mein Onkel grübelte bereits wieder und hatte mein unvorsichtiges Geständnis schon vergessen. Der Kopf des Gelehrten konnte eben Angelegenheiten des Herzens nicht begreifen. Zum Glück beschäftigte ihn die Geheimschrift viel stärker.

Ich spürte, wie die Augen des Professors durch seine Brille

hindurch Blitze sprühten. Mit zitternden Fingern und von ernster Bewegung ergriffen, nahm er das alte Pergament wieder zur Hand. Endlich hustete er tüchtig und diktierte mir mit würdigem Ton, indem er der Reihe nach den ersten Buchstaben, dann den zweiten jedes Wortes zusammen nahm, die folgenden Gruppen:

mmessunkaSenrA.icefdoK.segnittamurtn
ecertserrette,rotaivseadua,ednecsedsadne
lacartniiiluJsiratracSarbmutabiledmek
meretarcsilucoYsleffenSnI

Als ich das nun aufgeschrieben hatte, war ich, offengestanden, sehr bewegt. Ich vermochte in diesen Buchstaben nicht den geringsten Sinn zu erkennen und war um so mehr darauf gespannt, von den Lippen des Professors wohllautendes Latein zu vernehmen. Aber wer hätte das gedacht! Ein heftiger Faustschlag erschütterte den Tisch, daß die Tinte emporspritzte.

»So geht es nicht!« schrie mein Onkel, »das gibt keinen Sinn!« Und dann sauste er blitzschnell wie eine Kugel aus dem Arbeitszimmer, stürzte wie eine Lawine die Treppe hinunter und entfloh Hals über Kopf.

Der Schlüssel ist gefunden!

Ein Mineraloge aus Besançon hatte uns eine Sammlung Klappersteine aus der Sippe der Kiesel zugeschickt, die eingeteilt werden mußten. Ich machte mich an die Arbeit, sonderte aus, schrieb Namensschildchen und ordnete im Glaskasten alle die hohlen Steine, worin kleine Kristalle eingeschlossen waren. Doch diese Tätigkeit füllte mich nicht aus. Das alte Dokument machte mir in Gedanken viel zu schaffen. Mein Kopf glühte, und eine Unruhe ergriff mich, als ahnte ich Schlimmes.

Nach Verlauf einer Stunde waren die Klappersteine geordnet. Darauf wiegte ich mich in dem großen Lehnstuhl, den Kopf rückwärts, die Arme ließ ich baumeln.

Ich dachte an meinen Onkel. Wird er als Sieger oder ermutigt heimkehren? Sollte er das Geheimnis herausbekommen haben? So fragte ich mich und nahm wiederum das Blatt Papier mit den von mir geschriebenen unverständlichen Zeilen zur Hand. Ich versuchte die Buchstaben so miteinander zu verbinden, daß sie Wörter bildeten. Vergebliches Bemühen! Man mochte sie zu zwei, drei, fünf oder sechs zusammenstellen, es kam nichts Verständliches heraus.

Mein Gehirn erhitzte sich, meine Augen blinzelten bei dem Blick auf das Blatt; die hundertzweiunddreißig Buchstaben schienen um mich herumzuhüpfen.

Mir wurde heiß, und ich brauchte Luft. Unwillkürlich fächelte ich mit dem Blatt Papier, so daß mir seine Vorder- und Rückseite abwechselnd vor die Augen kam. Wie war ich verwundert, als ich bei einem solchen raschen Umwenden vollkommen lesbare Wörter zu erkennen glaubte, lateinische Wörter, zum Beispiel »craterem« und »terestre«.

Wahrhaftig, ich hatte das Gesetz der Geheimzeichen gefunden. Das Dokument konnte man ohne Kunststücke verstehen. Gerade so, wie es war, gerade so, wie mir's diktiert wurde, konnte es fließend buchstabiert werden.
Ich neigte mich über den Tisch, verfolgte mit den Fingern der Reihe nach jeden Buchstaben und las, ohne anzuhalten, ohne einen Augenblick zu stocken, mit lauter Stimme den ganzen Satz. Mein Onkel aber sollte nichts davon erfahren. Er würde unfehlbar eine solche Reise machen und nähme mich mit, um nimmer heimzukehren. Das wollte ich verhindern. Womöglich fand er selbst noch den Schlüssel zu dem Dokument. Und so beschloß ich, dieses Teufelszeug zu vernichten.
Im Kamin war noch etwas Feuer. Ich faßte nicht nur nach dem Blatt Papier, sondern auch nach dem Pergament des Saknussemm. Mit zitternder Hand war ich dabei, es miteinander auf die Kohlen zu werfen und so das gefährliche Geheimnis aus der Welt zu schaffen. Da öffnete sich die Tür des Zimmers, und mein Onkel trat ein. Es war gerade noch Zeit, das Dokument auf den Tisch zu legen.
Der Herr Professor schien gänzlich erschöpft. Er setzte sich in seinen Lehnstuhl, griff aber zur Feder und begann, Formeln niederzuschreiben, die einem algebraischen Rechenexempel glichen.
Ich zitterte, doch ohne Grund, denn da die einzig richtige Verbindungsweise bereits gefunden war, so mußte notwendig jedes andere Nachforschen vergeblich sein.
Drei Stunden lang arbeitete mein Onkel, ohne zu reden, ohne den Kopf zu heben, tilgte aus, fuhr fort, radierte, begann tausendmal von neuem.
Ich wußte wohl, wenn er es dahin brächte, diese Buchstaben in alle möglichen Verbindungen miteinander zu bringen, daß schließlich der Satz dabei herauskäme. Aber ich wußte auch, daß aus nur zwanzig Buchstaben sich zwei Quintillionen,

vierhundertzweiunddreißig Quadrillionen, neunhundertund-zwei Trillionen, acht Milliarden, hundertsechsundsiebzig Millionen, sechshundertvierzehntausend Verbindungen bilden ließen.

Inzwischen verfloß die Zeit, der Lärm der Straßen verstummte. Mein Onkel, ständig über seiner Aufgabe, sah nichts, selbst die gute Martha nicht, als sie die Tür etwas öffnete. Er hörte nichts, selbst die Stimme der Wirtschafterin nicht, als sie fragte: »Wird der Herr Professor nicht zu Abend speisen?« Auch Martha mußte sich ohne Antwort zurückziehen.

Nachdem ich eine Weile widerstanden, überfiel mich die Müdigkeit, und ich schlief in einer Ecke des Sofas ein, während mein Onkel weiterrechnete und immer wieder ausstrich.

Als ich am folgenden Morgen aufwachte, war der unermüdliche Forscher immer noch bei der Arbeit. Seine entzündeten Augen, seine bleifarbene Haut, seine verwirrten Haare, seine fieberhafte Hand, seine geröteten Wangen ließen deutlich seinen Kampf mit dem Unmöglichen erkennen.

Wahrlich, er dauerte mich. Und dennoch sagte ich mir: »Nein, ich werde nicht reden! Er möchte unbedingt hinreisen, ich kenne ihn doch; nichts könnte ihn zurückhalten. Es ist ein vulkanischer Gedanke, und um zu tun, was andere Geologen versäumten, setzte er bestimmt sein Leben aufs Spiel. Ich will schweigen; ich will das Geheimnis, das ich durch Zufall erfuhr, für mich behalten! Es ihm mitzuteilen wäre sein Tod. Er mag es erraten, wenn er kann. Ich will mich auf keinen Fall mit dem Vorwurf belasten, ich hätte ihn in sein Verderben gerissen!«

Und so kreuzte ich die Arme und wartete ab.

Mein Onkel arbeitete immer weiter; seine Einbildungskraft verlor sich in der Welt der Überlegung, der Begriffe und Folgerungen; er lebte fern von der Erde und außerhalb der irdischen Bedürfnisse.

Gegen Mittag machte mir der Hunger ernstlich zu schaffen. Doch hielt ich standhaft aus, es war mir eine Art Ehrensache geworden.

Es schlug zwei Uhr. Es wurde unerträglich. Ich machte über die Maßen große Augen. Allmählich kam ich zu der Ansicht, daß man im schlimmsten Fall meinen Onkel, wenn er das Abenteuer versuchen wollte, auch gegen seinen Willen zurückhalten könnte. Womöglich fand er doch noch selbst den Schlüssel der Geheimschrift, und dann hätte ich umsonst gefastet.

Es kam mir ganz lächerlich vor, daß ich so lange gewartet hatte, und ich entschloß mich, meinem Onkel alles zu sagen.

»Onkel!« rief ich.

Er schien mich nicht zu hören.

»Onkel Lidenbrock!« rief ich nochmals laut.

»Was?« fragte er, wie ein Mensch, der plötzlich aufwacht.

»Nun, dieser Schlüssel?«

»Welcher Schlüssel?«

»Der Schlüssel zum Dokument – zufällig fand ich ihn.«

»Was redest du da?« rief er in unbeschreiblicher Gemütsbewegung.

»Hier«, sagte ich und hielt ihm das Blatt Papier hin, worauf ich geschrieben hatte, »hier, Onkel, lies!«

»Aber das bedeutet doch nichts!« erklärte er enttäuscht, indem er das Papier zerknitterte.

»Nichts?« wiederholte ich und begann zu lesen, aber vom Ende an. Ich hatte meinen Satz noch nicht fertig gelesen, als der Professor einen Schrei, vielmehr ein wahres Gebrüll hören ließ. Seinem Geist war ein Licht aufgegangen. Er war wie umgewandelt. »Ach, sinnreicher Saknussemm!« rief er aus, »du hattest also anfangs deinen Satz umgekehrt geschrieben? Und hätte man durch die Rückseite des Pergaments nicht alle Buchstaben lesen können?«

Und er fiel über das Papier her, mit trübem Auge, mit bewegter Stimme, und las das Dokument vollständig vom letzten Buchstaben aufwärts bis zum ersten.

Es lautete also in schlechtem Latein:

In Sneffels Yoculis craterem kem delibat
umbra Scartaris Julii intra calendas decende,
audax viator, et terrestre centrum attinges.
Kod feci. *Arne Saknussemm*

Was in gut Deutsch sich so übersetzen läßt:

Steig hinab in den Krater des Snäfalls Yökull,
den der Schatten des Scartaris
vor dem ersten Juli umschmeichelt, kühner Wanderer,
und du wirst zum Mittelpunkt der Erde gelangen.
Das habe ich vollbracht. *Arne Saknussemm*

Kaum hatte mein Onkel dies gelesen, als er wie elektrisiert durch das Zimmer hüpfte. Er ging hin und her, faßte seinen Kopf mit beiden Händen, rückte die Stühle, legte seine Bücher aufeinander, spielte – kaum glaublich – Ball mit seinen kostbaren Klappersteinen, schlug mit der Faust hierhin, mit der Hand dorthin. Endlich wurde er ruhiger, und er sank erschöpft in seinen Lehnstuhl.

»Wieviel Uhr ist es denn?« fragte er nach einer kleinen Weile.

»Drei Uhr«, erwiderte ich.

»Ich habe Hunger zum Umfallen. Gehen wir zu Tisch. Hernach . . .«

»Hernach?«

»Wirst du meinen Koffer packen.«

»Gut!« rief ich.

»Und auch deinen!« bestimmte der unbarmherzige Professor beim Eintritt in das Speisezimmer.

Es geht um Island

Während der Mahlzeit war mein Onkel fast lustig; er schwang sich zu Scherzen auf, die bei einem Gelehrten freilich nie gefährlich sind. Nach dem Essen winkte er mir, ihm auf sein Zimmer zu folgen.

Ich gehorchte. Er setzte sich an das eine Ende des Tisches, ich an das andere.

»Axel«, sagte er sanft, »du bist ein sehr gescheiter Junge. Du hast mir da einen guten Dienst geleistet, als ich des Ringens müde, den Gedanken fast schon aufgeben wollte. Wohin wäre ich geraten? Niemand kann das wissen! Ich werde es dir niemals vergessen, und du wirst an dem Ruhm, den wir erlangen werden, deinen Anteil haben.«

Nun, dachte ich, ist er guter Laune; da paßt es ja, sich mit dem Ruhm auseinanderzusetzen.

»Vor allem«, fuhr mein Onkel fort, »empfehle ich dir völliges Stillschweigen, verstehst du mich? Es fehlt in der Gelehrtenwelt nicht an Neidbolden, und mancher, der bis zu unserer Rückkehr nichts merken soll, möchte gern eine solche Reise unternehmen.«

»Meinst du, Onkel«, fragte ich, »von solch Verwegenen gäbe es noch mehr?«

»Aber gewiß! Wer wollte denn zögern, solchen Ruhm zu gewinnen? Wäre dieses Dokument bekannt, so käme ein ganzes Heer von Geologen geeilt, um Arne Saknussemms Spur zu verfolgen.«

»Davon bin ich aber gar nicht überzeugt, lieber Onkel, denn die Echtheit des Dokumentes ist durch nichts erwiesen.«

»Wie? Und das Buch, worin wir es gefunden haben?«

»Gut! Ich gebe zu, daß Saknussemm diese Zeilen geschrieben

hat, aber folgt daraus, daß er diese Reise auch wirklich unternommen hat, und kann das alte Pergament keine Fopperei enthalten?«

Der Professor runzelte die Stirn, und ich befürchtete schon Schlimmes für die Fortsetzung unseres Gesprächs. Zum Glück hatte es nichts zu bedeuten. Mein strenger Tischgenosse erwiderte mit leichtem Lächeln: »Das werden wir sehen.«

»Ach«, sagte ich etwas verdutzt, »ich darf doch noch einiges fragen?«

»Frag nur, lieber Junge. Du kannst auch deine Meinung frei äußern. Du bist ja nun nicht mehr mein Neffe, sondern mein Kollege. Also vorwärts!«

»Nun, dann möchte ich dich zuerst mal fragen, was sind diese Jökull, Snäfalls und Scartaris, wovon ich nie ein Wort habe reden hören?«

»Das ist ganz leicht. Vor kurzem habe ich von meinem Freund August Petermann in Gotha eine entsprechende Karte bekommen. Nimm doch den dreißigsten Atlas im zweiten Fach der großen Bibliothek, Reihe Z, Brett 4.«

Ich stand auf und fand infolge der genauen Angabe rasch den begehrten Atlas. Mein Onkel schlug ihn auf und sagte: »Hier ist eine der besten Karten von Island, die Hendersonsche; ich glaube, die wird uns alle Schwierigkeiten lösen.«

Ich beugte mich über die Karte.

»Schau diese aus Vulkanen bestehende Insel«, sagte der Professor, »und beachte, daß sie alle mit dem Namen Jökull bezeichnet sind. Dieses Wort bedeutet im Isländischen ›Gletscher‹, und unter dem hohen Breitengrad Islands erfolgen die meisten vulkanischen Ausbrüche durch die Eisdecke.«

»Gut«, erwiderte ich, »aber was ist denn Sneffels?«

Mein Onkel antwortete: »Folg mir zur westlichen Küste Islands. Siehst du dort seine Hauptstadt Reykjavik? Ja, gut.

Fahr über die unzähligen Fjorde dieser zerrissenen Seeküste und bleib etwas unter dem fünfundsechzigsten Breitengrad stehen. Was siehst du da?«

»Eine Art Halbinsel, einem abgenagten Knochen ähnlich.«

»Der Vergleich ist richtig, lieber Junge. Siehst du nichts auf dieser Halbinsel?«

»Ja, einen Berg, der aus dem Meer emporgewachsen scheint.«

»Gut! Dieser Snäfalls Jökull ist der Sneffels.«

»Der Snäfalls Jökull?«

»Der ist es, ein zweitausend Meter hoher Berg, einer der merkwürdigsten auf der Insel, und gewiß der berühmteste der ganzen Welt, wenn sein Krater den Eingang zum Mittelpunkt der Erde bildet.«

»Aber das ist unmöglich!« rief ich achselzuckend.

»Unmöglich?« fragte der Professor Lidenbrock mit strengem Ton.

»Und warum?«

»Weil dieser Krater offenbar mit Lava verstopft ist, die Felsen glühen, und dann ...«

»Und wenn es ein ausgebrannter Krater ist?«

»Ausgebrannt?«

»Ja. Die Zahl der noch tätigen Vulkane auf der Erdoberfläche beträgt gegenwärtig nur etwa dreihundert; aber es gibt eine noch weit größere Anzahl erloschener Vulkane. Zu den letzteren gehört der Snäfalls, der seit den historischen Zeiten nur einen Ausbruch gehabt hat, im Jahre 1219; seitdem ist er allmählich still geworden, und er gehört nicht mehr zu den tätigen Vulkanen.«

»Was aber bedeutet das Wort Scartaris«, fragte ich, »und was haben die Kalenden des Juli damit zu tun?«

Mein Onkel besann sich nur einen Augenblick, dann antwortete er mir folgendermaßen. »Was du Dunkelheit nennst, ist für mich Licht. Dies beweist die sinnreiche Sorge, womit

Saknussemm seine Entdeckung genau bezeichnen wollte. Der Snäfalls hat mehrere Krater, und es war daher erforderlich, den Krater näher anzugeben, der zum Mittelpunkt der Erde führt. Wie hat es nun der gelehrte Isländer gemacht? Er hat bemerkt, daß beim herannahenden ersten Juli, also gegen Ende des Juni, eine der Bergspitzen, der Scartaris, ihren Schatten bis zu der Mündung des fraglichen Kraters wirft, und hat diese Tatsache in dem Dokument niedergelegt! Das war die genaueste Angabe, so daß man, wenn man sich einmal auf dem Gipfel des Snäfalls befindet, unmöglich mehr zweifeln kann, welcher Weg einzuschlagen ist.«
Da hatte ich es, mein Onkel wußte auf alles eine Antwort.

Wir brechen auf

Den Nachmittag hatte mein Onkel dazu verwendet, einen Teil des Reisebedarfs anzuschaffen. Mindestens zehn Männer schleppten die Sachen herbei. Alsbald lagen vor dem Haus Strickleitern, Fackeln, Reiseflaschen, eiserne Haken, Spitzhauen, beschlagene Stöcke und Spaten. Noch am Abend konnte man unter einem Trupp Lastträger, die allerlei Waren brachten, den Professor sehen, wie er laut schreiend hin und her rannte.

Die arme Martha wußte nicht mehr, wo ihr der Kopf stand. Und ich bekam es zu hören: »Was stehst du so herum, Axel? Dein Koffer ist noch nicht gepackt, meine Papiere sind nicht geordnet, der Schlüssel meiner Reisetasche fehlt, und wo sind meine Gamaschen?«

Immer wieder versuchte ich es mit meiner Frage: »Reisen wir denn ab?«

Endlich bekam ich die Antwort: »Ja, übermorgen in aller Frühe.«

Ich verbrachte eine entsetzliche Nacht. Am folgenden Morgen hörte ich, wie man sehr zeitig nach mir rief. Am liebsten hätte ich meine Tür nicht geöffnet. Aber wer hätte einer so süßen Stimme widerstehen können, die »Axel« rief? Gretchen war inzwischen von ihrem Besuch bei der Verwandten zurückgekehrt.

»Axel«, sprach Gretchen zu mir, »ich habe mich mit meinem Vormund unterhalten. Er ist ein kühner Gelehrter, ein mutiger Mann, und du wirst dich erinnern, daß sein Blut in deinen Adern fließt. Er hat mir von seinen Plänen erzählt, von seinen Hoffnungen, weshalb und wie er sein Ziel zu erreichen gedenkt. Ich zweifle nicht, daß er es schaffen wird. Ach, lieber Axel, wie schön ist es, sich so einer Wissenschaft zu widmen. Welcher Ruhm wird dem Professor zuteil werden und auf seinen Gefährten zurückstrahlen! Bei der Rückkehr wirst du ein Mann sein, seinesgleichen, frei zu reden und zu handeln. Und ...«

Sie stockte. Ihre Worte machten mir wieder Mut. Dennoch wollte ich immer noch nicht an unsere Abreise glauben. Ich zog Gretchen zum Zimmer des Professors.

»Lieber Onkel«, fragte ich, »ist es ausgemacht, daß wir abreisen?«

»Wie? Du zweifelst daran?«

»Nein«, erwiderte ich, um ihm nicht zu widersprechen. »Nur möchte ich fragen, ob es solche Eile damit hat.«

»Jawohl, die Zeit drängt, die Zeit, die unwiederbringlich schnell entflieht!«

»Wir haben doch erst den 26. Mai, und bis Ende Juni ...«

»Ja, meinst du denn, daß man so leicht nach Island kommt? Von Kopenhagen nach Reykjavik geht nur einmal monatlich, am 22., ein Boot ab.«

»Nun?«

»Wenn wir bis zum 22. Juni warten wollten, kämen wir zu spät, um zu sehen, wie des Scartaris Schatten den Krater des Snäfalls umschmeichelt! Wir müssen daher so schnell wie möglich nach Kopenhagen kommen, um dort für die Überfahrt ein Beförderungsmittel zu finden. Geh und pack nun endlich deinen Koffer!«

Dem konnte ich nichts entgegnen. Ich begab mich also wieder in mein Zimmer. Gretchen folgte mir nach und bemühte sich selbst, alles Notwendige in meinen Koffer zu packen. Es ging ihr nicht näher zu Herzen, als wenn es sich um einen Ausflug nach Lübeck oder Helgoland handelte. Ihre kleinen Hände bewegten sich ohne Übereilung hin und her. Sie plauderte ruhig und nannte mir die verständigsten Gründe zugunsten unserer Unternehmung. Wenn ich aufbrausen wollte, achtete sie nicht darauf und setzte ruhig ihre Arbeit fort.

Auch an diesem Tag wurden noch physikalische Instrumente, Waffen und elektrische Apparate ins Haus geliefert. Die arme Martha wußte nicht aus noch ein.

»Ist der Herr Professor ein Narr geworden?« fragte sie mich.

Ich machte ein bejahendes Zeichen.

»Und er nimmt Sie mit?«

»Ja.«

»Wohin soll es denn gehen?« fragte sie

Ich deutete mit dem Finger nach dem Innern der Erde.

»In den Keller?« schrie die gute Alte.

»Nein«, sagte ich, »noch tiefer hinab!«

Der Abend kam. Ich wußte gar nicht mehr, wie die Zeit verflossen war.

»Morgen früh«, sagte mein Onkel, »genau um sechs Uhr reisen wir ab.«

Um zehn Uhr abends sank ich wie ein schwerer Sack ins Bett und wachte morgens um fünf Uhr auf, halb zerschlagen, erschöpft und aufgeregt. Mein Onkel saß schon am Tisch und schlang sein Frühstück hinunter. Ich blickte ihn mit einer Art Grauen an. Gretchen war zugegen. Ich sprach kein Wort und konnte nichts essen.

Um halb sechs Uhr hörte man das Rasseln eines Wagens auf der Straße. Dieser große Wagen sollte uns zum Bahnhof Altona bringen. Er war bald mit den Gepäckstücken meines Onkels beladen.

»Und dein Koffer?« fragte der Professor.

»Er ist fertig gepackt«, erwiderte ich, und mir wurde ganz schwach.

»So bring ihn endlich, oder du bist schuld daran, daß wir den Zug versäumen!«

Gegen mein Geschick anzukämpfen, schien mir unmöglich. Ich begab mich wieder in meine Kammer, ließ meinen Koffer die Treppe hinabrutschen und folgte hinterdrein.
In diesem Augenblick gab mein Onkel die »Zügel« seines Hauses in Gretchens Hände. Meine hübsche Vierländerin bewahrte ihre gewohnte Ruhe. Sie umarmte ihren Vormund, konnte aber, als sie meine Wange mit ihren Lippen berührte, eine Träne nicht zurückhalten.
»Gretchen!« rief ich aus.
»Geh, lieber Axel, geh«, sagte sie zu mir, »du verläßt jetzt deine Braut, aber bei der Rückkehr findest du mich als deine Frau.«
Ich schloß Gretchen in meine Arme, dann setzte ich mich in den Wagen zu meinem Onkel. Von der Schwelle des Hauses aus winkten uns Martha und das junge Mädchen ein letztes Lebewohl. Die Pferde vor dem Wagen rannten, durch Peitschenknallen und Zurufe des Kutschers angeregt, im Galopp durch die Altonaer Straße.

Von Altona bis Kopenhagen

Um halb sieben Uhr hielt das Fuhrwerk vor dem Bahnhof Altona. Die zahlreichen Frachtstücke meines Onkels, seine umfangreichen Warenballen wurden abgeladen, gewogen, mit Zetteln versehen, die den Namen des Eigentümers und den Bestimmungsort trugen, und schließlich in den Gepäckwagen befördert. Um sieben Uhr saßen wir beide in einem Abteil uns gegenüber. Der Dampf zischte, die Lokomotive setzte sich in Bewegung. Ich hatte mich noch nicht mit meinem Schicksal abgefunden. Doch wirkten die frische Morgenluft und die bei der schnellen Fahrt rasch erneuerten Eindrücke belebend und zerstreuend auf mich.

Die Gedanken des Professors eilten offenbar dem Zug voraus, der für seine Ungeduld zu langsam fuhr. Wir befanden uns allein im Wagen, sprachen kein Wort miteinander. Mein Onkel durchmusterte seine Taschen und seinen Rucksack sehr sorgfältig. Es schien ihm für die Ausführung seiner Pläne nichts zu fehlen. Unter anderem hatte er ein sorgfältig zusammengelegtes Blatt Papier mit dem Wappen der dänischen Kanzlei und der Unterschrift des dänischen Konsuls zu Hamburg, der ein Freund des Professors war. Mit dessen Hilfe konnten wir leicht in Kopenhagen Empfehlungen an den Gouverneur von Island bekommen. Ich bemerkte auch, daß mein Onkel das bewußte Dokument sorgfältig in seiner Brieftasche aufbewahrte. Ich verfluchte es aus Herzensgrund und sah mir das Land an. Es war eine ganze Reihe belangloser Ebenen, einförmig, schlammig und fruchtbar. Aber dieses Eintönige konnte mir nicht einmal langweilig werden, denn schon drei Stunden nach unserer Abfahrt hielt der Zug in Kiel drei Schritte vom Meer.

Da unser Gepäck nach Kopenhagen eingeschrieben war, brauchten wir uns darum nicht zu kümmern. Doch während der Beförderung zum Dampfboot überwachte es der Professor mit Luchsaugen. Hier wurde es im unteren Schiffsraum geborgen.
Mein Onkel hatte bei seiner übermäßigen Eile die Abfahrts- und Anschlußzeiten unserer Beförderungsmittel so gut berechnet, daß wir einen vollen Tag verloren. Das Dampfboot *Ellenora* ging nicht vor Abend ab. Daraus entstand ein neunstündiger Fieberzustand, währenddessen der zornwütige Reisende die Schiffahrtsgesellschaften und die Eisenbahnbehörden zum Teufel wünschte, samt den Regierungen, die solche Mißstände erlaubten. Ich mußte ihm zustimmen, als er den Kapitän der *Ellenora* darüber zur Rede stellte. Er wollte ihn zwingen, sofort heizen zu lassen. Der Kapitän aber schickte ihn seines Weges.
In Kiel muß wohl, wie anderwärts auch, ein Tag zu verbringen sein. Wir gingen an den grünen Ufern der Bucht entlang, in deren Hintergrund sich die Stadt erhebt, liefen durch belaubtes Buschwerk, das ihr das Aussehen eines Nestes unterm Gezweig gab, und bewunderten die Villen, die alle mit Badehäuschen versehen sind. So wurde es unter Herumlaufen und dem Fluchen meines Onkels zehn Uhr abends.
Die Rauchwolken der *Ellenora* wirbelten in die Luft, das Deck zitterte unter den Stößen des Dampfkessels. Wir befanden uns an Bord, im Besitz von zwei Lagerstätten übereinander in der einzigen Kammer des Bootes.
Um zehn Uhr fünfzehn Minuten wurden die Anker gelichtet, und der Dampfer fuhr rasch über die dunklen Fluten des Großen Beltes. Es war finstere Nacht mit einem angenehmen Seewind, und das Meer wogte stark. Einige Lichter an der Küste schimmerten durch die Finsternis; später, ich weiß nicht wo, glänzte ein Leuchtturm hell überm Wasser.

Um sieben Uhr früh landeten wir in Korsör, einem Städtchen an der Westküste Seelands. Hier stiegen wir sogleich in den Wagen einer neuen Eisenbahn und fuhren durch eine Landschaft, die genauso flach war wie die holsteinische Ebene. Nach drei Stunden kamen wir in der dänischen Hauptstadt an. Mein Onkel hatte die ganze Nacht kein Auge geschlossen.

Endlich gewahrte er eine Mündung zum Meer.

»Das ist der Sund!« rief er aus.

Zu unserer Linken befand sich ein ungeheurer Bau, einem Spital ähnlich. »Das ist ein Irrenhaus«, sagte einer unserer Reisegefährten.

Gut, dachte ich, da sollten wir bis ans Ende unserer Tage bleiben! Und so groß dieses Gebäude auch ist, so wäre es doch noch zu klein für alle Narretei des Professors Lidenbrock! Schließlich, um zehn Uhr, stiegen wir in Kopenhagen aus. Das Gepäck wurde auf einen Wagen geladen und mit uns zum Hotel Phönix gefahren. Das dauerte eine halbe Stunde, denn der Bahnhof liegt außerhalb der Stadt. Nachdem wir uns etwas erfrischt hatten, liefen wir zum Hafen, um ein verhältnismäßig bald abfahrendes Schiff ausfindig zu machen.

Ich hoffte, es werde ganz an Beförderungsmitteln fehlen; aber ich täuschte mich. Eine kleine dänische Korvette, die *Walküre*, sollte am 2. Juni nach Reykjavik unter Segel gehen. Der Kapitän, Herr Bjarne, befand sich an Bord. Sein künftiger Fahrgast, der Professor, drückte ihm vor Freude tüchtig die Hände. Der wackere Mann war über diese Herzlichkeit etwas betroffen. Er fand es selbstverständlich, daß er, wie es seine Pflicht war, nach Island fuhr. Meinem Onkel aber kam das als etwas ganz Erhabenes vor. Der würdige Kapitän nutzte diese Begeisterung aus, um uns für die Überfahrt doppelt bezahlen zu lassen.

Herr Bjarne strich eine ansehnliche Menge harter Taler ein

und sagte: »Erscheinen Sie am Dienstag um sieben Uhr früh an Bord.« Wir kehrten ins Hotel Phönix zurück.
»Das geht ja schön, recht schön!« sprach mein Onkel. »Welch ein glücklicher Zufall, daß wir dieses Schiff zum Abfahren bereit fanden! Jetzt wollen wir frühstücken und uns dann die Stadt besehen.«
Wir begaben uns zum Kongens Nytorv, einem unregelmäßigen Platz, wo ein Posten stand vor zwei aufgeprotzten Kanonen, die keinem Menschen Angst einflößten. Dicht daneben, im Haus Nummer 5, befand sich eine französische Gaststätte, geleitet von einem Koch namens Vincent. Dort frühstückten wir reichlich für einen mäßigen Preis.
Dann freute ich mich wie ein Kind, die Stadt anzuschauen; mein Onkel ließ sich führen. Übrigens sah er nichts, weder den unbedeutenden Königspalast, noch die hübsche Brücke aus dem siebzehnten Jahrhundert, die vor dem Museum über den Kanal führt, noch das riesige Grabmahl Thorwaldsens, dessen Wände abscheuliche Gemälde zieren und das die Werke dieses Bildhauers enthält, noch in einem schönen Park das allerliebste Schloß Rosenborg, noch den bewundernswerten Renaissance-Bau der Börse, noch deren Turm, der aus den verschlungenen Schwänzen von vier bronzenen Drachen gebildet ist, noch die großen Mühlen der Festungswerke, deren ungeheure Flügel gleich den Segeln eines Schiffes im Seewind schwellen.
Was könnten wir da, meine hübsche Vierländerin und ich, für köstliche Spaziergänge längs des Hafens machen, wo die Zweimaster und Fregatten am Ufer lagen, an dem grünen Gestade der Meerenge, durch das schattige Buschwerk, in dessen Schoß sich die Zitadelle birgt, deren Kanonen ihre schwarzen Mündungen zwischen Holunder und Weidengezweig hervorstrecken! Aber ach, mein armes Gretchen war fern, und konnte ich hoffen, sie jemals wiederzusehen?

Mein Onkel hatte jedoch kein Auge für diese schöne Gegend. Um so mehr aber gefiel ihm ein Glockenturm der Insel Amager, die den südwestlichen Teil Kopenhagens bildet.
Wir machten uns auf den Weg dorthin, bestiegen ein kleines Dampfboot, das zum Verkehr auf den Kanälen diente, und in wenigen Augenblicken waren wir drüben am Kai angelangt. Noch ein paar enge Straßen hindurch, und wir standen vor Frelsers-Kirk, einer nicht besonders bemerkenswerten Kirche. Dagegen wurde die Aufmerksamkeit des Professors durch ihren ziemlich hohen Turm angezogen, um dessen Spitze sich außen von der Plattform an eine Treppe spiralig emporwand.
»Steigen wir hinauf!« befahl mein Onkel.
»Wenn mir aber schwindlig wird?« entgegnete ich.
»Dann gerade, muß man sich an alles gewöhnen.«
»Aber . . .«
»Komm, sag' ich dir, wir haben keine Zeit zu verlieren.«
Ich mußte mich fügen. Ein Aufseher, der gegenüber wohnte, gab uns einen Schlüssel, und wir begannen hinaufzusteigen.
Mein Onkel ging munteren Schrittes voran. Ich folgte nicht ohne Angst, denn es wurde mir tatsächlich leicht schwindlig. Solange wir uns in der inneren Schnecke befanden, ging alles gut. Aber nach etwa hundertfünfzig Stufen wehte mir die Luft ins Gesicht. Wir waren bis zur Plattform gekommen, und die Treppe im Freien begann mit einem schmalen Geländer und Stufen, die stets enger wurden und bis ins Unendliche zu führen schienen.
»Ich kann nicht mehr weiter! Unmöglich!« schrie ich.
»So feige kannst du doch nicht sein, steig!« erwiderte unbarmherzig der Professor.
Ich mußte ihm also folgen und klammerte mich an ihn. In der freien Luft schwand mir die Besinnung, ich fühlte bei den

heftigen Windstößen den Turm schwanken, meine Beine versagten mir den Dienst; ich rutschte bald auf den Knien, bald auf dem Leib; ich schloß die Augen, mir wurde sterbensübel. Endlich, indem mich mein Onkel am Kragen packte, kam ich oben bei der Kugel an.

»Jetzt schau«, sagte er, »schau nur recht! Du mußt lernen, in einen Abgrund zu blicken!«

Ich öffnete die Augen und sah die Häuser platt und zusammengedrückt, wie mitten im Nebel des Rauches. Über meinem Kopf zog flockiges Gewölk, und durch optische Täuschung schien es mir unbeweglich, während der Turm, die Kugel und wir gleichzeitig in rasender Eile fortgezogen wurden. In der Ferne sah man auf der einen Seite grüne Felder, auf der andern das im Sonnenschein schimmernde Meer. Bei der Spitze von Helsingör breitete sich mit einigen weißen Segeln der Sund aus, östlich zeigten sich im Nebel wogend die halbverwischten Gestade Schwedens, und dies alles zusammen wirbelte vor meinen Augen.

Dennoch mußte ich aufstehen, mich gerade halten und schauen. Meine erste »Schwindellektion« dauerte eine Stunde. Als ich endlich hinabsteigen und den festen Boden des Pflasters betreten durfte, war ich in allen Gliedern steif.

»Morgen wiederholen wir die Lektion«, sagte der Herr Professor.

Und wirklich, fünf Tage wurde diese Schwindelübung fortgesetzt, und ob mit oder gegen meinen Willen, ich machte merkliche Fortschritte in der Kunst, von einem hohen Standpunkt aus die Welt unter mir ruhig zu betrachten.

In Reykjavik

Der Tag der Abreise kam heran. Tags zuvor überbrachte uns der gefällige Herr Professor Thomson, der Direktor des Museums der Nordischen Altertümer, die nötigen Empfehlungsbriefe an den Grafen Trampe, den Statthalter Islands, an den Weihbischof Pictursson und an Herrn Finsen, den Bürgermeister von Reykjavik. Mein Onkel dankte dem gelehrten Professor mit wärmstem Händedruck. Am 2. Juni, um sechs Uhr früh, befand sich unser kostbares Gepäck an Bord der *Walküre.* Der Kapitän führte uns in ziemlich enge Kabinen.

»Haben wir günstigen Wind?« fragte mein Onkel.

»Ausgezeichneten«, erwiderte Kapitän Bjarne, »Südost. Wir werden mit vollen Segeln aus dem Sund in die weite See stechen.«

Und so geschah es auch. Eine Stunde später schien die Hauptstadt Dänemarks fern in den Fluten zu versinken, und die *Walküre* fuhr längs der Küste von Helsingör. Ich war in reizbarer Stimmung und glaubte Hamlets Schatten auf der Terrasse des alten Schlosses zu sehen, das übrigens weit jünger ist als der Prinz von Dänemark.

Das Schloß Kronborg verschwand bald im Nebel, ebenso der Turm von Helsingborg auf dem schwedischen Ufer, und der Zweimaster neigte sich ein wenig unterm Wehen der Seewinde des Kattegats. Die *Walküre* fuhr großartig, aber auf ein Segelschiff kann man sich nie ganz verlassen. Es hatte Kohlen, Haushaltungsgegenstände, Töpferwaren, wollene Kleidungsstücke und Getreide für Reykjavik geladen. Fünf Männer, lauter Dänen, genügten als Besatzung.

»Wie lange wird die Überfahrt dauern?« fragte mein Onkel den Kapitän.

»Zehn Tage etwa«, erwiderte der, »wenn wir nicht bei den Färöern allzuviel widrigen Wind aus Nordost gegen uns haben.«
»Aber Sie werden sich dadurch doch wohl nicht bedeutend verspäten?«
»Nein, Herr Lidenbrock, Sie können beruhigt sein, wir werden pünktlich ankommen.«
Es geschah nichts Bemerkenswertes auf dieser Fahrt. Ich überstand leicht die Seekrankheit; meinem Onkel war zu seinem großen Leidwesen immer übel, und er schämte sich dessen. Am 11. Juni kam Kap Portland in Sicht. Das damals helle Wetter ließ Myrdals Jökull, der das Kap beherrscht, erkennen. Portland besteht aus einer starken, vereinzelt am Ufer sich erhebenden Anhöhe mit steilen Abhängen.
Die *Walküre* hielt sich mäßig entfernt von den Küsten und fuhr an ihnen westwärts entlang, mitten durch Herden von Haien und Walfischen. Bald zeigte sich ein ungeheurer durchbrochener Felsen, durch den das schäumende Meer mit wütendem Brausen eindrang. Die Westmänner-Inselchen schienen wie hingesäte Felsen über den Meeresspiegel emporzuragen. Nun fuhr der Zweimaster weiter vom Land ab, um das Kap Reykjanäs, das die Westspitze von Island bildet, in gehöriger Entfernung zu umsegeln. Mein Onkel war durch das starke Wogen des Meeres gehindert, das Deck zu betreten, um die ausgezackten Küsten zu bewundern. Achtundvierzig Stunden darauf, nach einem Sturm, der uns zwang, mit gerefften Segeln zu fliehen, gewahrten wir östlich die Boje der Spitze Skagen, deren gefährliche Felsen sich weit unter dem Wasserspiegel hinziehen. Ein isländischer Lotse kam an Bord, und drei Stunden später ankerte die *Walküre* in der Bucht von Faxa vor Reykjavik.

Nun kam endlich der Professor aus seiner Kabine heraus,

etwas blaß und zerschlagen, aber doch eifrig, und Befriedigung sprach aus seinen Augen.
Die Einwohner der Stadt, die das ankommende Schiff lockte, strömten am Hafen zusammen.
Mein Onkel beeilte sich, sein Gefängnis, um nicht zu sagen sein Krankenhaus, zu verlassen. Ehe er aber von Deck ging, zog er mich nach vorn und zeigte mir auf der Nordseite der Bucht einen hohen Berg mit zwei Spitzen, einen doppelten, mit ewigem Schnee bedeckten Kegel.
»Das ist der Snäfalls«, rief er aus, »der Snäfalls!«
Nachdem er mir mit einem Blick unbedingtes Schweigen befohlen hatte, stieg er in das Landungsboot; ich folgte ihm, und bald betraten wir den Boden Islands.
Sofort kam ein ansehnlicher Mann in Generalsuniform auf uns zu: Baron Trampe, der Statthalter der Insel. Der Professor überreichte ihm seine Briefe aus Kopenhagen, und es entspann sich in dänischer Sprache eine kurze Unterhaltung mit dem Ergebnis, daß sich der Baron Trampe Professor Lidenbrock völlig zur Verfügung stellte.
Einen herzlichen Empfang bereitete meinem Onkel der Bürgermeister Finsen, der, obwohl gleich dem Statthalter in militärischer Uniform, friedlichen Charakters war.
Der Weihbischof Pictursson befand sich gerade auf einer amtlichen Rundreise im nördlichen Bezirk; wir mußten zunächst darauf verzichten, ihm vorgestellt zu werden. Aber der Professor der Naturwissenschaften an der Schule zu Reykjavik, Herr Fridrickson, ein recht gefälliger Mann, gewährte uns seinen sehr zu schätzenden Beistand. Von den drei Zimmern seiner Wohnung stellte uns Professor Fridrickson zwei zur Verfügung, und wir richteten uns flugs bei ihm ein.
Über die Menge unseres Gepäcks waren die Bewohner von Reykjavik etwas erstaunt.

»Nun, Axel«, sagte mein Onkel, »es geht gut; die Hauptschwierigkeit ist schon beseitigt.«
»Wie bitte, die Hauptschwierigkeit?« rief ich aus.
»Allerdings, wir brauchen nur hinabzusteigen.«
»Wenn man es so versteht, hast du recht, lieber Onkel; aber schließlich, denke ich, müssen wir auch wieder heraufkommen.«
»Ach, das macht mir keine Sorgen! Wohlan! Es ist keine Zeit zu verlieren. Ich gehe nun zur Bibliothek, da findet sich vielleicht ein Manuskript von Saknussemm, das ich gern zu Rate ziehen möchte.«
»Dann schau' ich mir inzwischen die Stadt an. Willst du das nicht auch tun, Onkel?«
»Das kümmert mich wenig. Die Merkwürdigkeiten dieses Landes sind nicht über, sondern unter der Erde.«
Ich ging aus, streifte umher. Sich in den zwei Straßen Reykjaviks zu verlaufen, wäre schwer gewesen. Ich brauchte daher nicht nach dem Weg zu fragen, was in der Gebärdensprache leicht zu Mißverständnissen führt. In drei Stunden hatte ich nicht nur die Stadt, sondern auch ihre Umgebung besichtigt. Im allgemeinen ein höchst trauriger Anblick. Keine Bäume, eigentlich keine Vegetation, überall lebende Spitzen vulkanischen Gesteins. Die Hütten der Isländer sind aus Erde und Torf gebaut, die Wände nach innen geneigt. Sie sehen wie Dächer aus, die unmittelbar auf dem Boden ruhen. Nur sind diese Dächer Wiesen, recht ergiebige Wiesen. Durch die Wärme ihrer Bewohner sproßt das Gras darauf ziemlich gut, und man mäht es zur Zeit der Heuernte sorgfältig ab, damit die Haustiere nicht auf den grünen Dächern weiden.
Während meines Spaziergangs begegneten mir wenig Leute. Auf dem Heimweg durch die belebtere Straße fand ich die meisten Einwohner damit beschäftigt, Kabeljau zu trocknen, zu salzen und einzuladen; denn das ist der Hauptausfuhrartikel.

Die Menschen scheinen kräftig, aber schwerfällig, Musterstücke von blonden Nordländern mit nachdenklichen Augen, die sich etwas außerhalb der menschlichen Gesellschaft fühlen, arme, in dieses Eisland verwiesene Verbannte, die die Natur dazu verurteilte, auf dieser Grenze des Polarkreises zu leben!

Ihre Tracht besteht aus einem großen Rock von schwarzer Wolle, die in den skandinavischen Ländern unter dem Namen »Vadmel« bekannt ist, einem breitgerandeten Hut, Hosen mit roter Borte, und einem Stück Leder, das zu einer Art Fußbekleidung zusammengelegt ist.

Die Frauen hatten ziemlich angenehme, aber ausdruckslose Züge; ihr Anzug bestand aus Leibchen und Rock aus dunklem »Vadmel«; die Mädchen trugen ihr Haar in Zöpfen geflochten unter einem braunen gestrickten Häubchen; die Verheirateten hatten als Kopfbedeckung ein buntes Tuch, darüber eine Verzierung von weißer Leinwand.

Als ich nach meinem Spaziergang in die Behausung des Herrn Fridrickson zurückkam, fand ich meinen Onkel bereits in Gesellschaft seines Gastgebers.

Neue Kunde von Saknussemm

Das Mittagessen war fertig. Professor Lidenbrock verschlang es mit wahrem Heißhunger, denn sein Magen war durch das Fasten an Bord zu einem Abgrund geworden.

Die Unterhaltung betraf wissenschaftliche Fragen, wie es bei Gelehrten üblich ist; aber mein Onkel hielt sich sehr zurück, und seine Augen befahlen mir bei jedem Satz unbedingtes Schweigen über unsere Absichten.

Zuerst erkundigte sich Herr Fridrickson bei meinem Onkel nach dem Ergebnis seiner Untersuchungen in der Bibliothek.

»Ihre Bibliothek«, polterte Professor Lidenbrock, »besteht nur aus verstümmelten Werken, aus fast leeren Fächern.«

»Wie?« erwiderte Herr Fridrickson. »Wir besitzen achttausend Bände, darunter viele wertvolle und seltene Werke in altskandinavischer Sprache, und alle Neuerscheinungen, mit denen wir von Kopenhagen jährlich versorgt werden.«

»Wo sind denn diese achttausend Bände? Meiner Schätzung nach . . .«

»Doch, Herr Lidenbrock, sie sind im ganzen Land im Umlauf. Man hat auf unseref alten Eisinsel Freude am Lesen! Es gibt keinen Bauern, keinen Fischer, der nicht lesen könnte und nicht liest. Wir meinen, Bücher sind bestimmt, dem Leser nützlich zu sein, anstatt hinter Gittern zu verschimmeln. So gehen denn auch diese Bände von Hand zu Hand, sie werden durchgeblättert, gelesen und wiedergelesen; und manchmal sind sie ein Jahr oder zwei abwesend, bis sie wieder in ihr Fach kommen.«

»Aber«, erwiderte mein Onkel etwas ärgerlich, »die Fremden . . .«

»Was meinen Sie! Die Ausländer haben doch in ihrer Heimat

Bibliotheken, und vor allem begehrt unser Volk die geistige Nahrung. Ich wiederhole, Freude an der Belehrung liegt dem Isländer im Blut. Auch haben wir 1816 eine literarische Gesellschaft gegründet, die in Blüte steht; ausländische Gelehrte empfinden es als Ehre, ihr anzugehören. Sie veröffentlicht Schriften über Erziehung und Bildung unserer Landsleute und leistet dem Land wirkliche Dienste. Wenn Sie, Herr Lidenbrock, ihr als korrespondierendes Mitglied angehören wollen, machen Sie uns damit eine große Freude.«
Mein Onkel, der bereits hundert wissenschaftlichen Gesellschaften angehörte, nahm es zur Genugtuung des Herrn Fridrickson freundlich an.
»Jetzt«, fuhr dieser fort, »nennen Sie mir bitte die Bücher, die Sie in unserer Bibliothek zu finden hofften, und ich kann Ihnen vielleicht darüber Auskunft geben.«
Ich sah meinen Onkel an. Er zögerte mit der Antwort, weil es unmittelbar seine Pläne berührte. Doch nach kurzem Überlegen entschloß er sich zu reden.
»Herr Fridrickson«, sagte er, »ich möchte gern wissen, ob Sie unter Ihren alten Büchern auch die von Arne Saknussemm besitzen.«
»Arne Saknussemm?« fragte der Professor aus Reykjavik. »Meinen Sie den Gelehrten des sechzehnten Jahrhunderts, den großen Naturkundigen, Alchimisten und Reisenden?«
»Ja, den meine ich.«
»Eine der Zierden der Wissenschaft und Literatur Islands?«
»Wie Sie sagen.«
»Ein weltberühmter Mann!«
»Ich gebe es zu.«
»Von ebenso großem Mut wie Genie!«
»Ich sehe, daß Sie ihn genau kennen.«
Mein Onkel hörte mit Entzücken, wie man von seinem Helden sprach. Seine Blicke hingen an Herrn Fridrickson.

»Nun«, fragte er, »wo sind seine Werke?«
»Seine Werke haben wir nicht.«
»Nicht auf Island?«
»Es gibt sie weder auf Island noch sonstwo.«
»Und warum nicht?«
»Weil man Arne Saknussemm als Ketzer verfolgt hat und seine Werke im Jahre 1573 in Kopenhagen durch den Henker verbrannt wurden.«
»Vortrefflich!« rief mein Oheim, zum Ärger des Professors der Naturwissenschaften.
»Wie?« fragte dieser.
»Ja! Alles erklärt sich, alles verknüpft sich, alles ist verständlich, und ich begreife, weshalb Saknussemm, nachdem man seine Schriften verfolgte und ihn zwang, die Entdeckungen seines Geistes zu verbergen, sein Geheimnis in unverständlicher Geheimschrift verhüllen mußte . . .«
»Was für ein Geheimnis?« fragte lebhaft Herr Fridrickson.
»Ein Geheimnis . . . das . . . « stotterte mein Onkel.
»Haben Sie vielleicht ein besonderes Dokument?«
»Nein . . . Es war nur eine Vermutung.«
»Gut«, antwortete Herr Fridrickson und war so freundlich, als er meines Onkels Verlegenheit bemerkte, nicht weiter in ihn zu dringen. »Ich hoffe«, fuhr er fort, »Sie werden unsere Insel nicht verlassen, ohne aus deren mineralogischen Schätzen zu schöpfen.«
»Sicher nicht«, erwiderte mein Onkel, »aber ich komme wohl etwas spät, denn es sind doch schon andere Gelehrte hier gewesen.«
»Gewiß, Herr Lidenbrock. Aber diese Gelehrten haben noch etwas zu tun übriggelassen.«
»Sie meinen?« fragte mein Onkel mit harmlos gespielter Miene. Gleichzeitig bemühte er sich, das Feuer seiner Augen zu mildern.

»Ja, was sind da noch für Berge, Gletscher und Vulkane, bisher zu wenig bekannt, zu erforschen! Sehen Sie, um nicht weit zu gehen, diesen Berg am Horizont emporragen? Das ist der Snäfalls.«

»So?« fragte ganz unschuldig mein Onkel. »Der Snäfalls?«

»Ja, einer der merkwürdigsten Vulkane, dessen Krater selten besucht wird.«

»Ist er erloschen?«

»Seit fünfhundert Jahren.«

»Nun denn«, entgegnete mein Onkel, der, um nicht aufzuspringen, krampfhaft die Beine übereinanderschlug, »ich habe Lust, meine geologischen Studien mit diesem Seffel ... Fessel ... wie sagten Sie doch, zu beginnen.«

»Snäfalls?« fuhr der treffliche Herr Fridrickson fort.

Indem sich mein Onkel unwissend stellte, glich er einem alten Teufel.

»Ja«, sagte er, »Ihre Worte sollen es bestimmen. Wir wollen den Snäfalls ersteigen, vielleicht auch seinen Krater aufsuchen!«

»Ich bedauere sehr«, erklärte Herr Fridrickson, »daß meine Geschäfte mir nicht erlauben, mich von hier zu entfernen; ich hätte Sie gern begleitet.«

»O nein, nein!« erwiderte lebhaft mein Onkel. »Wir wollen Sie durchaus nicht stören, Herr Fridrickson; ich danke Ihnen herzlich. Die Beteiligung eines so gelehrten Mannes wie Sie wäre überaus nützlich, aber die Pflichten Ihres Amtes ...«

»Ich billige sehr, Herr Lidenbrock«, sagte unser Gastgeber, »daß Sie mit diesem Vulkan anfangen. Sie werden eine reiche Ernte an merkwürdigen Beobachtungen einbringen. Aber sagen Sie mir nur, wie gedenken Sie auf die Halbinsel des Snäfalls zu kommen?«

»Zur See, über die Bucht. So geht es am schnellsten.«

»Allerdings, aber das ist jetzt unmöglich.«

»Weshalb denn?«
»Weil wir kein einziges Boot in Reykjavik haben.«
»Teufel!«
»Sie müssen längs der Küste zu Land reisen. Das ist zwar ein Umweg, aber er lohnt sich.«
»Gut. Ich werde versuchen, einen Führer zu bekommen.«
»Ich kann Ihnen gerade einen anbieten, einen Bewohner der Halbinsel, einen sehr geschickten Eiderjäger, mit dem Sie zufrieden sein werden. Er spricht fließend dänisch.«
»Und wann kann ich ihn sehen?«
»Morgen, wenn Sie mögen.«
»Warum nicht heute?«
»Weil er morgen erst ankommt.«
»Morgen also«, sagte mein Onkel seufzend.

Hans, der Eiderjäger

Abends machte ich einen kleinen Spaziergang am Gestade von Reykjavik, kam frühzeitig zurück, legte mich zu Bett und fiel in tiefen Schlaf.

Beim Erwachen hörte ich meinen Onkel im Nebenzimmer in lebhaftem Gespräch. Ich stand sogleich auf und beeilte mich, zu ihm zu kommen.

Er sprach mit einem Mann von hohem, kräftigem Wuchs. Seine Augen in einem mächtigen Kopf mit treuherzigen Zügen waren blau und nachdenklich. Lange rote Haare wallten über seine athletischen Schultern. Seine Bewegungen waren zwar geschmeidig, aber er regte die Arme nur wenig, die Sprache der Gebärden war ihm unbekannt. Er wirkte ruhig, aber nicht gleichgültig. Man fühlte, daß er von keinem Menschen etwas begehrte, daß er nach eigenem Ermessen tätig war und daß ihn nichts in der Welt in seiner Lebensphilosophie störte. Mit gekreuzten Armen stand er inmitten der lebhaften Gebärden meines Onkels und rührte sich kaum. Zum Verneinen wandte er seinen Kopf von der Linken zur Rechten, zum Bejahen neigte er ihn, aber so wenig, daß sich seine langen Haare fast nicht bewegten.

Beim Anblick dieses Mannes hätte ich sicher nicht geahnt, daß er ein Jäger ist; er scheuchte gewiß sein Wild nicht auf, aber wie konnte er sich ihm nähern?

Das begriff ich erst, als ich von Herrn Fridrickson hörte, daß dieser ruhige Mann nur ein »Eiderjäger« sei. Um die Flaumfedern der Eidergans, »Eiderdaunen« genannt, zu sammeln, welches eine große Verdienstquelle für die Insel ist, bedarf es allerdings keines großen Aufwandes an Bewegung.

In den ersten Sommertagen baut das Weibchen sein Nest

zwischen die Felsen der Fjorde, womit das Land ausgezackt ist, und polstert dann das Lager mit den zarten Flaumfedern ihres Leibes. Sogleich kommt nun der Jäger (oder vielmehr der Daunenhändler), nimmt das Nest weg, und das Weibchen beginnt seine Arbeit von neuem. Das dauert so lange, wie sein Gefieder ausreicht. Wenn es ganz ohne die zarten Bauchfedern ist, kommt das Männchen an die Reihe, mit seinen Federn das Nest auszulegen. Weil aber die rauhen und groben Federn des Männchens keinen Handelswert haben, nimmt der Jäger das Nest nicht mehr fort, und das Weibchen kann nun ungestört seine Eier hineinlegen und ausbrüten.
Da die Eidergans für ihr Nest keine steilen Felsen auswählt, sondern die niederen, leicht zugänglichen, die sich ins Meer erstrecken, kann der Eiderjäger seine Arbeit ohne große körperliche Anstrengungen tun. Es ist also ein Bauer, der weder zu säen noch zu ernten, sondern lediglich einzusammeln hat.
Dieser ernste, bequeme und schweigsame Mann hieß Hans Bielke. Er kam auf Herrn Fridricksons Empfehlung und wurde unser Führer. Sein Benehmen war eigentümlich verschieden von dem meines Onkels. Sie wurden sich leicht einig. Keiner von beiden redete über den Preis; der eine war bereit zu nehmen, was man ihm bot, der andere zu geben, was verlangt wurde. Nie kam ein Handel leichter zustande.
Hans verpflichtete sich also, uns bis zum Dorf Stapi zu geleiten, das an der südlichen Küste der Halbinsel des Snäfalls liegt, dicht am Fuß des Vulkans. Dieser Weg wurde auf zweiundzwanzig Meilen berechnet, die mein Oheim in zwei Tagen zurückzulegen wähnte. Als er aber vernahm, daß es dänische Meilen von über hundertfünfundsechzig Kilometern sind, mußte er seine Berechnung ändern und sich in Anbetracht der schlechten Wege auf sieben bis acht Tage gefaßt machen.

Vier Pferde mußten zur Verfügung stehen, zwei zum Reiten für den Onkel und mich, die beiden anderen, um das Gepäck zu tragen. Hans sollte, wie er es gewöhnt war, zu Fuß gehen. Er kannte die Gegend genau und versprach, den kürzesten Weg einzuschlagen. Als wir übrigens in Stapi ankamen, trat Hans nicht aus dem Dienst meines Onkels, sondern ließ sich von ihm für die ganze Dauer seiner wissenschaftlichen Unternehmung anwerben, zum Preis von drei Reichstalern. Nur wurde ausdrücklich vereinbart, daß ihm diese Summe wöchentlich am Samstagabend ausbezahlt wurde.
Die Abreise wurde auf den 16. Juni festgesetzt. Mein Onkel wollte Hans ein Draufgeld geben, aber der lehnte es mit einem Wort ab.
»Efter«, sagte er nur.
»Nachher«, übersetzte mir das mein Onkel.
Als der Vertrag geschlossen war, zog sich Hans zurück.
»Ein prächtiger Kerl«, rief mein Onkel aus, »aber er ahnt nicht im mindesten, was er für eine Rolle zu spielen hat.«
»Er wird uns also begleiten bis . . .«
»Ja, Axel, bis zum Mittelpunkt der Erde.«
Achtundvierzig Stunden blieben uns noch bis zur Abreise; zu meinem großen Bedauern mußte ich sie für die Vorbereitungen verwenden. Unsere gesamten Geisteskräfte wurden beansprucht, jeden Gegenstand auf die angemessenste Weise zu ordnen, die Instrumente hierhin, die Waffen dorthin, die Werkzeuge in dieses Paket, die Lebensmittel in jenes. Der 14. Juni wurde ganz gebraucht, um die verschiedenen Gegenstände zu ordnen und zu verpacken. Am Abend speisten wir bei Baron Trampe in Gesellschaft des Bürgermeisters von Reykjavik und des Doktors Hyaltalin, des obersten Arztes des Landes.
Am folgenden Tag, dem 15. Juni, waren wir mit allen Vorbereitungen fertig. Unser Wirt machte dem Professor eine

große Freude, als er ihm eine kostbare Karte von Island schenkte, die vollständiger und genauer war als die Hendersonsche Karte.

Der letzte Abend wurde in vertraulichem Gespräch mit Herrn Fridrickson verbracht. Auf diese Unterhaltung folgte, wenigstens meinerseits, ein unruhiger Schlaf.

Um fünf Uhr weckte mich das Wiehern der vier Pferde, die unter meinem Fenster stampften. Ich kleidete mich hastig an und ging auf die Straße. Hier war Hans beschäftigt, unser ganzes Gepäck aufzuladen, ohne dabei ein Wort zu sprechen. Mein Onkel machte mehr Geräusch als brauchbare Arbeit, und Hans schien sich wenig um seine Anweisungen zu kümmern.

Um sechs Uhr war alles fertig. Herr Fridrickson drückte uns herzlich die Hände. Mein Onkel dankte ihm gebührend für seine wohlwollende Gastlichkeit. Dann saßen wir auf, und Herr Fridrickson rief uns zum Lebewohl den Vers Vergils nach: »Fahren wir denn getrost, wohin Fortuna uns führt!«

Isländische Gastfreundschaft

Hans ging voran, mit raschem, gleichmäßig ausdauerndem Schritt, hinter ihm die zwei Pferde mit unserem Gepäck, ohne daß man sie zu treiben brauchte.

Ich konnte ein Lächeln nicht zurückhalten, als ich meinen großen Onkel auf einem so kleinen Pferd erblickte, daß seine langen Beine den Boden streiften und er wie ein sechsfüßiger Zentaur aussah.

Zwei Stunden nach unserer Abreise aus Reykjavik kamen wir zu dem Dörfchen Gufums. Die wenigen Häuser würden in Deutschland kaum eine Ansiedlung bilden.

Hans machte hier eine halbe Stunde halt, und wir teilten unser bescheidenes Frühstück mit ihm. Auf die Fragen meines Onkels über die Beschaffenheit des Weges antwortete er mit ja und nein, und als wir uns erkundigten, wo er zu übernachten gedenke, sagte er nur: »Gardar!«

Auf der Karte fand ich am Ufer des Hvalfjordes, vier Meilen von Reykjavik, einen kleinen Ort dieses Namens. Als ich ihn meinem Onkel zeigte, sprach er: »Vier Meilen nur, vier Meilen von zweiundzwanzig! Das ist ein hübscher Spaziergang!«

Um vier Uhr nachmittags hatten wir vier dänische Meilen zurückgelegt. Der Fjord war an dieser Stelle mindestens eine halbe Meile breit; Meereswellen schlugen tosend gegen die scharf gespitzten Felsen. Der Golf erweiterte sich zwischen Felsenwänden, die etwa neunhundert Meter hoch senkrecht aufstiegen und durch braune Schichten zwischen rötlichen Tufflagern merkwürdig aussahen.

So verständig unsere Pferde sein mochten, ich ahnte nichts Gutes, wenn wir es unternahmen, auf dem Rücken eines Vierfüßlers über einen wirklichen Meeresarm zu setzen.

Mein Onkel wollte nicht warten. Er galoppierte dem Ufer zu. Sein Reittier witterte die Meereswellen und hielt an. Nun fluchte und peitschte mein Onkel drauflos, aber das Tier schlug hinten aus und machte Miene, seinen Reiter abzuwerfen. Schließlich beugte es seine Kniekehlen und schlüpfte unter den langen Beinen des Professors weg, so daß er aufrecht auf zwei Felsstücken stehen blieb, wie der berühmte Koloß auf Rhodos.

»Farja«, sagte da der Führer und klopfte dem Professor auf die Schulter.

»Was, eine Fähre?«

»Dort«, erwiderte Hans und deutete auf ein Fahrzeug.

»Jawohl«, rief ich, »da ist eine Fähre!«

»Das hätte man eher sagen sollen! Nun aber weiter!«

»Tidvatten«, ergänzte der Führer.

»Was will er?«

»Er meint die Ebbe«, übersetzte mir mein Onkel das dänische Wort.

»Allerdings, wir müssen die Ebbe abwarten.«

Mein Onkel stampfte mit dem Fuß, während die Pferde auf die Fähre zugingen.

Der günstigste Zeitpunkt zum Übersetzen war erst um sechs Uhr abends. Wir brauchten über eine Stunde, um über den Fjord zu kommen, und nach einer weiteren halben Stunde erreichten wir Gardar.

Hier nahm uns ein Bauernhaus gastlich auf. Der Besitzer führte uns in unser Gemach, einen großen Raum mit einem Boden aus gestampfter Erde und einem Fenster, dessen Scheiben aus wenig durchsichtigen Hammelhäutchen gemacht waren. Das Bettzeug war dürres Stroh, das man in zwei hölzerne, rot angestrichene und mit isländischen Sprüchen verzierte Verschläge geworfen hatte. Das Haus durchdrang ein starker Geruch getrockneter Fische, eingemachten

Fleisches und saurer Milch. Meiner Nase wollte das gar nicht recht behagen.
Später lud uns der Hauswirt ein, in die Küche zu kommen, die einzige Stelle, auch bei größter Kälte, wo Feuer war. Der Kamin der Küche war nach uraltem Muster angelegt; in der Mitte des Raumes bildete ein einziger Stein die Feuerstätte; im Dach befand sich ein Loch als Rauchfang. Diese Küche diente auch als Eßraum.
Bei unserem Eintritt begrüßte uns unser Wirt, als habe er uns noch nie gesehen, mit dem Wort »saellvertu«, seid glücklich, und küßte uns auf die Wange.
Nach ihm sprach seine Frau das gleiche Wort, verbunden mit der gleichen Zeremonie; darauf legten sie die rechte Hand aufs Herz und verbeugten sich tief.
Die Frau war Mutter von neunzehn Kindern, die alle, große wie kleine, mitten in dem Dunst des Herdes, der den Raum erfüllte, durcheinander wimmelten.
Wir begegneten dieser »Nestbrut« recht freundlich, und bald hatten wir drei oder vier der »Meerkätzchen« auf unseren Schultern, ebenso viele auf dem Schoß, die übrigen zwischen den Beinen. Von denen, die sprechen konnten, hörte man das »Saellvertu« in allen erdenklichen Tonarten, die anderen schrien um so mehr.
Das Konzert wurde durch die Ankündigung der Mahlzeit unterbrochen. In diesem Augenblick trat der Eiderjäger ein, der inzwischen die Pferde gefüttert hatte.
»Saellvertu«, rief Hans.
Darauf folgte dieselbe Begrüßung von seiten des Wirtes, seiner Frau und der neunzehn Kinder.
Nach dieser Zeremonie setzte man sich zu Tisch, vierundzwanzig an der Zahl, folglich eins auf das andere, im wörtlichen Sinne. Wer nur zwei auf den Knien hatte, kam gut dabei weg. Als jedoch die Suppe kam, ward das Völkchen still.

Unser Wirt reichte uns eine Moossuppe, die nicht übel schmeckte, dann eine große Portion getrockneten Fisch in Butter schwimmend, die seit zwanzig Jahren etwas scharf geworden und also nach isländischen Begriffen vorzüglicher war als frische Butter. Dann gab es »Skyr«, eine Art geronnener Milch, mit Zwieback und einer Brühe von Wacholderbeeren, endlich einen Trank, Molke mit Wasser gemischt, »Blanda« genannt. Ob diese seltsame Mischung gut war oder nicht, kann ich nicht recht beurteilen. Mich hungerte, und zum Nachtisch verschlang ich einen Heidekornbrei bis auf den letzten Mundvoll.

Nach beendeter Mahlzeit verliefen sich die Kinder wieder. Die Erwachsenen wärmten sich an der Feuerstelle, wo sie Torf, Reiser, Kuhmist und Gräten getrockneter Fische verheizten, und gingen dann in ihre Gemächer. Am folgenden Morgen um fünf Uhr verabschiedeten wir uns. Nur mit Mühe konnte mein Onkel den Bauern bewegen, eine angemessene Vergütung anzunehmen.

Die nächste Nacht mußten wir in einem verlassenen Gemäuer verbringen, das von allen Kobolden der skandinavischen Mythologie besucht zu werden schien: Der Plagegeist der Kälte war dort sicherlich zu Hause, um uns die ganze Nacht zu quälen.

In der folgenden Nacht blieben wir in Krösolbt, einer gottverlassenen Einöde.

Am Samstag, dem 20. Juni, kamen wir abends um sechs Uhr nach Büdir, einem kleinen Flecken am Meeresufer, und Hans bat um seine ausbedungene Bezahlung. Mein Onkel rechnete mit ihm ab. Die Familie unseres Führers, seine Onkel und Vettern, boten uns ihre Gastfreundschaft an. Wir wurden so nett empfangen, daß ich mich gern bei ihnen von den Reisebeschwerden erholt hätte. Aber mein Onkel bestand darauf, daß es weiterging, und am folgenden Morgen mußten wir von neuem aufsitzen. Der Boden zeigte schon Spuren von der Nähe unseres Berges, Snäfalls, dessen granitene Wurzeln wie die einer alten Eiche aus der Erde kamen. Wir umgingen den ungeheuren Fuß des Vulkans. Der Professor verlor ihn nicht aus den Augen; er machte Gebärden, als ob er ihn herausfordern wollte, und rief aus: »Da ist der Riese, den ich bezwingen will!«

Endlich, nach vier Stunden, hielten die Pferde von selbst am Tor des Pfarrhauses zu Stapi.

Im Pfarrhaus zu Stapi

Stapi, ein kleiner Ort von etwa dreißig Hütten, steht auf Lavagrund im Widerschein der von dem Vulkan zurückgeworfenen Sonnenstrahlen. Der kleine Fjord ist von einer auffallend geformten Basaltmauer eingefaßt. Die Natur hat hier für Architekten ein streng geregeltes Vorbild geschaffen, das weder von der Herrlichkeit Babylons, noch von den Wundern Griechenlands je übertroffen worden ist. Ich hatte wohl reden hören von dem Riesendamm in Island und der Fingalshöhle an der Küste der Hebrideninsel Staffa, aber einen basaltischen Unterbau hatte ich noch niemals gesehen.
Zu Stapi nun zeigte sich ein solcher in voller Schönheit. Die Uferwand des Fjordes sowie das ganze Ufer der Halbinsel besteht aus einer Reihe neun Meter hoher, senkrechter Säulen. Über diesen zog sich ein Schwibbogengesims aus waagrecht liegenden Säulen, die nach dem Meer hin vorsprangen. In gewissen Zwischenräumen sah man unter diesem natürlichen Schutzdach Öffnungen von bewundernswerter Zeichnung, durch die reichlich strömende Wogen schäumend eindrangen. Basaltblöcke, vom wütenden Strom der Gewässer fortgerissen, lagen zerstreut auf dem Boden wie Trümmer eines antiken Tempels, ewig junge Ruinen, unverletzt von darüberrollenden Jahrhunderten.
Dies war die letzte Etappe unserer Landreise.
Als wir am Tor des Pfarrhauses ankamen, einer niedrigen Hütte, die weder schöner noch bequemer war als die benachbarten, sah ich da einen Mann, beschäftigt, ein Pferd zu beschlagen, mit lederner Schürze und einem Hammer in der Hand.
»Saellvertu«, sprach der Eiderjäger.

»Guten Tag«, erwiderte in Dänisch der Hufschmied.
»Kyrkoherde«, erklärte Hans meinem Onkel.
»Der Pfarrer«, dolmetschte dieser.
Währenddessen setzte Hans den Pfarrer von der Lage der Dinge in Kenntnis. Dieser unterbrach seine Arbeit und stieß einen Schrei aus, wie er zwischen Pferden und Roßhändlern üblich sein mag, und sogleich kam eine große Frau aus der Hütte heraus. Maß sie nicht 1,80 Meter, so fehlte doch nicht viel daran. Ich fürchtete schon, sie wollte den Reisenden den isländischen Gruß darbieten, aber damit war es doch nichts; ja, sie zeigte sich wenig freundlich, als sie uns ins Haus führte. Das Fremdenzimmer schien mir der schlechteste von allen Räumen im Hause zu sein, eng, schmutzig und übelriechend. Man mußte hier genügsam sein. Dem Pfarrherrn schien durchaus nicht die Gastlichkeit der Urzeit zu eigen. Bevor der Tag zu Ende ging, erkannte ich, daß wir es mit einem Grobschmied, einem Fischer, Jäger, Zimmermann, und keineswegs mit einem geistlichen Herrn zu tun hatten. Allerdings war es ein Werktag; vielleicht stellte sich der Pfarrer am Sonntag ein.
Das Gehalt, das die armen Priester von der Regierung bekommen, ist äußerst gering, und dazu beziehen sie den vierten Teil des Zehnten ihrer Gemeinde, was keine sechzig Mark beträgt. Daher müssen sie für ihren Lebensunterhalt sorgen. Wenn man aber die Arbeit eines Fischers, Jägers und Schmiedes verrichtet, nimmt man die Sitten und die Lebensart dieser Leute an. Am Abend merkte ich gar, daß unser Wirt keineswegs die Tugend der Nüchternheit kannte.
Mein Onkel sah gleich, mit wem er es zu tun hatte. Um so rascher beschloß er, sein großes Vorhaben durchzuführen. Ohne Rücksicht auf die Beschwerden nahm er sich vor, einige Tage im Gebirge zuzubringen.
Daher wurden gleich am folgenden Tag nach unserer

Ankunft zu Stapi die Vorbereitungen getroffen. Hans mietete drei Isländer, die statt der Pferde das Gepäck tragen sollten; aber es wurde vereinbart, daß, sobald wir auf dem Boden des Kraters angekommen wären, sie wieder zurückkehrten.
Bei dieser Gelegenheit gab mein Onkel dem Hans zu erkennen, daß er die Erforschung des Vulkans bis zum äußersten fortzusetzen beabsichtige. Hans nickte nur mit dem Kopf. Dahin oder sonstwohin auf der Oberfläche oder ins Innere hinab, war ihm gleichgültig.
Die folgende Nacht hatte ich beängstigende Träume von einem Vulkan und den dunkelsten Tiefen der Erde; ich fühlte mich wie ein ausgeworfenes Felsstück in die Lüfte emporgeschleudert. Am folgenden Tag, dem 23. Juni, erwartete uns Hans mit seinen Kameraden, die die Lebensmittel, Werkzeuge und Instrumente trugen. Zwei beschlagene Stöcke, zwei Gewehre, zwei Patronentaschen waren für meinen Onkel und mich vorgesehen. Hans hatte vorsichtig zu unserem Gepäck einen vollen Schlauch gefügt, der uns nebst unseren Flaschen für acht Tage mit Wasser versorgen sollte. Es war neun Uhr morgens. Der Pfarrer und seine Frau warteten vor dem Tor; ohne Zweifel, um den Reisenden ein letztes Lebewohl zu sagen. Aber dieses Lebewohl erschien unversehens in Form einer fürchterlichen Rechnung, die sich sogar die verpestete Luft bezahlen ließ. Dieses würdige Paar veranschlagte seine Gastfreundschaft sehr hoch.
Mein Onkel zahlte, ohne groß zu handeln. Auf der Reise zum Mittelpunkt der Erde kam es nicht auf einige Reichstaler an. Als dies geordnet war, gab Hans das Zeichen zum Aufbruch, und nach einigen Minuten hatten wir Stapi im Rükken.

Unser Berg

Der Snäfalls ist 1823 Meter hoch. Von dem Punkt unserer Abreise aus konnte man nicht sehen, wie seine beiden Spitzen auf dem grauen Hintergrund des Himmels hervortraten. Ich gewahrte nur, daß eine mächtige Schneekappe dem Riesen über die Stirn gedrückt war.

Wir gingen einer hinter dem andern her, der Eiderjäger als erster. Er stieg enge Fußpfade hinan, wo zwei Menschen nicht nebeneinander gehen können. Eine Unterhaltung war dadurch fast unmöglich.

Über der Basaltwand des Fjordes Stapi zeigte sich zuerst ein krautartiger faseriger Torfboden, der aus der uralten Vegetation der Moorgründe herrührte. Dies ungeheure Torflager war, vom Boden eines Hohlweges aus gemessen, oft zwanzig Meter hoch und zeigte aufeinanderfolgende Schichten von verkohltem Geröll, dazwischen Blätter von Bimssteintuff. Die Menge dieses noch unausgebeuteten Brennmaterials könne ausreichen, ein Jahrhundert lang der gesamten Bevölkerung Islands einzuheizen. Der Weg bergan wurde immer schwieriger. Die Felsstücke wankten, und man mußte sehr aufpassen, um einen gefährlichen Sturz zu vermeiden.

Hans ging ruhig wie auf ebenem Boden voran; manchmal verschwand er hinter großen Blöcken, und wir verloren ihn zeitweilig aus den Augen; dann gab er mit hellem Pfeifen die Richtung an, in der wir ihm zu folgen hatten. Oft stand er auch still, las einige Steine auf, ordnete sie auf leicht erkennbare Weise und markierte so den Rückweg.

In drei ermüdenden Wegstunden waren wir nur bis zum Fuß des Berges gekommen. Hans gab ein Zeichen zu halten, und alle nahmen ein leichtes Frühstück ein. Mein Onkel aß doppelte Mengen, um schneller weiter zu kommen. Da aber diese Pause auch zum Ausruhen bestimmt war, mußte er sich nach dem Führer richten, der erst nach einer Stunde das Zeichen zum Aufbruch gab. Die drei Isländer, so schweigsam wie ihr Kamerad, der Eiderjäger, sprachen kein Wort und aßen mäßig.

Wir begannen jetzt, die Abhänge des Snäfalls hinanzusteigen. Sein schneebedeckter Gipfel schien mir durch eine optische Täuschung, wie sie im Gebirge häufig vorkommt, sehr nahe; aber wie viele Stunden dauerte es noch, bis wir ihn erreichten! Und welche Beschwerden dazu! Die Steine, durch kein Bindemittel festgehalten, lösten sich unter unseren Füßen los und rollten so schnell wie eine Lawine auf die Ebene hinab. An manchen Stellen bildeten die Seiten des Berges mit dem Horizont einen Winkel von mindestens sechsunddreißig Grad; es war unmöglich hinanzuklimmen, und man konnte nur schwer um die Steinblöcke herumkommen. Wir unterstützten uns dabei gegenseitig mit unseren Stökken. Mein Onkel hielt sich mir so nahe wie möglich; er verlor mich nicht aus den Augen, und manchmal war mir sein Arm eine tüchtige Stütze. Er seinerseits hatte wohl einen angeborenen Gleichgewichtssinn, denn er wankte und stolperte nicht. Die Isländer kletterten, obwohl mit Gepäck beladen, so gewandt wie Bergbewohner.

Wenn ich die Höhe des Gipfels ermaß, so schien es mir unmöglich, von dieser Seite her hinaufzukommen. Zum Glück gelangten wir nach einer Stunde voller Anstrengungen mitten in der Schneedecke auf der Höhe des Vulkans unversehens zu einer Art Treppe, die unser Steigen sehr erleichterte. Sie war aus Steinen gebildet, die bei den Ausbrüchen des Vulkans massenweise herausgeschleudert wurden. Hätte sie die Bergwand beim Herabstürzen nicht aufgehalten, so wären sie ins Meer hinabgerollt und hätten da neue Inseln gebildet. Bei der zunehmenden Steilheit des Bergabhangs machten uns die Stufen dieser Steine das Hinaufsteigen leicht. Dabei ging es so rasch, daß ich, als ich eine kleine Weile hinter meinen Genossen stehenblieb, sie schon durch die Entfernung merklich verkleinert sah.

Um sieben Uhr abends hatten wir die zweitausend Treppenstufen erstiegen, und wir befanden uns oben auf einer Anschwellung des Berges, einer Art Unterlage, worauf der eigentliche Kegel des Kraters sich stützte.

Das Meer war hier schon fast tausend Meter unter uns, wir hatten die Grenze des ewigen Schnees überschritten, die in Island infolge des beständig feuchten Klimas nicht sehr hoch ist. Es war grimmig kalt, und es wehte ein starker Wind. Ich war erschöpft. Der Professor sah wohl, daß meine Beine mir den Dienst versagten, und entschloß sich, trotz seiner Ungeduld anzuhalten. Er gab dem Eiderjäger ein Zeichen; der aber schüttelte den Kopf und sagte nur: »Ofvanför«.

»Es scheint«, erklärte mein Onkel, »wir müssen noch höher steigen.«

Darauf fragte er Hans nach dem Grund.

»Mistour«, war die Antwort.

»Ja, Mistour«, wiederholte einer der Isländer mit etwas erschrockenem Ton.

»Was bedeutet dieser Ausdruck?« frage ich unruhig.

»Sieh nur«, sagte mein Onkel.

Ich richtete meine Blicke nach der Ebene. Eine ungeheure Säule von gepulvertem Bimsstein, Sand und Staub erhob sich im Wirbel einer Windhose. Sie schlug sich auf die Seite des Snäfalls nieder, wo wir uns befanden; dieser dunkle, vor die Sonne gespannte Vorhang verursachte einen tiefen Schatten, der überm Gebirge lagerte. Wenn diese Windhose herabkam, mußte sie uns in ihren Wirbel hineinziehen. Diese Naturerscheinung, daß der Wind von den Gletschern herweht, kommt dort ziemlich häufig vor und heißt im Isländischen »Mistour«.

»Hastigt, hastigt«, rief unser Führer.

Ohne dänisch zu verstehen, leuchtete mir ein, daß wir Hans so schnell wie möglich folgen sollten. Dieser fing nun an, um den Kegel des Kraters herumzugehen, aber in schräger Richtung. Bald senkte sich die Windhose nieder auf den Berg, der erzitterte. Die vom Wirbelwind mitfortgerafften Steine flogen, wie beim Ausbruch eines Vulkans, gleich Regen und Hagel. Wir befanden uns glücklicherweise auf der entgegengesetzten Seite und waren dadurch vor der Gefahr geschützt. Ohne die Vorsicht unseres Führers wären unsere Körper zerfetzt und in Staub zermalmt in der Ferne niedergefallen wie das Erzeugnis eines Meteors. Doch hielt es Hans nicht für geraten, die Nacht auf der Außenseite des Kegels zuzubringen. Wir setzten unsern Aufstieg im Zickzack fort. Die vierhundertfünfzig Meter, die noch zu erklimmen waren, beanspruchten noch fast fünf Stunden, die Umwege und schrägen Wege betrugen mindestens dreizehn Kilometer. Ich konnte nicht mehr weiter; Hunger und Kälte hatten mich völlig entkräftet. Die dünne Höhenluft reichte nicht mehr aus für die Tätigkeit meiner Lungen.

Endlich, um elf Uhr abends, erreichten wir im dichten Dunkel den Gipfel des Snäfalls. Bevor ich mich zu meinem Schutz in den Krater hineinbegab, hatte ich noch die Zeit, die »Mitternachtssonne« an der niedrigsten Stelle ihres Umlaufs zu sehen, wo sie ihre bleichen Strahlen auf die zu meinen Füßen schlummernde Insel warf.

Zum Krater des Snäfalls

Das Abendessen wurde rasch verzehrt, und der kleine Trupp bettete sich so gut wie möglich. Das Lager war hart, fünfzehnhundert Meter über dem Meeresspiegel. Doch war mein Schlaf während dieser Nacht besonders ruhig, so gut, wie seither lange nicht.

Den anderen Morgen erwachte man halb erfroren bei schneidender Kälte im schönsten Sonnenschein. Ich verließ mein Granitlager, um das prachtvolle Schauspiel vor meinen Augen zu genießen.

Ich befand mich auf dem Gipfel der südlichen Spitze des Snäfalls, und mein Blick schweifte von da über den größten Teil der Insel. Zu meinen Füßen sah ich tiefe Täler in allen Richtungen sich durchkreuzen; Abgründe wirkten wie Brunnen, Seen wie Teiche, Flüsse wie Bäche. Zu meiner Rechten reihten sich Gletscher an Gletscher und zahlreiche Bergspitzen, aus manchen stiegen leichte Rauchsäulen empor. Die wellenförmigen Erhebungen dieser zahllosen Berge, die mit ihrer Schneedecke wie schäumend aussahen, erinnerten an die Oberfläche eines stürmisch aufgeregten Meeres. Blickte ich nach Westen, so breitete sich vor meinen Augen majestätisch der Ozean aus als Fortsetzung der weiten Gipfel. Die Grenze zwischen Land und Meer war nicht zu erkennen.

Der Professor und Hans kamen nun auch zu mir auf die Höhe. Mein Onkel zeigte mir in westlicher Richtung einen leichten Dunst, einen Nebel, einen Anschein von Land, das die Wogen begrenzte.

»Das ist Grönland«, sagte er.

»Grönland?« rief ich.

»Ja, wir sind keine anderthalbtausend Kilometer mehr davon

entfernt, und zur Zeit des Tauwetters kommen die Eisbären auf treibenden Eisblöcken bis nach Island. Aber das will nicht viel heißen. Wir sind nun auf dem Gipfel des Snäfalls und sehen hier zwei Spitzen, eine südliche und eine nördliche. Hans wird uns sagen, wie bei den Isländern die Spitze heißt, worauf wir eben stehen.«

»Scartaris.«

Mein Onkel sah mich frohlockend an.

»Zum Krater!« sagte er.

Der Krater des Snäfalls stellte einen umgekehrten Kegel dar, und seine Mündung mochte einen Durchmesser von fünftausend Metern haben. Seine Tiefe schätzte ich auf etwa sechshundert Meter. Wie sah es wohl aus in einem solchen Behälter, wenn er sich unter Blitz und Donner füllte? Der Trichter hatte unten schwerlich mehr als dreihundert Meter Umfang, so daß man auf den ziemlich sanften Abhang leicht hinuntergelangen konnte. Unwillkürlich mußte ich diesen Krater mit einer ungeheuren Donnerbüchse vergleichen.

»In eine Donnerbüchse hinabzusteigen, die vielleicht geladen ist und jeden Augenblick losgehen kann, das tun nur Narren.«

Aber ich konnte nicht mehr zurück. Hans ging mit gleichgültiger Miene voran. Ich folgte ihm schweigend.

An manchen Stellen des Kegels befanden sich innere Gletscher. Dann schritt Hans nur mit größter Vorsicht voran, indem er mit seinem beschlagenen Stock den Boden untersuchte, ob nicht Spalten vorkämen. An manchen bedenklichen Stellen mußten wir uns mit einem langen Tau aneinanderbinden, damit der, dessen Fuß unversehens zu straucheln anfing, von seinen Genossen Beistand haben konnte. Dies war zwar vorsichtig ersonnen, sicherte aber nicht gegen alle Gefahr.

Inzwischen glückte das Hinabsteigen trotz der dem Führer

unbekannten Schwierigkeiten ohne Unfall, außer daß ein Pack Stricke, der den Händen eines Isländers entfiel, den kürzesten Weg in die Tiefe hinabrollte.
Mittags zwölf Uhr kamen wir unten an. Ich blickte aufwärts nach der Mündung des Kegels, die nur ein äußerst kleines Stück Himmel umrahmte. An einem Punkt nur hob sich die Spitze des Scartaris davon ab.
Auf dem Boden des Kraters befanden sich drei offene Kamine, woraus zur Zeit der Ausbrüche des Snäfalls das Zentralfeuer Lava und Dünste auswarf. Jeder dieser Kamine hatte ungefähr dreißig Meter Durchmesser; sie klafften zu unseren Füßen. Ich hatte keinen Mut hineinzublicken. Professor Lidenbrock hatte ihre Lage schnell untersucht; atemlos lief er von einem zum andern und ließ mit vielen Gebärden unverständliche Worte hören. Hans und seine Kameraden sahen ihm auf einem Lavablock sitzend zu; sie hielten ihn offenbar für närrisch.
Plötzlich stieß mein Onkel einen Schrei aus. Ich glaubte schon, sein Fuß wäre ihm eingesunken und er wäre im Begriff, in einen der drei Schlünde hinabzufallen. Doch nein! Ich bemerkte, wie er mit ausgebreiteten Armen und gespreizten Beinen vor einem Granitfelsen stand, der auf der Mitte des Kraters lag wie ein riesiges Fußgestell für ein Standbild Plutos, des Beherrschers der Unterwelt. Seine Haltung zeigte einen vor Staunen ganz bestürzten Mann, aber seine Bestürzung wich bald einer unsinnigen Freude.
»Axel, Axel!« rief er aus. »Komm, komm schnell!«
Ich eilte zu ihm, Hans und die Isländer rührten sich nicht.
»Schau nur«, sagte der Professor.
Und mit gleichem Staunen, wo nicht gleicher Freude, las ich auf der Westseite des Felsblocks in Runenschrift, die halb von der Zeit zerfressen war, den tausendmal verwünschten Namen

»Arne Saknussemm!« rief mein Onkel aus. »Wirst du jetzt noch zweifeln, Axel?«

Ich wußte darauf keine Antwort und kam verstört zu meiner Lavabank zurück.

Wie lange ich so in Gedanken versunken war, weiß ich nicht. Als ich aber endlich den Kopf wieder aufrichtete, sah ich meinen Onkel und Hans allein vor mir. Die Isländer waren verabschiedet worden und stiegen bereits auf dem Heimweg nach Stapi den äußeren Abhang des Snäfalls hinunter.

Hans schlief ruhig am Fuß eines Felsblocks in einer Lavarinne, wo er sich eine Lagerstätte eingerichtet hatte. Mein Onkel kehrte auf den Boden des Kraters zurück, wie ein Stück Rotwild in der Fallgrube eines Jägers.

Ich hatte weder Lust noch Kraft aufzustehen, folgte dem Beispiel des Führers und sank in einen schmerzlichen Schlummer, denn es war mir, als hörte ich Getöse und fühlte ein Schauern im Schoß des Berges.

So verging diese erste Nacht im Innern des Kraters.

Am folgenden Morgen drückte der Himmel, grau umwölkt, schwer auf die Spitze des Kegels. Ich merkte es sowohl an der Düsternis des Schlundes als am Zorn meines Onkels.

Von den drei Wegen, die sich unseren Füßen öffneten, hatte Saknussemm nur einen eingeschlagen. Nach der Angabe des weisen Isländers mußte man ihn an dem in der Geheimschrift angeführten Kennzeichen herausfinden, wenn der Schatten der Scartaris in den letzten Tagen des Juni seinen Rand umschmeichelt. Man konnte in der Tat diesen spitzen Gipfel wie den Zeiger einer ungeheuren Sonnenuhr betrachten, dessen Schatten an einem bestimmten angegebenen Tag den Weg zum Mittelpunkt der Erde zeigen sollte.

Wenn nun aber die Sonne nicht schien, gab es auch keinen Schatten, dann fehlte also das Merkzeichen. Es war am 25. Juni. Blieb der Himmel sechs Tage lang bedeckt, so mußte die Beobachtung auf ein anderes Jahr verschoben werden.
Der Tag verstrich, ohne daß ein Schatten in den Grund des Kraters hinabfiel. Am 26. Juni noch nichts. Den ganzen Tag über fiel Regen mit Schnee vermischt. Auch am folgenden Tag war der Himmel noch bedeckt. Aber sonntags, am 28. Juni, brachte der Mondwechsel auch einen Wechsel der Witterung.
Die Sonne ergoß reichliche Strahlen in den Krater. Der geringste Berg, jeder Felsen, jeder Stein und jede Erhöhung nahmen teil an der Bestrahlung und warfen sofort einen Schatten auf den Boden. Der des Scartaris zeichnete sich ab wie eine belebte Spitze, die sich zugleich mit dem strahlenden Gestirn unmerklich drehte. Um zwölf Uhr, da der Schatten am kürzesten war, bedeckte er sanft den Rand des mittleren Kamins.
»Hier ist es!« rief der Professor. »Hier geht es zum Mittelpunkt des Erdballs!«
Ich blickte auf Hans.
»Forüt!« sagte ruhig der Führer.
»Vorwärts!« erwiderte mein Onkel.
Es war ein Uhr dreizehn Minuten am Nachmittag.

Mühevolle Reise in die Unterwelt

Ich hatte noch nicht in den unergründlichen Schlund hinabgeschaut, in den wir uns hinunterwagen wollten. Nun war der Augenblick gekommen. Ich trat an die mittlere Öffnung, bog mich über einen Felsblock und sah in die Tiefe. Die Haare sträubten sich mir, es kam mir der Schwindel; ich fühlte wie ein Trunkener, daß sich mein Gleichgewicht veränderte. So ein Abgrund hat eine gefährliche Anziehungskraft, ich war im Begriff hinabzufallen. Da hielt mich Hans mit starken Händen fest. Sicherlich hätte ich zu Kopenhagen noch mehr Schwindel-Lektionen haben sollen.

So kurze Zeit ich auch in den Schlund hineinblickte, hatte ich mir doch gemerkt, wie er beschaffen war. An seinen fast senkrechten Wänden befanden sich zahlreiche Vorsprünge, die das Hinabsteigen erleichtern mußten. Aber gebrach's auch nicht an einer Leiter, so fehlte es doch an einem Geländer. Ein an der Mündung befestigtes Seil konnte wohl hinreichend stützen, aber wie sollte man es losmachen, wenn man unten war?

Dafür gab es ein einfaches Mittel, das mein Onkel anwandte. Er nahm ein zolldickes, hundertzwanzig Meter langes Seil und ließ es erst zur Hälfte hinab, dann schlang er es um einen vorspringenden Lavablock und warf die andere Hälfte nach. Nun konnte jeder von uns, indem er die beiden Hälften des Seiles in die Hand nahm, sich beim Hinabsteigen daran festhalten. War man aber in der Tiefe von sechzig Meter angelangt, so war es höchst leicht, indem man das eine Ende losließ, das ganze Seil hinunterzuziehen. Dieses Verfahren konnte man so oft wiederholen, als es beliebte und erforderlich war.

Als diese Vorbereitungen getroffen waren, sagte mein Onkel: »Jetzt machen wir uns an das Gepäck. Es wird in drei Packen verteilt, wovon jeder einen auf seinen Rücken nimmt; ich meine nur die zerbrechlichen Gegenstände.«
Offenbar zählte uns der kühne Professor nicht zu den zerbrechlichen Dingen.
»Hans«, fuhr er fort, »wird die Werkzeuge mit einem Teil der Lebensmittel übernehmen; du, Axel, das zweite Drittel des Proviants nebst den Waffen; und ich den Rest und die feineren Instrumente.«
»Aber«, fragte ich, »wer soll denn die Kleider, die Menge Taue und Leitern hinabschleppen?«
»Die kommen schon von selbst hinab.«
Hans machte aus allen nicht zerbrechlichen Gegenständen einen einzigen Pack, verschnürte ihn tüchtig und warf ihn ohne weiteres in den Abgrund.
Ich vernahm ein lautes Getöse, womit der Pack hinabpolterte. Mein Onkel beugte sich vor und begleitete mit befriedigtem Blick das rollende Gepäck, solange er es wahrnehmen konnte.
»Gut«, sagte er, »jetzt kommt die Reihe an uns.«
Ich frage jeden aufrichtigen Menschen, ob man solche Worte ohne Schaudern anhören kann.
Der Professor nahm den Pack mit den Instrumenten auf seinen Rücken, Hans den mit den Geräten, ich die Waffen. Beim Hinabsteigen ging Hans voran, dann kam mein Onkel, zuletzt ich. Es verlief alles ganz still, nur daß man zuweilen Felsstücke, die sich lösen, in den Abgrund rollen hörte.
Ich rutschte sozusagen hinab, indem ich mit der einen Hand krampfhaft das doppelte Tau faßte und mit der andern Hand mich auf den Stock stützte. Das Tau schien mir zu schwach, um die drei Personen zu tragen. Daher bediente ich mich seiner so wenig wie möglich, indem ich mir das Gleichgewicht

auf den Lavastücken, die mein Fuß berührten, zu erhalten bemüht war.

Als eine dieser Stufen hinabglitt und dem Hans unter die Füße geriet, sagte er ruhig: »Gif akt!«

»Acht geben!« wiederholte mein Onkel.

Nach einer halben Stunde waren wir auf einem Felsen angelangt, der fest in der Wand des Schlundes steckte.

Hans zog an einem Ende des Taues, während das andere in die Höhe glitt. Nachdem es oben über den Felsen gezogen wurde, um den es geschlungen war, fiel es hinab und riß Steine und Lavastücke mit sich fort, gleich einem Regen oder vielmehr einem gefährlichen Hagel.

Als ich mich über unseren schmalen Ruheplatz vorbeugte, bemerkte ich, daß der Boden des Schachtes noch nicht sichtbar war. Wir gebrauchten das Tau von neuem, und nach einer halben Stunde waren wir wieder um sechzig Meter weitergekommen.

Nach Verlauf von drei Stunden konnte ich immer noch nicht den Boden des Schlundes erkennen. Als ich aufwärtsblickte, gewahrte ich, daß seine Mündung merklich kleiner geworden war. Seine Wände schienen einander näher zu kommen. Allmählich wurde es dunkler.

Inzwischen stiegen wir immer weiter hinab. Es schien mir, als klänge das Aufprallen der losgelösten und hinabrollenden Steine schon matter, als müßten sie bald auf dem Grund ankommen. Wir hatten nun vierzehnmal das Tau verwendet, was jedesmal eine halbe Stunde dauerte. Das machte im ganzen sieben Stunden und dreieinhalb Stunden Ruhezeit. Da wir um ein Uhr angefangen hatten, mußte es jetzt elf Uhr nachts sein. Die Tiefe, zu der wir gelangt waren, berechnete sich mit vierzehnmal sechzig Meter auf achthundertvierzig Meter. In diesem Augenblick ließ sich Hans vernehmen. »Halt!« rief er.

Fast wäre ich meinem Onkel auf den Kopf getreten.
»Wir sind am Ziel«, sagte er.
»Wo?« fragte ich und eilte zu ihm.
»Auf dem Boden und der senkrechten Schlucht.«
»Ist kein anderer Ausgang da?«
»Ja, es scheint rechts eine Art Gang zu geben. Das werden wir morgen sehen. Jetzt wollen wir essen und hernach schlafen.« Es war noch nicht völlig dunkel. Man öffnete den Vorratssack und aß, dann legte sich jeder, so gut es ging, auf ein Lager von Steinen und Lavabrocken.
Als ich, auf dem Rücken liegend, die Augen aufschlug, bemerkte ich am Ende des neunhundert Meter hohen Schachtes wie durch ein riesenhaftes Fernrohr einen glänzenden Punkt, einen Stern ohne alles Flimmern. Meiner Berechnung nach mußte es Beta im Kleinen Bären sein.
Darauf fiel ich in einen tiefen, ruhigen Schlaf.

Es geht immer weiter abwärts

Um acht Uhr morgens drang ein Strahl Tageslicht zu uns herab und weckte uns. Die spiegelnde Lava der Wände fing ihn auf und zerstreute ihn gleich einem Funkenregen. Dieser Lichtschimmer reichte, um die Gegenstände der Umgebung zu unterscheiden.

»Nun, Axel, was sagst du dazu?« rief mein Onkel und rieb sich die Hände. »Hattest du jemals in unserm Haus in der Königsstraße eine so ruhige Nacht? Hier gibt es kein Wagengerassel, kein Geschrei der Händler, kein Rufen der Bootsleute!«

»Allerdings ist es hier sehr ruhig auf dem Boden dieses Schachtes, aber es liegt etwas Erschreckendes darin.«

»Wieso?« rief mein Onkel. »Jetzt erschrickst du schon? Wie soll denn das erst später werden? Wir sind ja noch keinen Zoll weit ins Innere der Erde gedrungen.«

»Tatsächlich?«

»Wir sind erst bis auf den Boden der Insel gekommen. Diese lange senkrechte Röhre, die in den Krater des Snäfalls mündet, endet etwa in der Höhe des Meeresspiegels.«

»Weißt du das genau, Onkel?«

»Gewiß. Doch nun wollen wir frühstücken, aber wie Leute, die vielleicht eine weite Fahrt zu machen haben.«

Zum Zwieback und getrockneten Fleisch tranken wir einige Schluck Wasser mit Wacholderbranntwein.

»Jetzt, Axel«, rief der Professor begeistert aus, »jetzt werden wir erst richtig ins Innere des Erdballs dringen. Nun beginnt eigentlich erst unsere Reise.«

Unverzüglich faßte mein Onkel mit der einen Hand einen an seinem Hals hängenden Ruhmkorffschen Apparat, brachte mit der anderen den elektrischen Strom in Verbindung mit der Schlangenröhre in der Laterne, und helles Licht zerstreute das Dunkel des Ganges. Der zweite Apparat, den Hans trug, wurde ebenfalls in Tätigkeit gesetzt. Diese sinnreiche Anwendung der Elektrizität ermöglichte es uns, durch Erzeugung von künstlichem Tageslicht selbst mitten durch leicht entzündliche Gase zu dringen. »Marsch!« sagte mein Onkel.

Jeder nahm wieder seinen Pack, und wir traten alle drei in eine Galerie ein. Ich blickte empor und sah zum letztenmal durch den unermeßlichen Schacht den Himmel Islands, »den ich nicht wieder sehen sollte«.

Die Lava hatte sich bei dem Ausbruch des Vulkans im Jahre 1229 einen Weg durch diesen Tunnel gebrochen. Sie bedeckte das Innere mit einem dichten glänzenden Überzug, wovon das elektrische Licht mit hundertfacher Stärke zurückgeworfen wurde.

Die Schwierigkeit des Weges bestand hauptsächlich darin, daß man über eine in einem Winkel von fünfundvierzig Grad geneigte Fläche nicht allzurasch hinabglitt. Zum Glück konnten manche verwitterten oder vorragenden Stellen als Stufen dienen, und das Gepäck brauchten wir nur an einer langen Leine nachzuziehen. Aber was unter unseren Füßen Stufen waren, wurde an den Wänden zum Tropfstein. Die an manchen Stellen löcherige Lava bildete kleine runde Blasen; Kristalle von dunklem Quarz, mit klaren Glastropfen geziert, hingen wie Kronleuchter vom Gewölbe herab und schienen bei unserer Ankunft angezündet zu werden. Man konnte meinen, die unterirdischen Geister beleuchteten festlich ihren Palast, um die Gäste von der Oberwelt würdig zu empfangen.

»Wie prachtvoll ist das!« rief ich unwillkürlich aus. »Welch ein Anblick! Erstaunlich dieses Farbenspiel der Lava, das in unmerklichen Abstufungen aus dem Rotbraunen ins glänzende Gelb übergeht! Und diese Kristalle sehen aus wie leuchtende Kugeln!«

»Ach, jetzt kommst du darauf, Axel!« erwiderte mein Onkel. »Ach, du hältst das schon für prächtig, lieber Junge. Du wirst noch ganz andere Dinge zu schauen bekommen, hoffe ich. Nur vorwärts, vorwärts!«

Der Weg ins Ungewisse

Am folgenden Tag, am Dienstag, dem 30. Juni, um sechs Uhr, ging es weiter.

Wir folgten stets der Lavagalerie, die in mäßigem Fall abwärts führte, wie die geneigten Flächen in manchen alten Häusern anstelle der Treppen. So ging es bis zwölf Uhr siebzehn Minuten, als wir Hans einholten, der stehengeblieben war.

»Ah«, rief mein Onkel aus, »das sind wir ja am Ende des Ganges!«

Ich sah mich um. Wir befanden uns mitten auf einem Kreuzweg, wo zwei Wege mündeten, beide düster und eng. Welchen Weg sollten wir einschlagen?

Mein Onkel entschied sich kurz entschlossen für den östlichen Tunnel, und alsbald folgten wir diesem Gang.

Diese neue Galerie hatte ein kaum merkbares Gefälle.

Mitunter hatten wir eine Reihe von Gewölbebogen vor uns, die dem Nebenschiff einer gotischen Kathedrale glichen. Die Baukünstler des Mittelalters hätten da alle Formen der religiösen Architektur studieren können, die sich aus dem Spitzbogen entwickelt haben. Nach ungefähr einer Meile hatten wir unter den gedrückten Bogen des romanischen Stils den Kopf zu beugen, und mächtige Pfeiler in den Grundmauern stützten die Gewölbe mit ihren Unterlagen. An manchen Stellen sah man statt dessen niedrige Unterbauten, die den Werken der Biber glichen, und wir glitten durch schmale Gänge kriechend hinab.

Um sechs Uhr abends waren wir, etwas ermüdet, drei Kilometer südlich vorwärtsgekommen, aber in die Tiefe nur ein paar hundert Meter.

Mein Onkel gab das Zeichen zum Ausruhen. Wir aßen, ohne viel zu reden, und schliefen, ohne uns allzuviel Gedanken zu machen. Unsere Einrichtung für die Nacht war sehr einfach; unser ganzes Bett bestand aus einer Reisedecke, womit man sich umhüllte. Wir hatten weder Kälte noch Belästigung durch unerwünschten Besuch zu fürchten, weder Wilde noch reißende Tiere.

Am anderen Morgen setzten wir frisch und munter die Reise fort. Wir hatten denselben Lavagrund wie tags zuvor; doch die Beschaffenheit des ihn umgebenden Erdreichs war unmöglich zu erkennen. Der Tunnel aber zog sich nicht mehr tiefer hinab, sondern wurde allmählich ganz waagrecht; ja, ich glaubte zu bemerken, er führe wieder aufwärts, der Erdoberfläche zu. Gegen zehn Uhr vormittags zeigte sich dies ganz offenbar; ich ermüdete im Gehen und mußte schon meinen Schritt mäßigen.

Es war mir natürlich darum zu tun, daß ich nicht zurückblieb. Meine Hauptsorge war, daß ich meine Gefährten nicht aus den Augen verlor. Ich schauderte bei dem Gedanken, daß ich mich in den Tiefen dieses Labyrinthes verirren könnte.

Zur Mittagszeit boten die Wände der Galerie einen veränderten Anblick. Ich merkte es an der schwächeren Rückstrahlung unseres elektrischen Lichtes. Anstelle der Lavaverkleidung trat jetzt das reine Gestein hervor. Der Grundstock bestand aus geneigten, oft senkrecht geordneten Schichten. Wir befanden uns mitten in der Übergangsepoche, in der silurischen Erdperiode.

»Es ist augenscheinlich«, rief ich aus, »der Schiefer, der Kalk- und der Sandstein entstanden in der zweiten Epoche der Erdbildung aus dem Niederschlag der Gewässer! Wir kehren jetzt dem Granitkern den Rücken! Wir machen es nun wie die Hamburger, die über Hannover nach Lübeck reisen wollen.«

»Was hast du denn, Axel?« fragte Onkel Lidenbrock.
»Schau nur!« erwiderte ich und zeigte ihm die abwechselnde Reihe des Sand- und Kalksteins und der ersten Spuren des Schieferbodens. »Wir sind in die Periode gelangt, in der die ersten Pflanzen und Tiere zum Vorschein kamen.«
Aber das wollte mein Onkel nicht wahrhaben.
»Habe ich recht«, dachte ich, »so muß ich einige Trümmer von Urpflanzen finden. Also wollen wir suchen.«
Ehe ich hundert Schritte machte, boten sich meinen Augen unumstößliche Beweise. Das mußte ja wohl der Fall sein, denn in der silurischen Epoche befanden sich in Meeren über anderthalbtausend Arten von Pflanzen oder Tieren. Meine Füße, die bisher harten Lavaboden unter sich hatten, traten nun plötzlich auf Staub aus Pflanzenresten und Muscheln. An den Wänden sah man deutlich Abdrücke von Meergräsern und Bärlappgewächsen. Jetzt hielt ich mich nicht länger zurück. Ich nahm eine wohlerhaltene Schale eines Tieres, das ungefähr einer jetzigen Assel glich. Darauf ging ich zu meinem Onkel und sagte: »Schau doch mal!«
Aber statt mir recht zu geben, sagte er nur: »Ja, ja, das ist die Muschel eines Tieres von der ausgestorbenen Gattung der Trilobiten, der Dreilappkrebse.«
Während des ganzen folgenden Tages stießen wir auf nichts anderes als auf die unübersehbaren Gewölbe. Wir gingen, fast ohne ein Wort zu sprechen, wir glichen uns allmählich unserem Hans an. Aufwärts führte der Weg nicht, wenigstens nicht merkbar. Manchmal schien er sich sogar zu neigen.
Der Schiefer, der Kalkboden und der alte rote Sandstein der Wände schimmerten glänzend in unserem elektrischen Licht. Man hätte denken können, man befände sich in einer Grube der englischen Grafschaft Devon, wonach diese Bodenbeschaffenheit benannt ist. Prachtvolle Musterstücke von Mar-

mor deckten die Wände, hier launisch durchzogen von grauem Achat mit weißen Adern, dort fleischfarben oder gelb mit roten Flecken, weiterhin dunkelfarbig, rot und braun gesprenkelt.
Die meisten dieser Kalksteine zeigten Abdrücke von Tieren aus der Urzeit. Seit dem Tage zuvor hatte die Schöpfung offenbar einen Fortschritt gemacht. Anstelle der Kerbtiere früherer Bildung sah ich Reste einer höheren Stufe, unter anderem solche, in denen das Auge des Paläontologen die ersten Formen der Reptilien entdecken konnte. Die Meere von Devonshire waren von einer großen Anzahl Tiere dieser Gattung bewohnt und setzten sie zu Tausenden auf den Felsen neuerer Bildung ab. Offenbar befanden wir uns auf der Stufenleiter des Tierlebens, worauf der Mensch die höchste Stufe einnimmt.
Den Professor Lidenbrock schien das alles nicht zu kümmern. Er wartete auf zwei Dinge: entweder, daß ein senkrechter Schacht sich ihm zu Füßen öffne, um wieder abwärts zu gelangen, oder daß ein Hindernis ihm die Fortsetzung auf diesem Weg versagte. Aber es kam der Abend heran, ohne daß sich diese Hoffnung verwirklichte.
Freitags, nachdem ich eine Nacht hindurch die Qual des Durstes ausgestanden hatte, setzten wir unsere Irrfahrt in diesen Gängen fort.
Wir waren zwei Stunden unterwegs, als ich merkte, daß der Widerschein unserer Lampen an den Wänden bedeutend schwächer wurde. An die Stelle des Marmors, Schiefers, Kalk- oder Sandsteins trat eine dunkle glanzlose Wand. Einmal wurde der Tunnel sehr eng, und ich faßte links die Wand an. Als ich die Hand zurückzog, war sie ganz schwarz: Wir befanden uns mitten in einer Kohlengrube.
Nach der Abendmahlzeit streckten sich meine beiden Gefährten auf ihre Decken und erholten sich durch einen guten

Schlaf von ihren Anstrengungen. Ich aber konnte nicht schlafen und zählte die Stunden bis zum Morgen.

Am Samstag um sechs Uhr früh gingen wir weiter. Nach zwanzig Minuten kamen wir in eine große Aushöhlung. Ich erkannte sogleich, daß diese Grube nicht von Menschenhand gemacht sein konnte: sonst hätte man die Gewölbe mit Stützen versehen, und diese hier standen nur durch ein Wunder von Gleichgewicht fest. Diese Art von Höhle war dreißig Meter breit und fünfundvierzig Meter hoch. Das Erdreich war durch eine unterirdische Erschütterung gewaltsam weggerissen. Der feste Grundbau der Erde hatte einem mächtigen Druck nachgegeben und sich verschoben, so daß dieser weite Raum, wohin nun zum erstenmal Erdbewohner drangen, leer blieb.

Wir gingen immer weiter, bis meiner Nase ein sehr starker Geruch von kohlenstoffhaltigem Wasserstoffgas auffiel, und ich erkannte sogleich, daß in dieser Galerie eine ansehnliche Menge von diesem gefährlichen Stoff vorhanden war, der so oft durch Explosionen schreckliches Unheil heraufbeschworen hat.

Zum Glück waren wir mit dem sinnreichen Ruhmkorffschen Apparat versehen. Hätten wir unvorsichtigerweise diese Galerie mit Fackeln in der Hand untersucht, so hätte eine fürchterliche Detonation unserer Reise ein jähes Ende bereitet.

Wir gingen in der Kohlenmine fort bis zum Abend. Mein Onkel konnte seine Ungeduld über den waagerechten Weg kaum zurückhalten. Die Dunkelheit hinderte uns daran, die Länge der Galerie zu schätzen, und ich meinte schon, sie wäre unendlich, als wir plötzlich, um sechs Uhr, vor einer Wand standen. Rechts und links, oben und unten kein Ausweg. Wir waren in eine Sackgasse geraten.

»Nun, um so besser!« rief mein Onkel. »Ich weiß dann

wenigstens, woran ich mich zu halten habe. Wir sind nicht auf Saknussemms Weg, und es bleibt uns nichts übrig als umzukehren. Wir wollen eine Nacht ausruhen, und vor Ablauf von drei Tagen werden wir wieder an der Stelle sein, wo die beiden Galerien zusammenstoßen.«

»Ja«, sagte ich, »wenn unsere Kräfte noch ausreichen!«

»Warum denn nicht?«

»Weil wir morgen kein Wasser mehr haben.«

»Und Mut auch nicht?« fragte der Professor mit einem strengen Blick.

Ich getraute mich nicht zu antworten.

Es fehlt an Wasser

Am folgenden Tag brachen wir in aller Frühe auf. Eile war nötig. Wir waren fünf Tagesreisen von dem Kreuzweg entfernt.

Das Wasser war uns völlig ausgegangen. Zum Trinken waren wir auf den Wacholderbranntwein angewiesen, aber der brannte höllisch die Kehle hinunter, und ich konnte ihn nicht mehr sehen. Die Temperatur war zum Ersticken, meine Kräfte waren wie gelähmt, mitunter war ich nahe daran umzufallen. Dann wurde haltgemacht, und mein Onkel und der Isländer stärkten mich wieder, so gut sie es eben vermochten.

Endlich, am Mittwoch, dem 8. Juli, kamen wir, auf Knien und Händen uns fortschleppend, halbtot zu der Kreuzung der beiden Galerien. Hier blieb ich wie ein plumper Sack auf dem Lavaboden ausgestreckt liegen. Es war zehn Uhr vormittags. Hans und mein Onkel versuchten, mir einige Brocken Zwieback in den Mund zu schieben. Lange Seufzer entfuhren meinen aufgeschwollenen Lippen. Ich fiel in tiefen Schlaf.

Nach einer Weile kam mein Onkel heran, beugte sich zu mir herab und sagte: »Mein armer Junge!«

Diese Worte rührten mich, weil ich bei dem harten Professor so etwas nicht gewöhnt war. Ich ergriff seine zitternden Hände. Er ließ es geschehen und blickte mich mit feuchten Augen an.

»Trink!« sagte er.

Konnte ich meinen Ohren trauen? War mein Onkel nicht bei Sinnen? Ich sah ihn starr an, ich konnte es nicht begreifen.

»Trink!« wiederholte er. Und er nahm seine Flasche und leerte sie ganz aus in meinen Mund.

Unendliche Erquickung! Ein Schluck Wasser benetzte meinen glühenden Mund. Ein einziger Schluck Wasser genügte, um mir das entfliehende Leben wiederzuschenken.
Ich dankte meinem Onkel mit gefalteten Händen.
»Ja«, sagte er, »der letzte Tropfen, der letzte, verstehst du wohl? Der letzte! Ich hatte ihn sorgsam in meiner Flasche aufbewahrt. Zwanzigmal, hundertmal mußte ich meinem schrecklichen Verlangen widerstehen! Aber, mein Axel, ich hob es für dich auf!«
»Lieber Onkel!« stammelte ich, und Tränen quollen aus meinen Augen.
»Ja, armer Junge, ich dachte mir, bei der Ankunft an diesem Kreuzweg würdest du halbtot hinsinken, und deshalb habe ich meinen letzten Tropfen aufgehoben, um dich damit wiederzubeleben.«
»Dank! Dank!« rief ich aus.
So wenig auch mein Durst gestillt war, etwas Kraft hatte ich doch wiedergefunden. Ich vermochte zu reden.
»Nun haben wir keine andere Wahl«, sagte ich, »wir haben kein Wasser, müssen also denselben Weg zurück.«
Während ich sprach, mied mein Onkel meinen Blick; er senkte den Kopf.
»Wir müssen rückwärts«, rief ich aus, »und wieder den Weg nach dem Snäfalls einschlagen. Möge uns Gott nur Kraft verleihen, bis zur Höhe des Kraters zu kommen!«
»Zurückkehren!« rief mein Onkel, als antworte er sich selbst und nicht mir.
»Ja, zurück, Onkel, und ohne einen Augenblick zu verlieren.«
Es entstand eine ziemlich lange Pause.
»Also, Axel«, fuhr der Professor in seltsamem Ton fort, »haben diese Tropfen Wasser Mut und Tatkraft nicht wiederbelebt?«
»Den Mut?«

»Ich sehe dich so mutlos, wie nie zuvor, und deine Worte klingen verzweifelt!«

Mit was für einem Mann hatte ich es hier zu tun! Was für große Pläne hegte sein kühner Geist immer noch?

»Wie, Onkel, du willst nicht . . .«

»Verzichten auf die Unternehmung, im Augenblick, wo alles anzeigt, daß sie gelingen kann, niemals!«

»So müssen wir uns entschließen, unser Leben zu opfern?«

»Nein, Axel, nein! Geh nur! Deinen Tod will ich nicht. Hans mag dich begleiten. Laß mich allein!«

»Dich verlassen, Onkel?«

»Laß mich, sag' ich dir! Ich habe die Reise unternommen und werde sie bis zu Ende führen, oder ich kehre nicht zurück.«

Ich versuchte immer wieder, meinen Onkel von seinem Vorhaben abzubringen, bis er endlich erklärte: »Der Mangel an Wasser ist das einzige Hindernis, meine Pläne auszuführen. In dieser östlichen Galerie aus Lava, Schiefer und Kohlen haben wir keinen einzigen Tropfen gefunden. Vielleicht sind wir in dem westlichen Tunnel glücklicher.«

Ich schüttelte ungläubig den Kopf.

»Hör mich bis zu Ende an«, fuhr der Professor mit erhobener Stimme fort. »Während du regungslos dalagst, habe ich diesen Gang näher untersucht. Er führt geradezu ins Innere und in wenigen Stunden mitten in den Kern des Granits. Da müssen sich reichlich Quellen finden. Die Felsart bringt es mit sich, und der Instinkt geht einig mit der Logik zugunsten meiner Überzeugung. Dies also ist mein Vorschlag. Kolumbus hat von seiner Schiffsmannschaft drei Tage begehrt, um die Neue Welt zu entdecken. Ich begehre von dir nur noch einen einzigen Tag. Stoßen wir nicht binnen dieser Zeit auf das mangelnde Wasser, so schwöre ich dir, daß wir zur Erdoberfläche zurückkehren werden.«

Trotz meines Widerstandes und meiner Gereiztheit rührten

mich diese Worte und die Gewalt, die sich mein Onkel antat, um eine solche Sprache zu führen.

»Nun denn!« rief ich. »Ich füge mich deinem Wunsch, und Gott möge deine übermenschliche Tatkraft belohnen! Es sind nur wenige Stunden. Also vorwärts!«

Wir gingen also durch die neue Galerie wieder hinab, Hans, wie gewöhnlich, voran. Wir waren noch keine hundert Schritte weit, als der Professor die Lampe zur Wand richtete und rief: »Hier ist Urgebirge! Wir sind auf dem rechten Weg! Vorwärts, vorwärts!«

Als in der ersten Epoche der Welt die Erde allmählich erkaltete, veranlaßte die Verringerung des Umfangs in ihrer Rinde Verschiebungen, Risse, Klüfte und Spalten. Der eben betretene Gang war ein Spalt dieser Art, durch den ehemals der ausgeworfene Granit seinen Weg fand. Seine unzähligen Windungen bildeten ein verworrenes Labyrinth im ursprünglichen Boden.

Im Verhältnis, wie wir abwärts kamen, zeigten sich klarer die aufeinanderfolgenden Schichten, woraus das Urgestein besteht. Die Geologie sieht dieses als die Unterlage der mineralischen Rinde an und hat erkannt, daß es sich aus drei verschiedenen Schichten zusammensetzt, dem Schiefer, Gneis und Glimmerschiefer, die auf dem unerschütterlich festen Granit lagern.

Nun befanden sich Mineralogen nie in einer so merkwürdig günstigen Lage, um die Natur an Ort und Stelle zu studieren. Was die Sonde, die rohe Maschine ohne Vernunft, über das innere Gefüge nicht zutage fördern konnte, waren wir im Begriff mit eigenen Augen zu sehen und mit Händen zu greifen.

Das Licht der Ruhmkorffschen Apparate, von den spiegelnden Flächen der Felsenmasse zurückgeworfen, kreuzte seine Feuerstrahlen unter allen Winkeln, so daß man denken

konnte, man reise durch einen hohlen Diamanten, worin sich die Strahlen tausendfach blendend brachen.
Gegen sechs Uhr fing dieser Glanz an, merklich schwächer zu werden, fast zu verschwinden; die Wände nahmen eine kristallisierte, aber düstere Färbung an; der Glimmer mischte sich inniger mit dem Feldspat und Quarz, um das allerhärteste Gestein zu bilden, das, ohne zerdrückt zu werden, die vier Stockwerke des Erdreichs trägt. Wir befanden uns mitten im Granit. Es war acht Uhr abends. Immer noch kein Wasser. Ich litt fürchterlich. Mein Onkel schritt immer voran, er wollte nicht stehenbleiben. Er lauschte, um das Murmeln einer Quelle zu vernehmen. Aber vergebens!
Inzwischen versagten mir meine Beine den Dienst. Ich widerstand meinen Qualen, um nicht meinen Onkel zum Stehenbleiben zu zwingen. Es wäre für ihn ein Verzweiflungsschlag gewesen, denn der Tag lief zu Ende, der letzte Tag, der ihm gehörte. Endlich gingen mir die Kräfte aus. Ich fiel mit einem Schrei nieder: »Hilfe, ich sterbe!«
Mein Onkel kam augenblicklich herbei. Er sah mich mit gekreuzten Armen an, dann murmelte er dumpf: »Alles ist aus!« Eine zornige Bewegung meines Onkels war das letzte, was ich sah, als ich die Augen schloß.
Als ich sie wieder öffnete, sah ich meine Gefährten unbeweglich in ihre Decken gewickelt. Schliefen sie?
Wir befanden uns ungefähr sechstausend Meter tief!
Mir war, als laste diese ganze Masse auf meinen Schultern. Ich fühlte mich wie zerschmettert und strengte mich vergebens an, mich auf meinem Granitlager umzudrehen.
So verflossen einige Stunden. Tiefe Stille herrschte um uns, Grabesstille. Und doch glaubte ich mitten in meinem Schlummer ein Geräusch zu vernehmen. Es wurde dunkel im Tunnel. Als ich aufblickte, schien es mir, als sähe ich den Isländer mit der Lampe in der Hand verschwinden.

Weshalb entfernte er sich? Wollte Hans uns verlassen? Mein Onkel schlief. Ich wollte schreien; die Stimme versagte mir zwischen den ausgetrockneten Lippen. Es war völlig dunkel geworden, jedes Geräusch war verstummt.
»Hans verläßt uns!« schrie ich. »Hans! Hans!«
So rief ich, jedoch nur im stillen Innern. Nach der ersten Anwandlung des Schreckens schämte ich mich wieder meines Verdachtes gegen den untadeligen Menschen. Unmöglich, daß er fliehen wollte. Hans mußte einen wichtigen Grund haben, der ihn von seinem Lager wegtrieb. Ging er, um eine Quelle zu suchen? Hatte er etwa in der Stille der Nacht ein Murmeln gehört?

Der rettende Bach

Endlich vernahm ich Fußtritte aus der Tiefe des Ganges. Hans kehrte zurück. Das Licht begann unstet an den Wänden zu schimmern, dann kam es an der Mündung des Tunnels zum Vorschein. Hans trat zu meinem Onkel, legte ihm die Hand auf die Schulter und weckte ihn sanft. Der Professor richtete sich auf.

»Was gibt's?« fragte er.

»Vatten«, erwiderte der Eiderjäger.

Ich verstand kein einziges Wörtlein dänisch, und doch begriff ich gefühlsmäßig das Wort unseres Führers.

»Wasser! Wasser!« rief ich aus, klatschte mit den Händen und gebärdete mich fast wie wahnsinnig.

»Wasser!« wiederholte mein Onkel. »Hvar?« fragte er den Irländer.

»Nedat«, antwortete Hans.

»Wo? Unten!« Ich verstand alles. Ich ergriff die Hand des Eiderjägers und drückte sie; er schaute mich ruhig an.

Ohne jede Vorbereitung machten wir uns gleich auf den Weg. Als wir nach etwa einer halben Stunde noch nicht auf die angekündigte Quelle stießen, überkam mich wieder die Angst. Aber nach einer weiteren halben Stunde vernahm ich deutlich einen ungewohnten Ton seitwärts in der Granitwand, eine Art Brausen gleich fernem Donner. Mein Onkel belehrte mich über den Ursprung des Geräusches.

»Hans hat sich nicht geirrt«, sagte er; »was du da hörst, ist das Rauschen eines Baches.«

»Ein Bach?« rief ich aus.

»Ohne Zweifel. Ein unterirdisches Wasser fließt in unserer Nähe.«

Von froher Erwartung geleitet, beschleunigten wir unsere Schritte. Ich fühlte keine Müdigkeit mehr. Bereits das Rauschen eines murmelnden Wassers erquickte mich. Es wurde merklich stärker. Nachdem wir den Bach lange Zeit über unserem Kopf gehört hatten, floß er jetzt in der linken Seitenwand, brausend und sprudelnd. Ich hielt öfter meine Hand an den Felsen, weil ich hoffte, Spuren von durchsikkernder Feuchtigkeit zu finden; aber umsonst.

Bald ergab sich, daß wir, wenn wir weiter fortgingen, uns auch von dem fließenden Wasser, dessen Rauschen schwächer zu werden begann, wieder entfernten.

Also gingen wir wieder zurück. Hans blieb genau an der Stelle stehen, wo der Bach am nächsten zu sein schien. Dann nahm er seine Lampe und ging zur Wand hin; ich sah ihm zu, was er machte. Er hielt sein Ohr ganz nahe an den bloßen Stein und lauschte sorgsam. Ich begriff, daß er die Stelle suchte, wo man den Bach am lautesten rauschen hörte. Die Stelle fand er in der linken Wand, neunzig Zentimeter über dem Boden. Ich verstand Hans sofort und wünschte ihm Glück, als ich ihn zur Spitzhacke greifen sah, um den Felsen zu bearbeiten.

»Recht so«, rief mein Onkel. »Darauf wären wir nicht gekommen!«

War es nicht höchst gefährlich, mit der Spitzhacke in dies Gerüst des Erdballs einzuhauen? Es konnte alles einstürzen und uns zermalmen! Nachdem der Bach durchgebrochen war, mußten wir womöglich ertrinken! Unsere Hände hätte die Ungeduld geführt, so daß der Felsen unter wiederholten Schlägen zertrümmert worden wäre. Hans dagegen, ruhig und bedächtig, hieb mit öfter wiederholten Schlägen den Felsen an und grub so ein fünfzehn Zentimeter breites Loch. Es dauerte über eine Stunde, bis die Hacke sechzig Zentimeter tief in die Granitwand eingedrungen war. Plötzlich zischte es,

und ein Wasserstrahl brach aus dem Gestein und schlug wider die Wand der entgegengesetzten Seite.
Hans, den der Stoß bald umgeworfen hätte, konnte einen Schmerzensschrei nicht unterdrücken. Ich begriff das, als ich meine Hände in den Strahl tauchte, und schrie ebenfalls laut auf.
Das Wasser war siedendheiß.
»Das Wasser ist sicher hundert Grad heiß!« rief ich.
»Nun, es wird schon kalt werden«, erwiderte mein Onkel.
Der Gang füllte sich mit Dämpfen, und es entstand ein Bach, der sich in Krümmungen verlief; wir konnten bald daraus Wasser schöpfen.
Ach, welche Lust, welch unvergleichliche Erquickung! Woher das Wasser kam, daran lag wenig. Ich trank davon, ohne vorher zu kosten. Erst nachdem ich mich eine Minute lang erquickt hatte, rief ich aus: »Aber das Wasser ist ja eisenhaltig!«
»Das ist für den Magen vortrefflich«, versetzte mein Onkel. »Der Mineralgehalt dieses Wassers könnte eine Reise nach Spa oder Teplitz-Schönau ersparen!«
»Und wie gut es schmeckt!« rief ich.
»Das glaube ich wohl, ein Wasser, das man neuntausend Meter unter der Erde schöpft! Hans hat uns da eine ganz ausgezeichnete Erquickungsquelle verschafft. Darum schlage ich auch vor, diesem heilsamen Bach seinen Namen zu geben.«
Ich stimmte dem Namen »Hansbach« sofort zu. Hans selbst wurde deswegen nicht um einen Grad stolzer. Nachdem auch er sich ein wenig mit dem Wasser erquickt hatte, setzte er sich mit gewohnter Ruhe in einen Winkel.
»Jetzt aber«, sagte ich, »sollte man dieses Wasser nicht verlaufen lassen.«
»Zu welchem Zweck?« fragte mein Onkel. »Ich vermute, die Quelle ist unerschöpflich.«

»Gleichviel! Füllen wir doch unseren Schlauch und die Flaschen und verstopfen dann die Öffnung wieder.«

Man folgte meinem Rat. Hans versuchte mit Granitsplittern und Werg die gehauene Öffnung zu verschließen. Das war nicht leicht, weil man sich dabei die Hände verbrannte, ohne den eigentlichen Zweck zu erreichen. Der Druck war zu stark, und die Versuche mißglückten.

Endlich sagte mein Onkel: »Warum setzen wir uns denn in den Kopf, die Öffnung unbedingt wieder zuzuschließen? Lassen wir doch das Wasser in Ruhe! Es wird seinen natürlichen Lauf abwärts nehmen, uns also den Weg weisen und zugleich erfrischen!«

»Ein guter Gedanke!« rief ich aus. »Und in Begleitung dieses Baches haben wir um so mehr Aussicht auf das Gelingen unseres Vorhabens.«

»Ach, jetzt kommst du darauf, lieber Junge«, sagte der Professor lachend.

»Noch besser«, erwiderte ich, »ich bin schon darauf!«

Wo sind wir?

Am folgenden Morgen hatten wir schon die überstandenen Leiden vergessen. Ich war erstaunt, daß ich keinen Durst mehr hatte, und fragte mich nach dem Grund. Der zu meinen Füßen rieselnde Bach gab mir murmelnd die Antwort.

Man frühstückte und trank dieses köstliche Stahlwasser. Ich fühlte mich wieder ganz gekräftigt und entschlossen zur weiteren Reise.

»Vorwärts!« rief ich und weckte durch begeisterte Betonung die alten Echos der Erde.

Freitag um acht Uhr früh wurde die Reise fortgesetzt. Der Granitgang zog sich in krummen Umwegen mit unerwarteten Winkeln labyrinthähnlich hin, doch im ganzen in der Hauptrichtung nach Südost. Mein Onkel befragte unaufhörlich sorgsam den Kompaß, um sich über den zurückgelegten Weg klar zu sein. Die Galerie verlief fast waagrecht mit sehr geringem Gefälle. Der Bach floß zu unseren Füßen gemächlich plätschernd dahin. Mein Onkel verwünschte das Waagrechte der Richtung. Der Weg zog sich unendlich hin, und anstatt längs dem Erdradius hinabzugleiten, machte er, wie sich der Professor ausdrückte, den Weg der Hypotenuse. Aber wir hatten keine andere Wahl, und so lange man nur abwärts, wenn auch langsam, dem Mittelpunkt näherkam, durfte man sich nicht beklagen.

Am 10. Juli, Freitag abends, befanden wir uns schätzungsweise über hundertzwanzig Kilometer südöstlich Reykjaviks, in einer Tiefe von neuntausend Metern.

Vor unseren Füßen öffnete sich ein gewaltiger Schacht. Mein Onkel konnte sich nicht enthalten, in die Hände zu klatschen, als er die steilen Wände berechnete.

»Der wird uns weit führen«, rief er aus, »und leicht, denn die Felsenvorsprünge bilden eine natürliche Leiter.«
Hans verwendete die Stricke derart, daß Unfälle vermieden wurden. Wir begannen hinabzusteigen. Gefährlich konnte ich das nicht mehr nennen, denn ich war ja nun mit dergleichen Übungen vertraut.
Dieser Schacht war eine enge, in dem Grundbau angebrachte Spalte, offenbar durch Zusammenziehung des Gerippes der Erde zur Zeit ihrer Erkaltung entstanden.
Wir stiegen eine Art von Wendeltreppe hinab, die man für ein Werk von Menschenhand hätte halten können. Von Viertelstunde zu Viertelstunde mußte man verweilen, um gehörig auszuruhen, damit unsere Kniekehlen ihre Spannkraft wiedererlangten. Man setzte sich dann auf einen Vorsprung und ließ die Beine baumeln, man plauderte beim Essen und trank dazu aus dem Bach. Es versteht sich, daß der Hansbach zu einem Wasserfall geworden war und sich dabei sein Umfang vermindert hatte. Aber er war noch mehr als hinreichend, um unseren Durst zu stillen.
An den beiden nächsten Tagen folgten wir den Windungen dieses Ganges und drangen dabei wieder neun Kilometer in der Erdrinde weiter vor, das machte mehr als zwanzig Kilometer über dem Meeresspiegel. Aber am Tag darauf gegen Mittag bekam dieser Gang in südöstlicher Richtung einen weit sanfteren Abfall von etwa fünfundvierzig Grad.
Der Weg wurde sodann bequem und recht einförmig. Es hätte auch nicht leicht anders sein können, denn es war keine Landschaft da, die Abwechslung bieten konnte.
Endlich, am 15. Juli, befanden wir uns etwa dreißigtausend Meter tief unter der Erde und etwa zweihundertdreißig Kilometer vom Snäfalls entfernt. Obwohl wir etwas ermüdet waren, hielt sich doch unsere Gesundheit, und die Reiseapotheke war noch unberührt.

Was mein Onkel mit Kompaß und anderen Geräten feststellen konnte, maß ich mit dem Zirkel auf der Karte nach.
»Wir sind über Kap Portland hinaus, und die zweihundertdreißig Kilometer in südöstlicher Richtung versetzten uns mitten unters Meer.«
»Unterm Meer«, sagte mein Onkel und rieb sich die Hände.
»Also«, erklärte ich, »haben wir den Ozean über unserm Kopf!«
»Na, Axel, ganz natürlich. Ziehen sich nicht zu Newcastle die Kohlengruben weit unter dem Meer hin?«
Der Gedanke, daß ich unter dem Meer wandelte, machte mir schon einige Sorgen. Ob jedoch die Ebenen und Gebirge Islands über unserem Kopf waren oder die Wogen des Atlantischen Ozeans machte im ganzen wenig Unterschied, wenn nur der Granitbau fest war. Übrigens gewöhnte ich mich bald an diesen Gedanken, denn der Gang, der bald geradeaus, bald in Krümmungen verlief, führte doch immer südöstlich und stets weiter in die Tiefe hinab.
Drei Tage darauf, am Samstag, dem 18. Juli, kamen wir abends in einer Art von geräumiger Grotte an. Mein Onkel gab Hans seine wöchentlichen drei Reichstaler, und es wurde beschlossen, morgen sollte Rasttag sein.
Am Sonntag früh erwachte ich mit dem gewohnten Gedanken weiterzureisen. Im tiefsten Abgrund zu sein, war gar nicht so unangenehm. Wir waren bereits förmliche Höhlenbewohner geworden, und ich dachte kaum noch an Sonnen- und Mondenschein und Sternenlicht, an Bäume, Häuser, Städte und so vieles Überflüssige des menschlichen Lebens, woraus die Leute auf der Erde sich Notwendigkeiten geschaffen haben. Wir als halbe Fossilien spotteten über die unnützen Wunderdinge.
Die Grotte bildete einen großen Saal, auf dessen Granitboden gemütlich der Hansbach floß. So weit von seiner Quelle ent-

fernt, hatte das Wasser keinen höheren Wärmegrad mehr als seine Umgebung, so daß man es leicht trinken konnte.
Nach dem Frühstück verwendete der Professor einige Stunden darauf, seine täglichen Notizen zu ordnen.
»Ich möchte«, erklärte er, »Berechnungen anstellen, um unsere Lage genau aufzunehmen. Nach unserer Rückkehr will ich eine Karte von unserer Reise entwerfen, eine Art von senkrechtem Erddurchschnitt, die das Profil unserer Forschungsfahrt abgeben wird.«
»Das wird sehr merkwürdig sein, lieber Onkel. Aber sind denn deine Aufzeichnungen auch ganz genau?«
»Natürlich. Ich habe ja die Neigungen und Winkel sorgfältig gemessen, und ich kann mich darauf verlassen, daß alles stimmt. Stellen wir doch mal fest, wo wir uns befinden. Nimm den Kompaß und merk dir die Richtung, die er angibt.«
Ich betrachtete den Kompaß und antwortete nach genauer Prüfung: »Ost-Südost.«
»Gut« sagte der Professor, indem er diese Aufgabe aufzeichnete und sie mit einigen Berechnungen ergänzte. Ich entnahm daraus, daß wir seit unserer Abreise über dreihundertachtzig Kilometer zurückgelegt hatten.
»Also reisen wir unterm Atlantischen Ozean?« fragte ich.
»Ganz richtig«, erwiderte der Professor.
»Und in diesem Augenblick bricht vielleicht da oben ein Unwetter los, und die Schiffe werden über unserem Kopf von Sturm und Wogen gerüttelt?«
»Wohl möglich.«
»Und die Walfische werden mit ihrem Schwanz gegen die Decke unseres Gefängnisses schlagen?«
»Beruhige dich, Axel, es wird ihnen nicht gelingen, unser Gefängnis, wie du es nennst, zu erschüttern. Aber kehren wir zu unseren Berechnungen zurück. Wir befinden uns im Süd-

osten, über dreihundertachtzig Kilometer vom Snäfalls entfernt und meinen Notizen nach in einer Tiefe von siebzigtausend Meter.«

»Siebzigtausend Meter!« rief ich verwundert aus.

»Allerdings.«

»Aber das ist ja die äußerste Zahl, die die Wissenschaft bis jetzt für die Dicke der Erdrinde angenommen hat.«

»Das stelle ich nicht in Abrede.«

»Und es sollte, nach dem Gesetz für die steigende Temperatur, hier bereits eine Wärme von fünfzehnhundert Grad sein . . .«

»Es ›sollte‹, lieber Junge.«

»Und all dieser Granit könnte sich nicht mehr in festem Zustand halten und müßte unbedingt schmelzen.«

»Du siehst, daß nichts daran ist und daß, wie gewöhnlich, alle Theorien durch die Tatsachen Lügen gestraft werden.«

Schließlich meinte ich, vielleicht kämen wir auf unserem Weg ganz woanders hin, als wir doch wollten. Da sagte der Professor: »Wer sagt dir denn, daß dieser Gang nicht geradezu bis zu unserem Ziel führt? Zu meinen Gunsten habe ich ja einen Vorgänger gehabt. Was ich unternehme, hat schon ein anderer ausgeführt, und was ihm glückte, wird mir auch glücken.«

»Ich hoffe es, lieber Onkel«, beschwichtigte ich ihn. Ich zweifelte nach wie vor und wartete die Ereignisse ab. Unseren Hans beneidete ich um seine vollkommene Ruhe, von der er sich, ohne viel nach Ursache und Wirkung zu fragen, in allem leiten ließ.

Verloren?

Einige Tage lang führte uns ein vermehrt abschüssiger Weg, der mitunter sogar gefährlich senkrecht verlief, tief dem Inneren der Erde zu. An manchen Tagen kam man sechs bis neun Kilometer dem Mittelpunkt näher. Das Hinabsteigen war sehr schwierig, aber die Umsicht und Geschicklichkeit unseres Führers half uns dabei. Wir hatten es ihm zu danken, daß wir niemals abstürzten.

Ein besonderes Ereignis ist mir unvergeßlich, und das aus gutem Grund. Nicht der kleinste Umstand dabei könnte jemals aus meinem Gedächtnis schwinden.

Am 7. August waren wir allmählich bis zu einer Tiefe von hundertfünfunddreißigtausend Metern gelangt, das heißt, über unserem Kopf waren hundertfünfunddreißigtausend Meter an Felsen, Ozean, Festland und Städten. Wir mußten damals neunhundert Kilometer von Island entfernt sein.

Ich ging voran. Mein Onkel trug einen der Ruhmkorffschen Apparate, ich den anderen. Ich betrachtete die Granitschichten. Auf einmal fand ich mich allein.

»Gut«, dachte ich, »ich bin zu rasch gegangen, oder Hans und mein Onkel sind stehengeblieben. So muß ich sie aufsuchen. Zum Glück geht der Weg nicht merklich aufwärts.«

Ich ging also zurück, eine Viertelstunde lang, konnte aber keinen Menschen erblicken. Ich rief, bekam aber keine Antwort. Meine Stimme verhallte unter einer Menge Echos. Jetzt wurde ich unruhig; es überlief mich ein Schauder am ganzen Körper.

»Nur ruhig Blut!« ermahnte ich mich selber. »Sicherlich werde ich meine Gefährten wiederfinden. Es gibt ja nur *einen* Weg! Da ich voranging, muß ich wieder rückwärts.«

Eine halbe Stunde lang ging ich so. Ich horchte, ob man mir nicht zuriefe, und in dieser dichten Luft hätte ich es schon von weitem her vernehmen können; aber in dem unermeßlichen Gang herrschte Totenstille.
Ich blieb stehen. Ich konnte nicht glauben, daß ich ganz allein war. Verirrt, das mochte noch hingehen. Verirrt, da findet man sich schließlich wieder; aber verloren?
»Übrigens«, dachte ich »habe ich ja ein sicheres Mittel, mich nicht zu verirren, meinen treuen Bach, der mich in dem Labyrinth leiten kann. Ich brauche nur an ihm aufwärts zurückzugehen, so muß ich notwendig auf meine Gefährten stoßen.«
Bevor ich mich aber aufmachte, wollte ich mich etwas abwaschen. Ich bückte mich, um im Hansbach mein Gesicht zu netzen. Man denke sich meine Bestürzung, als ich nur auf dürren, rauhen Granit griff! Der Bach floß nicht mehr zu meinen Füßen.
Meine Verzweiflung war unbeschreiblich. Kein Wort der menschlichen Sprache konnte meine Gefühle ausdrücken. Ich war lebendig begraben; unter den Qualen des Hungers und Durstes hinzusterben war mein Los.
Nun begriff ich den Grund der auffälligen Stille, als ich zum letztenmal horchte, ob nicht ein Ruf meiner Gefährten an mein Ohr dringe. Also hatte ich, als ich den ersten unvorsichtigen Schritt auf diesem Weg ging, die Abwesenheit des Baches nicht bemerkt. Offenbar hatte sich der Weg vor mir gabelförmig geteilt, und ich schlug die eine Richtung ein, während der Hansbach, einer anderen Richtung folgend, mit meinen Genossen unbekannten Tiefen zueilte!
Wie konnte ich zurückfinden? Spuren gab es nicht. Auf diesem Granit drückte sich der Fuß nicht ein. Ich zerbrach mir den Kopf, um irgendeine Lösung zu entdecken. Meine Lage war durch das einzige Wort gekennzeichnet: Verloren! Ja, verloren in einer Tiefe, die unermeßlich schien. Diese hun-

dertfünfunddreißigtausend Meter lasteten wie ein fürchterliches Gewicht auf meinen Schultern. Ich fühlte mich wie zermalmt.

Ich versuchte, meine Gedanken auf die Dinge der Oberwelt zu richten. Das war mir kaum möglich. Hamburg, das Haus in der Königsstraße, mein armes Gretchen, diese ganze Welt über mir, ging rasch in meiner verstörten Erinnerung vorüber. In lebhaften Träumen überblickte ich unsere Reise, die Überfahrt, Island, Herrn Fridrickson, den Snäfalls!

Ich hatte Lebensmittel für drei Tage und eine gefüllte Flasche bei mir. Länger konnte ich allein nicht bestehen. Aber mußte ich auf- oder abwärts? Aufwärts ohne Zweifel, immer aufwärts!

So mußte ich an den Ort gelangen, wo ich von der Quelle abgekommen war, zu der unseligen Gabelung des Weges. Hatte ich erst einmal den Bach zu meinen Füßen, konnte ich immer weiter hinauf bis zu Höhe des Snäfalls gelangen. Daß ich daran nicht schon früher gedacht hatte! Darin lag doch offenbar eine Aussicht auf Rettung. Am dringendsten war es also, den Hansbach wiederzufinden. Ich richtete mich auf und ging, auf meinen Stock gestützt, den Gang aufwärts. Der Abhang war ziemlich steil. Ich schritt mit Hoffnung und ohne Zögern, wie ein Mensch, der keine andere Wahl mehr hat.

Eine halbe Stunde lang stieß ich auf kein Hindernis. Ich versuchte, meinen Weg an der Form des Tunnels, an dem Vorsprung gewisser Felsen, an der Eigentümlichkeit gewisser Krümmungen wiederzuerkennen. Aber es fiel mir kein besonderes Zeichen auf, und ich erkannte bald, daß mich diese Galerie nicht zu jener Wegkreuzung führen konnte. Sie war ohne Ausgang. Ich stieß gegen eine undurchdringliche Wand und fiel auf den Felsboden.

Welch fürchterlicher Schrecken, welche Verzweiflung mich

da ergriff, kann ich nicht ausdrücken. Ich war vernichtet. Meine letzte Hoffnung zerschellte an dieser Granitwand.
Ich wollte laut reden, aber es kamen nur rauhe Töne von meinen trockenen Lippen. Ich keuchte.
Mitten in dieser großen Angst befiel mich ein neuer Schrekken. Meine Lampe hatte beim Fallen Schaden gelitten, und ich war nicht imstande, sie auszubessern. Ihr Licht wurde fahler und drohte auszugehen!
Ich sah, wie der Lichtstrom in der Schlangenröhre des Apparates immer schwächer wurde. Auf den dunklen Wänden entwickelte sich eine Prozession beweglicher Schatten. Ich wagte nicht mehr die Augen zu schließen, aus Angst, das geringste Atom dieser entfliehenden Helle zu verlieren! Jeden Augenblick kam es mir vor, als wollte es erlöschen und mich dunkle Nacht umfangen.
Schließlich zitterte ein letzter Schimmer in der Lampe. Ich folgte ihm, fing ihn mit den Blicken auf, sammelte alle Kraft meiner Augen auf ihm, als sei das die letzte Lichtempfindung, die ihnen vergönnt sei, und ich war versenkt in unendliche Finsternis!
Nun verlor ich den Kopf. Ich stand auf, streckte die Hände aus und versuchte mich weiterzutasten. Ich fing an zu rennen, stürzte in dem wirren Labyrinth aufs Geratewohl stets abwärts wie ein unterirdischer Höhlenbewohner, rief, schrie, heulte, quetschte mich an den Felsenvorsprüngen, fiel und stand blutend wieder auf, stets gewärtig, auf eine nicht bemerkte Wand zu stoßen und mir den Kopf daran zu zerschellen. So lief ich unsinnig, ohne zu wissen, wohin. Nach einigen Stunden, ganz erschöpft an Kräften, fiel ich bewußtlos neben der Wand nieder.

Ein Wunder?

Als ich wieder zu mir kam, war mein Gesicht naß von Tränen. Nach meinem Sturz hatte ich viel Blut verloren. Ich jammerte, daß ich nicht gestorben war, daß ich noch zu sterben hatte! Ich wollte nicht mehr nachsinnen, wies jeden Gedanken von mir, überwältigt von Elend wälzte ich mich auf dem Boden.

Ich fühlte mich bereits wieder einer Ohnmacht nahe, als ein starkes Getöse an mein Ohr drang. Es glich einem ständigen Donnern, ich vernahm, wie die Tonwellen sich allmählich in fernen Tiefen verloren.

Woher kam das Getöse? Ohne Zweifel von einer Naturerscheinung im Schoß des Erdbaues, von einer Gasexplosion, dem Herabsturz einer gewaltigen Steinschicht! Ich horchte, ob sich das Getöse wiederhole. So verging eine Viertelstunde in völliger Stille. Ich hörte nicht einmal mehr mein Herz klopfen.

Plötzlich glaubte ich, als mein Ohr zufällig an die Wand kam, unbestimmte, undeutliche Worte in weiter Ferne zu hören. Ich zitterte.

»Eine Sinnestäuschung!« dachte ich.

Doch nein, als ich sorgsamer lauschte, hörte ich wirklich Stimmengemurmel.

Eine Weile fürchtete ich, es seien meine eigenen Worte, die mir ein Echo zurückwarf. Hatte ich etwa ohne mein Wissen geschrien? Ich preßte meine Lippen fest zusammen und legte mein Ohr abermals an die Wand.

»Ja, tatsächlich, man spricht, man spricht!«

Doch wer sprach? Es konnte ja nur Hans oder mein Onkel sein. Aber wenn ich sie hörte, dann konnten doch auch sie

mich hören. »Hilfe, zu Hilfe!« schrie ich aus Leibeskräften. Ich horchte wieder, lauschte auf eine Antwort, ein Schreien, einen Seufzer.
Doch kein Laut ließ sich vernehmen, und ich glaubte, meine Stimme sei zu schwach, um bis zu meinen Gefährten zu dringen. Und abermals horchte ich, und diesmal, ja, hörte ich meinen Namen deutlich gerufen! Mein Onkel rief mich.
Nun begriff ich erst. Um selbst gehört zu werden, mußte ich dicht an der Wand sprechen, die meine Stimme wie der elektrische Draht leitete.
Aber ich hatte keine Zeit zu verlieren. Entfernten sich meine Gefährten noch eine kurze Strecke, so war keine Schalleinwirkung mehr möglich.
Ich trat also ganz nahe an die Wand heran und sprach so deutlich wie ich nur konnte: »Lieber Onkel Lidenbrock!«
Ich wartete höchst gespannt. Einige Sekunden verflossen, bis endlich die Worte an mein Ohr drangen: »Axel, Axel, bist du's?«
»Ja, ja!« erwiderte ich.
»Mein Kind, wo bist du?«
»Verloren, im tiefsten Dunkel!«
»Aber deine Lampe?«
»Erloschen.«
»Und der Bach?«
»Verschwunden.«
»Axel, armer Axel, faß wieder Mut!«
»Onkel, wart noch ein wenig, ich bin erschöpft! Habe nicht mehr die Kraft zu antworten. Aber sprich du zu mir!«
»Mut«, fuhr mein Onkel fort, »nur Mut! Wir haben dich überall in der Galerie gesucht, konnten dich aber nicht finden, mein Kind. Weil wir annahmen, du seiest noch am Hansbach, sind wir wieder abwärts gegangen und haben unsere Flinten abgefeuert. Jetzt können zwar unsere Stimmen

zusammenkommen, aber die Hände sich noch nicht berühren. Doch verzweifle nicht, Axel! Einander hören zu können, ist schon etwas!«

Währenddessen hatte ich überlegt. Eine gewisse, noch zaghafte Hoffnung kam mir wieder. Vor allem war mir ein Punkt wichtig. Ich hielt meine Lippen an die Wand und sprach: »Onkel!«

»Mein Kind?« hörte ich nach einer Weile.

»Onkel, muß ich auf- oder abwärts?«

»Abwärts, und zwar aus folgendem Grund: Wir sind an einen weiten Raum gekommen, wo eine Menge Galerien münden. Ohne Zweifel wird der Weg, den du eingeschlagen hast, dich dahin führen, denn es scheint, alle diese Spalten, diese Risse im Erdkörper, bilden einen Strahl um die ungeheure Höhle, wo wir uns befinden. Mach dich auf und setz deinen Weg fort. Geh, schlepp dich weiter! Wenn es not tut, rutsch über steile Abhänge, und du wirst uns finden. Auf, mein Kind, auf den Weg!«

Diese Worte belebten mich wieder.

»Leb wohl, Onkel«, rief ich, »ich gehe. Sobald ich diese Stelle verlassen habe, können wir uns nicht mehr durch Worte verständigen. Auf Wiedersehen also!«

»Auf Wiedersehen, Axel, auf Wiedersehen!«

Es war mir klar, daß, weil meines Onkels Stimme bis zu mir drang, kein Hindernis zwischen uns lag. Wenn ich mich dem Weg des Tones anschloß, so mußte ich wohl, wie der Ton, ankommen, sofern mir die Kräfte nicht ausgingen.

Ich richtete mich also auf und schleppte mich fort. Der Abhang war ziemlich jäh; ich ließ mich hinabgleiten.

Bald nahm die Schnelligkeit, mit der ich hinabrutschte, erschreckend zu und drohte ein wirkliches Fallen zu werden. Mir fehlte die Kraft, mich zurückzuhalten.

Plötzlich schwand mir der Boden unter den Füßen. Ich fühlte,

daß ich über die Unebenheiten einer senkrechten Galerie abprallend hinabrollte. Mein Kopf schlug gegen einen spitzen Felsen, und ich verlor das Bewußtsein.
Nach langer Zeit kam ich wieder zu mir und fand mich in einem halbdunklen Raum auf dicken Decken gelagert. Mein Onkel wachte bei mir und forschte auf meinem Gesicht nach einem Lebenszeichen. Bei meinem ersten Aufatmen ergriff er meine Hand, bei meinem ersten Blick stieß er einen Freudenschrei aus.
»Er lebt! Er lebt!« rief er.
»Ja«, versetzte ich mit schwacher Stimme.
»Mein Kind«, sagte mein Onkel und drückte mich an seine Brust, »du bist also gerettet!«
Der Ton, in dem er diese Worte sprach, rührte mich tief und mehr noch die Sorge, die sie begleiteten.
Nun kam auch Hans dazu. Er sah meine Hand in der meines Onkels: ich darf versichern, daß seine Augen eine lebhafte Befriedigung ausdrückten. »God dag«, sagte er.
»Guten Tag, Hans, guten Tag!« murmelte ich. »Und nun, lieber Onkel, laß mich wissen, wo wir uns eben befinden.«
»Morgen, Axel, morgen. Heute bist du noch zu schwach. Ich habe einen Verband um deinen Kopf gelegt, der darf nicht durcheinandergeraten. Schlaf nur, lieber Junge, und morgen sollst du alles hören.«
»Aber wenigstens«, fuhr ich fort, »wieviel Uhr ist es denn, und welchen Tag haben wir?«
»Elf Uhr abends, und heute ist Sonntag, der 9. August. Und jetzt erlaube ich dir nicht, mich vor dem 10. dieses Monats wieder zu fragen.«
Ich war wirklich sehr schwach, und meine Augen schlossen sich unwillkürlich. Ich mußte eine Nacht lang schlafen und ließ mich mit dem Gedanken beruhigen, daß unsere Trennung vier Tage gedauert hatte.

Am folgenden Morgen beim Erwachen blickte ich um mich her. Mein Lager, aus allen Reisedecken bereitet, befand sich in einer reizenden Grotte, mit prächtigen Tropfsteinen verziert, der Boden war mit feinem Sand bestreut. Es war darin halbdunkel. Keine Lampe oder Fackel brannte, und doch kam eine unerklärliche Helle von außen, durch eine enge Öffnung der Grotte. Ich hörte auch ein unbestimmtes Murmeln wie leises Wellenschlagen gegen ein Ufer und mitunter das Sausen eines Windes. Ich fragte mich, ob ich völlig wach sei oder träume.

»Es ist ein Strahl vom Tageslicht«, dachte ich, »das durch diese Felsenspalte eindringt. Aber der Wellenschlag und das Wehen des Windes? Irre ich mich, oder sind wir wieder an die Erdoberfläche gekommen? Hat mein Onkel sein Vorhaben aufgegeben, oder ist er damit glücklich zu Ende?«

Ich stellte mir eben diese unlösbare Frage, als der Professor herzukam.

»Guten Morgen, Axel!« sagte er freudig. »Ich möchte wetten, daß es dir gutgeht.«

»O ja«, erwiderte ich und richtete mich auf.

»Das konnte nicht anders sein, denn du hast ruhig geschlafen. Hans und ich haben abwechselnd gewacht und festgestellt, daß deine Genesung Fortschritte machte.«

»Ich fühle mich auch wirklich wieder kräftig, und zum Beweis will ich dem Frühstück, das du mir sicherlich geben wirst, die gebührende Ehre erweisen!«

»Du sollst jetzt zu essen haben, lieber Junge! Du bist nun frei vom Fieber. Hans hat deine Wunden mit einer Salbe eingerieben, die bei den Isländern ein Geheimnis ist, und sie sind auffallend rasch verheilt. Er ist doch ein tüchtiger Mensch, unser Hans!«

Während mein Onkel noch redete, bereitete er mir mein Essen, das ich trotz seiner Mahnung verschlang. Inzwischen überhäufte ich ihn mit Fragen, die er so genau wie möglich beantwortete.

Nun hörte ich, daß ich durch ein besonderes Geschick gerade an das Ende einer fast senkrechten Galerie gefallen war. Da ich mitten in einem Hagel von Steinen herabkam, von denen der kleinste mich hätte zerquetschen können, war daraus zu ersehen, daß ein Teil der Steinmassen mit mir zusammen gerutscht war. Auf diese schreckliche Weise fiel ich bewußtlos und blutend in die Arme meines Onkels.

»Wahrhaftig«, sagte er, »es ist ein Wunder, daß du nicht hundertmal ums Leben gekommen bist. Aber, um Himmels willen, jetzt wollen wir uns nicht mehr trennen, denn dann liefen wir wirklich Gefahr, uns nie wiederzusehen.«

»Wir wollen uns niemals trennen?« Also war die Reise noch nicht zu Ende? Ich machte große Augen. Mein Onkel fragte: »Was hast du denn, Axel?«

»Ich bin in Sorge, Onkel, mein Gehirn habe gelitten.«

»Weshalb?«

»Ja, sind wir denn nicht wieder auf der Erdoberfläche?«

»Nein, gewiß nicht.«

»Dann muß ich ein Narr sein, denn ich bemerkte Tageslicht, und ich hörte den Wind und Wellenschlag.«

»Ach, nichts weiter?«

»Kannst du mir das erklären, Onkel?«

»Ich kann dir nichts erklären, was nicht zu erklären ist. Aber du wirst sehen und begreifen, daß die Geologie noch nicht ihr letztes Wort gesprochen hat.«

»So wollen wir hinausgehen«, rief ich und richtete mich rasch auf.

»Nein, Axel, nein! Die frische Luft würde dir schaden.«

»Die frische Luft?«

»Ja, der Wind ist ziemlich stark. Du darfst dich ihm nicht aussetzen.«

»Aber ich versichere dir, Onkel, daß ich mich wirklich wohl fühle.«
»Ein wenig Geduld, lieber Junge. Ein Rückfall wäre uns hinderlich, und es ist keine Zeit zu verlieren, denn die Überfahrt kann lange dauern.«
»Die Überfahrt?«
»Ja, ruh dich heute noch aus, und wir können morgen zu Schiff gehen.«
»Zu Schiff?«
Dieses Wort brachte mich ganz außer mich. Hatten wir denn einen Fluß, einen See, ein Meer zur Verfügung? Lag ein Fahrzeug in einem Hafen vor Anker?
Meine Neugier war im höchsten Grad gespannt. Vergeblich versuchte mein Onkel, mich zurückzuhalten. Als er sah, daß meine Ungeduld mir mehr schaden könnte als die Erfüllung meiner Wünsche, gab er nach.
Ich kleidete mich rasch an. Zur Vorsicht hüllte ich mich in eine der Decken und ging mit meinem Onkel hinaus.

Champignonwald unter der Erde

Anfangs konnte ich nichts sehen. Meine des Lichtes entwöhnten Augen schlossen sich sofort. Als ich sie wieder zu öffnen vermochte, war ich mehr bestürzt als erstaunt.

»Das Meer!« rief ich aus.

»Ja«, erwiderte mein Onkel, »das Lidenbrocksche Meer, und ich glaube, kein Seefahrer wird mir die Ehre der Entdeckung streitig machen und das Recht, ihm meinen Namen zu geben!«

Eine große Wasserfläche, der Anfang eines Sees oder Meeres, breitete sich vor unseren Blicken aus bis über die Grenzen des Gesichtskreises. Am buchtenreichen Ufer bot sich den letzten Wellenschlägen ein feiner Sand voll kleiner Muscheln dar, die den ersten Wesen der Schöpfung zur Behausung gedient hatten. Die Wellen brachen sich daran mit dem lauten Gemurmel, das umschlossenen Räumen eigentümlich ist. Beim Wehen eines mäßigen Windes flog ein leichter Schaum auf, dessen Flocken mein Gesicht benetzten.

An diesem flachen Ufer, zweihundert Meter vom Rand der Wellen, verliefen die Strebemauern gewaltiger Felsen, die in unermeßliche Höhen emporragten. Einige zerrissen mit scharfer Kante das Ufer und bildeten Vorsprünge, die der Wellenschlag bespülte. Weiter hinaus verfolgte das Auge ihre klar gezeichneten Umrisse auf dem nebeligen Hintergrund des Horizontes. Es war ein wirkliches Meer, der Umfang der Ufer ähnlich wie auf der Oberwelt, aber öde und von wildem Aussehen.

Ich konnte weithin über dieses Meer blicken, weil ein ganz besonderes Licht es bis in die kleinsten Einzelheiten erleuchtete. Nicht das Sonnenlicht mit seinen glänzenden Büscheln und seiner prachtvollen Strahlenergießung, noch das blasse und unstete des Nachtgestirns, das ein rückgestrahltes Licht ohne Wärme ist. Nein, die Leuchtkraft dieses Lichtes, seine zitternde Verbreitung, seine klare und kühle Weiße, die geringe Höhe seiner Temperatur, sein Glanz, der an Gehalt den des Mondlichtes übertraf – dies alles bekundete klar einen elektrischen Ursprung. Es war gleichsam ein Nordlicht, ein dauerndes kosmisches Wunder, das diese Höhle erfüllte, die imstande war, einen Ozean zu enthalten. Das Gewölbe über meinem Kopf, der Himmel, wenn man so will, schien aus großem Gewölk zu bestehen, beweglichen und wechselnden Dünsten, die infolge ihrer Verdichtung nach einigen Tagen sich in heftigem Regen entladen mußten. Ich hatte geglaubt, unter einem so starken Druck der Lufthülle könne das Wasser nicht verdunsten, und doch war, aus einem mir noch unbekannten physikalischen Grund, reichlich Gewölk in der Luft verbreitet. Damals aber war es schönes Wetter. Die elektrischen Streifen erzeugten auf den sehr hohen Wolken wunderbare Spiele des Lichtes. Lebhafte Schatten fielen auf ihre unteren Schichten, und oft drang zwischen zwei getrennten Schichten ein Strahl mit merkwürdiger Stärke bis zu uns. Anstatt eines Firmamentes mit seinem Sternenglanz fühlte ich über diesen Wolken ein granitenes Gewölbe, das mit seiner ganzen Wucht auf mir lastete. Und so unermeßlich dieser Raum war, so hätte er doch für den bescheidensten Trabanten nicht zum Spaziergang gereicht.

Wir waren in einer riesigen Höhle, in Wirklichkeit aber doch in einem Gefängnis. Ihre Breite konnte man nicht beurteilen, weil das Gestade sich unabsehbar erweiterte, und auch ihre Länge nicht, weil der Blick bald durch eine etwas unbestimmte Linie des Horizontes aufgehalten war. Wo sich dieses Gewölbe auf seine granitenen Strebemauern stützte, konnte das Auge nicht wahrnehmen.

Der Ausdruck »Höhle« paßte offenbar nicht, um diesen unermeßlichen Raum zu bezeichnen. Aber wer sich in die Abgründe des Erdballs hinabwagt, für den reichen die Worte der menschlichen Sprache nicht mehr aus!

Weder die Grotte zu Guachara in Columbia noch die Mammuthöhle im Staate Kentucky ließen sich mit der Höhle vergleichen, die ich hier bewunderte, mit ihrem Dunsthimmel, ihrer Beleuchtung und einem ungeheuren Meer innerhalb ihres Schoßes. Für diesen unermeßlichen Umfang reichte meine Phantasie nicht aus. Alle diese Wunder betrachtete ich still, ohne zu sprechen. Es fehlte mir der Ausdruck für meine Empfindungen, denn für neue Lebenserscheinungen hatte ich keine Bezeichnungen. Ich schaute, dachte nach, bewunderte mit Bestürzung, zu der sich noch Schrecken gesellte.

Der unerwartete Anblick gab meinem Gesicht wieder gesunde Farbe, und ich war dabei, mich durch Erstaunen zu heilen und meine Genesung durch diese neue therapeutische Methode zu vollenden. Zudem stärkte mich die Lebenskraft einer dichten Luft, indem sie meinen Lungen mehr Sauerstoff zuführte.

Es ist leicht begreiflich, daß nach einer sechswöchigen Einkerkerung in schmalen Gängen ein unendlicher Genuß darin lag, diesen Seewind voll salzhaltiger Feuchtigkeit einzuatmen.

»Fühlst du dich stark genug zu einem kleinen Spaziergang?« fragte mich mein Onkel.

»Ja, gewiß«, erwiderte ich, »es wird mir höchst angenehm sein.«

»Dann stütz dich auf mich, Axel, wir wollen uns längs des Ufers halten.«

Wir begannen an der für uns neuen Meeresküste zu wan-

deln. Links bildeten steile, übereinandergetürmte Felsen eine riesenhafte Gruppe von wundervoller Wirkung, an deren Seiten zahlreiche Kaskaden mit klarem rauschendem Wasser herabströmten. Leichte Dünste zwischen den Felsen verrieten warme Quellen, und Bäche rieselten sanft zu dem gemeinsamen Becken. Aber jetzt erregte etwas ganz Besonderes meine Aufmerksamkeit. Etwa hundert Schritte entfernt, an der Ecke eines hohen Vorgebirges, lag vor unseren Augen ein hoher, dichter Wald. Er bestand aus Bäumen mittlerer Höhe von einem Wuchs gleich regelmäßigen Sonnenschirmen mit deutlich abgezirkelten Umrissen. Die Luftströmung schien ihrem Laub nicht beizukommen, denn trotz Wind blieben sie unbeweglich wie ein Gebüsch versteinerter Zedern.
Ich beeilte mich, dorthin zu kommen; ich wußte diese sonderbaren Wesen oder Gegenstände nicht zu benennen. Gehörten sie nicht zu den bereits bekannten Pflanzengattungen und mußte man ihnen etwa in der Flora der Sumpfgewächse eine besondere Stelle anweisen? Nein. Als wir näher kamen, war meine Überraschung groß.
In der Tat hatten wir Erzeugnisse der Erde vor uns, aber in riesenhaftem Ausmaß. Mein Onkel sagte sofort: »Nur ein Wald von Champignons!«
Und er täuschte sich nicht. Es waren weiße Riesenchampignons, neun bis zwölf Meter hoch, mit einer Kappe von entsprechendem Durchmesser. Sie standen da zu Tausenden. Kein Lichtstrahl drang durch ihre dichten Schatten, und es herrschte völliges Dunkel unter dieser Ansammlung, die sich wie runde Dächer einer afrikanischen Stadt nebeneinander reihten.
Ich wollte hier weiter vordringen. Todeskälte wehte aus diesen fleischigen Gewölben. Eine halbe Stunde lang schweiften wir in diesem feuchten Dunkel umher, so daß wir uns dann mit wahrem Wohlbehagen wieder am Meeresufer einfanden.

Aber die Vegetation dieser unterirdischen Landschaft beschränkte sich nicht auf diese Champignons. Weiter hinaus sah man gruppenweise eine Menge anderer Bäume mit farblosem Laub. Sie waren leicht zu erkennen: niedere Gesträuche an der Erdoberfläche in außerordentlichen Dimensionen, riesenhafte Siegelbäume, Farnkräuter so hoch wie breitästige Tannenbäume, Schuppenbäume mit runden gabelförmigen Stämmen, in langen Blättern endend und mit rauhen Haaren besetzt.

»Erstaunlich, prachtvoll!« rief mein Onkel. »Da ist ja die ganze Flora der zweiten Epoche der Welt, der Übergangsepoche. Da sehen wir unsere niedrigen Gartengewächse in den ersten Jahrhunderten als Bäume. Schau doch nur, Axel! Eine festliche Feude für jeden Pflanzenforscher!«

»Du hast recht, Onkel. Die Vorsehung scheint in diesem ungeheuren Gewächshaus die vorsintflutlichen Pflanzen aufbewahrt zu haben, die der Scharfsinn der Gelehrten so glücklich wieder nachgebildet hat.«

»Du sagst ganz richtig, Axel, es sei ein Gewächshaus; besser könntest du es noch einen Tierpark nennen.«

»Einen Tierpark, wieso?«

»Ja, ohne Zweifel. Sieh nur diesen Staub unter unseren Füßen, diese auf dem Boden zerstreuten Gebeine.«

»Gebeine?« rief ich aus.

»Ja, Gebeine vorsintflutlicher Tiere!«

Ich beschäftigte mich sofort mit diesen jahrhundertealten Trümmern einer unzerstörbaren Mineralsubstanz, nämlich von phosphorsaurem Kalk. Diese riesenhaften Knochen, die wie ausgetrocknete Baumstämme aussahen, konnte ich ohne langes Besinnen mit Namen nennen.

»Hier ist der Unterkiefer des urweltlichen Elefanten«, sagte ich, »hier sind die Backenzähne eines ihm verwandten ausgestorbenen Rüsseltieres, des Dinotheriums, und dieser Hüftknochen kann nur von dem allergrößten dieser Gattung sein, dem Riesenfaultier. Ja, es ist wohl eine Menagerie, denn diese Gebeine sind gewiß nicht durch eine Überschwemmung hierher verpflanzt worden. Die Tiere, von denen sie stammen, haben an den Ufern dieses unterirdischen Meeres gelebt, unter dem Schatten dieser riesigen Pflanzen. Schau, da sind ja ganze Skelette! Aber wenn nun schon vorsintflutliche Tiere in diesen unterirdischen Gegenden gelebt haben, wer sagt uns denn, daß nicht eines von diesen Ungeheuern noch jetzt in dieser dunklen Waldung oder hinter diesen steilen Felsen umherstreift?«

Bei diesem Gedanken erforschte ich nicht ohne Angst den Horizont in verschiedenen Richtungen, aber es zeigte sich kein lebendes Wesen an diesen öden Gestaden.

Ich war ein wenig müde und setzte mich am Ende eines Vorgebirges nieder, an dessen Fuß sich die Wellen rauschend brachen. Von da aus umfaßte mein Blick die ganze, durch eine Ausbiegung der Küste gebildete Bucht. Im Hintergrund fand sich ein kleiner Hafen zwischen den riesigen Felsen. Seine Gewässer schlummerten ruhig, geschützt vor dem Wind. Eine Brigg und vielleicht zwei Dreimaster hätten dort bequem ankern können. Ich war beinahe darauf gefaßt, ein Fahrzeug mit vollen Segeln herauskommen zu sehen, um unter dem Südwind das Weite zu suchen. Aber diese Täuschung verschwand rasch. Wir waren wohl die einzigen lebenden Geschöpfe dieser unterirdischen Welt. Wenn es bisweilen windstill war, lag über den ausgetrockneten Felsen eine tiefere Stille als die in der Wüste und lastete auf der Oberfläche des Meeres. Ich suchte dann den Nebel der Ferne zu durchdringen, diesen vor den geheimnisvollen Hintergrund des Horizontes gezogenen Vorhang zu zerreißen. Wie drängten sich da die Fragen: Wo endete das Meer? Wohin führte es?

Ob wir jemals seine jenseitigen Ufer zu erkennen vermochten? Mein Onkel seinerseits zweifelte nicht daran. Ich wünschte und fürchtete es zugleich.
Nachdem wir uns eine Stunde umgesehen hatten, gingen wir zu der sandigen Uferstelle zurück, um wieder in die Grotte zu gelangen. Und so schlief ich mit den seltsamsten Gedanken ein und ruhte in tiefem Schlummer.

Das Lidenbrocksche Meer

Am folgenden Tag wachte ich völlig geheilt auf. Ich meinte, ein Bad bekäme mir sehr gut, und so tauchte ich einige Minuten lang in die Gewässer dieses Meeres.

Als ich zurückkam, speiste ich mit wahrem Heißhunger. Hans verstand sich darauf, ein treffliches Frühstück zu bereiten; er war mit Feuer und Wasser versehen, so daß er unsere Mahlzeiten jetzt abwechslungsreicher gestalten konnte. Diesmal lieferte er uns etliche Tassen Kaffee, und niemals hat mir dieses köstliche Gebräu angenehmer geschmeckt.

»Jetzt«, sagte mein Onkel, »ist die Zeit der Ebbe und Flut, und wir dürfen es nicht versäumen, diese Erscheinung zu studieren.«

»Reicht denn der Einfluß von Sonne und Mond so weit hinab?« fragte ich.

»Warum nicht? Sind die Körper nicht im ganzen der Anziehungskraft der Erde unterworfen? Folglich kann sich diese Wassermasse nicht dem allgemeinen Gesetz entziehen. Daher wirst du auch sehen, daß sie wie der Atlantische Ozean steigt, trotz des Druckes der Atmosphäre, der auf ihre Oberfläche wirkt.«

In diesem Augenblick betraten wir den Strand und sahen die Wellen nach und nach mehr auf dem flachen Boden vordringen.

»Das ist ja die beginnende Flut«, rief ich.

»Ja, Axel, und aus dieser Anhäufung von Schaum kannst du ersehen, daß das Meer wohl drei Meter hoch steigt.«

»Wunderbar!«

»Nein, es ist natürlich.«

»Mir kommt dies alles außerordentlich vor, und ich kann

kaum meinen Augen trauen. Wer hätte sich jemals in dieser Erdrinde ein wirkliches Meer gedacht, mit Ebbe und Flut, Seewind und Stürmen?«

Als ich meinen Onkel fragte, wie tief unten wir uns jetzt wohl befänden, sagte er: »Hundertvierzig Kilometer.«

»Also«, erklärte ich mit einem Blick auf die Karte, »ist das schottische Hochland über unserem Kopf, und das schneebedeckte Grampiangebirge dort ist ganz schön hoch!«

»Ja«, erwiderte der Professor lachend, »eine etwas schwere Bürde, aber das Gewölbe ist dauerhaft. Der große Baumeister des Weltalls hat es aus gutem Material errichtet, und niemals hätte ihm der Mensch eine gleiche Tragfähigkeit geben können. Was wollen die Brückenbogen und die Gewölbe der Kathedralen gegen dieses Schiff mit einem Durchmesser von fünfzehn Kilometern, unter dem sich ein Meer und seine Stürme bequem entwickeln können?«

»Ach«, sagte ich, »ich habe keine Angst, daß mir der Himmel auf den Kopf fällt. Aber, lieber Onkel, was hast du denn im Sinn? Willst du auf die Erdoberfläche zurückkehren?«

»Zurückkehren? Das wäre ... Im Gegenteil, die Reise fortsetzen, weil alles bis jetzt so gut gegangen ist.«

»Doch ich weiß nicht, wie wir unter dieser flüssigen Ebene weiter vordringen werden.«

»Oh, ich will mich nicht kopfüber hineinstürzen. Aber wenn die Ozeane, richtig benannt, nur Seen sind, weil sie von Land umgeben werden, so ist um so mehr anzunehmen, daß diese innere See von granitenem Bau umschlossen ist.«

»Kein Zweifel.«

»Nun, auf dem jenseitigen Ufer bin ich sicher, neue Ausgänge zu finden. Übrigens haben wir keine Zeit zu verlieren, gleich morgen wollen wir in See stechen.«

Unwillkürlich sah ich mich nach einem Fahrzeug um, das uns hinüberschaffen sollte.

»Einschiffen werden wir uns«, meinte ich, »aber in welchem Boot werden wir denn Platz nehmen?«
»Dafür brauchen wir kein Boot, lieber Junge, sondern ein gutes und kräftiges Floß wird ausreichen.«
»Ein Floß?« rief ich aus. »Ein Floß ist ebenso schwer zu bauen, und ich sehe nicht . . .«
»Du siehst nicht, Axel, aber hören könntest du etwas!«
»Hören?«
»Ja, die Hammerschläge könnten dir begreiflich machen, daß Hans schon an der Arbeit ist.«
»Er errichtet ein Floß?«
»Ja.«
»Hat er denn schon Bäume gefällt?«
»Die Bäume waren ja schon alle gefällt. Komm, du kannst ihn bei der Arbeit finden.«

Als wir eine Viertelstunde weit gegangen waren, sah ich jenseits des Vorgebirges, das den kleinen Hafen bildete, unseren Hans bei der Arbeit. Nur noch einige Schritte, und ich war bei ihm. Zu meiner großen Überraschung lag ein halb fertiges Floß auf dem Sand; es war aus Balken einer ganz besonderen Holzart gebaut, und eine Anzahl Bohlen, Kniestücke und Spanten aller Art bedeckten den Boden.
»Onkel«, rief ich, »was ist das für Holz?«
»Fichten, Tannen, Kiefern, allerlei zapfentragende Bäume des Nordens, die durch das Seewasser mineralisiert wurden.«
»Ist es möglich?«
»Man nennt dieses vorweltliche Holz ›Surtarbrandur‹.«
»Aber muß es denn nicht, als versteinertes Holz und hart wie ein Stein, im Wasser untergehen?«
»Das ist bisweilen der Fall; manches derartige Holz ist vollständig zu Steinkohle geworden; anderes aber, wie dieses hier, hat nur einen Anfang der Umbildung erlitten. Schau

nur«, fuhr mein Onkel fort und warf eines dieser kostbaren Stücke ins Meer.
Das Stück kam, nachdem es gesunken, wieder an die Oberfläche des Wassers und schwankte auf den Wellen.
»Hast du dich überzeugt?« fragte mein Onkel.
»Um so mehr, als es unglaublich ist.«
Am folgenden Abend war, dank der Geschicklichkeit unseres Führers, das Floß fertig; es war drei Meter lang und anderthalb Meter breit. Die mit starken Stricken zusammengeschnürten Balken von Surtarbrandur boten eine feste, gediegene Fläche, und als dieses Fahrzeug ins Wasser gelassen wurde, schwamm es ruhig auf den Wogen des Lidenbrockschen Meeres.

Fahrt auf dem Floß

Am 13. August standen wir frühzeitig auf. Unser Floß sollte eingeweiht werden.

Ein aus zwei kräftigen Stangen verfertigter Mast, die aus einer dritten Stange gebildete Rahe, eine unserer Decken als Segel – dies war das Takelwerk des Floßes. An Stricken fehlte es nicht. Alles war fest und gediegen.

Um sechs Uhr gab der Professor das Zeichen zum Einschiffen. Die Lebensmittel, die wissenschaftlichen Geräte, die Waffen und ein ansehnlicher Vorrat süßen Wassers, das in den Felsen gesammelt worden war, wurden verladen. Hans hatte ein Steuerruder eingerichtet, mit dem er sein schwimmendes Gefährt leiten konnte. Er stellte sich an die Barre. Ich machte das Ankertau los, womit wir am Ufer befestigt waren. Das Segel wurde gerichtet, und wir stießen rasch vom Ufer ab.

Als wir den Hafen verließen, wollte ihm mein Onkel einen Namen geben, etwa den meinen.

Aber da schlug ich statt dessen den Namen Gretchens vor. »›Gretchenhafen‹ wird sich gut auf der Karte ausnehmen.«

»Richtig«, sagte mein Onkel, »also ›Gretchenhafen‹!«

So hat sich das Andenken an meine liebe Vierländerin mit unserer abenteuerlichen Fahrt verknüpft.

Der Wind wehte aus Nordost. Von ihm getrieben fuhren wir äußerst schnell. Die dichte Atmosphäre hatte bedeutende Tragkraft und wirkte auf das Segel wie ein starker Blasebalg. Nach Verlauf einer Stunde sagte mein Onkel: »Wenn das so weitergeht, schaffen wir in vierundzwanzig Stunden mindestens hundertfünfunddreißig Kilometer und werden bald das jenseitige Ufer erreichen.«

Ich erwiderte nichts und nahm meinen Platz vorn auf dem Floß. Das nördliche Ufer sank bereits zum Horizont herab. Vor meinen Augen erstreckte sich ein unermeßliches Meer. Große Wolken breiteten rasch ihre grauen Schatten über seine Oberfläche. Bald war alles Land und jedes Merkzeichen unseren Blicken entschwunden; und wäre nicht das schäumende Fahrwasser des Floßes gewesen, so hätte man meinen können, dieses sei völlig unbeweglich.
Gegen Mittag sah man ungeheure Mengen von Seegras auf den Wellen treiben. Ich kannte die Kraft dieser Gewächse, die in einer Tiefe von mehr als dreieinhalb Kilometern auf dem Meeresgrund kriechen, sich unter dem Druck von vierhundert Atmosphären fortpflanzen und oft sehr ansehnliche Bänke bilden, die die Fahrt der Schiffe behindern. Aber niemals, so glaube ich, gab es riesenhafteres Seegras als im Lidenbrockschen Meer. Unser Floß fuhr an über neunhundert Meter langen Braunalgen vorbei, ungeheuren Schlangengewinden, die sich weit über den Gesichtskreis hinauszogen. Es machte mir Vergnügen, ihre unendlichen Bänder mit dem Blick zu verfolgen, ohne ihr Ende zu erreichen.
Der Abend kam, und, wie ich tags zuvor bemerkt hatte, die Helle der Luft blieb unverändert. Es war eine bleibende Naturerscheinung, auf deren Fortbestehen man rechnen konnte.

Nach dem Abendessen legte ich mich am Fuß des Mastes nieder und schlief sofort hinüber in sorglose Träume.
Hans, unbeweglich am Steuer, ließ dem Floß seinen Lauf, das übrigens, vom Wind getrieben, keiner Leitung bedurfte.
Am dritten Tag unserer Meerfahrt bemerkte ich, wie der Professor immer unruhiger wurde und oft das Fernrohr vor die Augen hielt. Ich fragte ihn, ob es ihm vielleicht nicht schnell genug ginge.

Er antwortete: »Nicht die Schnelligkeit ist zu gering, sondern das Meer ist zu groß!«
Nun erinnerte ich mich, daß der Professor vor unserer Abfahrt die Länge dieses unterirdischen Meeres auf hundertfünfunddreißig Kilometer geschätzt hatte. Aber wir hatten bereits einen dreimal so langen Weg gemacht, und die südlichen Ufer waren immer noch nicht zu sehen.
»Wir kommen damit nicht abwärts!« fuhr mein Onkel fort. »Das ist nur verlorene Zeit, und kurz und gut, ich bin nicht so weit hierhergekommen, um eine Vergnügungsfahrt auf einem Teich zu machen!«
Er nannte also diese Überfahrt eine Vergnügungspartie und dieses Meer, das Lidenbrocksche Meer, einen Teich.
»Aber«, sagte ich, »wenn wir schon den von Saknussemm angegebenen Weg eingeschlagen haben . . .«
»Das ist die Frage. Sind wir wirklich auf diesem Weg geblieben? Hat Saknussemm diese Wasserfläche angetroffen? Ist er darüber gefahren? Hat uns nicht der Hansbach womöglich völlig irregeführt?«
»Jedenfalls haben wir nicht zu bedauern, daß wir so weit gekommen sind. Das hier ist doch ein prachtvolles Schauspiel, und . . .«
»Um das Schauen handelt es sich nicht. Ich habe mir etwas Bestimmtes vorgenommen, und das will ich erreichen. Also sprich mir nicht von Bewundern.«
Ich ließ es mir gesagt sein und kümmerte mich nicht weiter darum, daß mein Onkel sich vor Ungeduld die Lippen zerbiß.
Um sechs Uhr – es war ein Samstag – forderte Hans seinen wöchentlichen Lohn und erhielt drei Reichsthaler.
Wir fuhren und fuhren. Inzwischen war es Donnerstag geworden, der 20. August. Gegen Mittag vernahm man aus weiter Ferne ein Getöse, ein anhaltendes Rauschen.
Der Professor sagte: »Da muß in der Ferne ein Felsen oder

Inselchen sein, woran das Meer sich bricht.« Hans kletterte auf den Mast, konnte aber keine Klippen wahrnehmen.
Der Ozean war eben bis zur Linie des Horizontes.
Drei Stunden vergingen. Das Rauschen schien von einem fernen Wasserfall herzurühren.
Ich sagte das meinem Onkel, der aber schüttelte den Kopf. Doch ich war überzeugt, daß ich nicht irrte. Fuhren wir wohl einem Wasserfall zu, der uns womöglich in den Abgrund stürzte? Ob diese Art, abwärts zu gelangen, dem Professor zusagte, weil sie der senkrechten Richtung näher kam? Möglich, aber ich ... Jedenfalls mußte einige Kilometer entfernt in der Richtung des Windes sich etwas ereignen, wodurch das Getöse verursacht wurde, denn jetzt hörte man das Rauschen schon sehr heftig. Kam es vom Himmel oder vom Ozean her?
Ich blickte zu den in der Atmosphäre schwebenden Dünsten auf und suchte ihre Tiefe zu ergründen. Der Himmel war ruhig. Das Gewölk, das sich ganz oben ans Gewölbe gezogen hatte, schien unbeweglich und verlor sich in der starken Lichtstrahlung. Die Ursache der Erscheinung war also anderwärts zu suchen. Ich erforschte darauf den reinen, durchaus nebelfreien Horizont, er sah unverändert aus. Aber wenn das Getöse von einem Wasserfall herrührte, wenn dieses ganze Meer in ein tiefes Becken hinabstürzte, wenn das Brausen von einer herabfallenden Wassermasse kam, so mußte die Strömung lebhafter werden, und ihre zunehmende Schnelligkeit konnte mir deutlich die Gefahr anzeigen, die uns bedrohte. Ich beobachtete die Wasserfläche, konnte aber keinerlei Veränderungen feststellen. Gegen vier Uhr kletterte Hans wieder den Mast hinauf, überblickte von oben den ganzen Umkreis, den der Ozean vor dem Floß beschrieb, und hielt an einem bestimmten Punkt an. Sein Gesicht zeigte

keine Überraschung, aber seine Augen schauten auf eine ganz bestimmte Stelle.
»Er hat etwas bemerkt«, sagte mein Onkel.
»Ich glaube auch.«
Hans stieg wieder herab, streckte seinen Arm nach Süden und sagte: »Dernede!«
»Dort unten!« verdeutschte es mein Onkel.
Und er griff nach seinem Fernrohr und schaute aufmerksam eine Minute lang. »Ja, ja«, rief er aus.
»Was siehst du denn, Onkel?«
»Einen ungeheuren Wasserfall, der aus den Wellen aufsteigt.«
»Ein Seeungeheuer?«
»Vielleicht.«
Ich begab mich wieder zu Hans, der sein Steuer handhabte. Wenn man von so weiter Entfernung aus – sie ließ sich mindestens auf fünfundfünfzig Kilometer schätzen – den emporgeworfenen Wasserstrahl wahrnehmen konnte, so mußte es ein Tier von übernatürlicher Größe sein. Eigentlich hätten wir fliehen müssen. Aber wir waren nicht gekommen, um nur vorsichtig zu sein. Also fuhren wir voran. Je mehr wir uns näherten, desto größer wurde der Strahl. Was für ein Ungeheuer mußte das sein, das eine solche Menge Wasser in sich aufnehmen und unaufhörlich wieder ausstoßen konnte!
Um acht Uhr abends waren wir nur noch neun Kilometer davon entfernt. Sein schwärzlicher, großer, bergähnlicher Körper streckte sich gleich einem Inselchen ins Meer hin. War es Täuschung, war es Schrecken? Es schien einen Kilometer lang zu sein. Was für eine Gattung von Walfisch war das? Unbeweglich, wie schlafend lag das Unbekannte da; das Meer konnte es offenbar nicht emporheben, und die Wogen umspielten seine Seiten. Die hundertfünfzig Meter hohe Wassersäule fiel mit betäubendem Getöse als Regen nieder.

Der Schrecken packte mich. Ich wollte nicht weiter und hätte notfalls das Segeltau zerhauen. Ich empörte mich gegen den Professor, der mir keine Antwort gab.
Plötzlich stand Hans auf, zeigte mit dem Finger auf den drohenden Punkt und sagte: »Holme.«
»Eine Insel«, rief mein Onkel.
»Eine Insel!« sagte auch ich achselzuckend. »Aber diese Wassersäule?«
»Geiser«, erklärte Hans.
»Jawohl, Geiser!« erwiderte mein Onkel, »eine heiße Springquelle, gleich denen auf Island.«
Anfangs sträubte ich mich dagegen, mich so gröblich getäuscht zu haben. Ein Inselchen für ein Seeungeheuer zu halten! Aber der Augenschein bewies es, und ich mußte endlich meinen Irrtum eingestehen.
Je näher wir kamen, um so großartiger zeigten sich die Größenverhältnisse des Wasserstrahls. Das Inselchen war wirklich einem Wal täuschend ähnlich, einem riesenhaften Tier, dessen Kopf zehn Meter hoch über das Meer ragte. Der Geiser erhob sich majestätisch an einem Ende. Von Zeit zu Zeit hörte man dumpfes Knallen, und der ungeheure Wasserstrahl, wie von heftigstem Zorn getrieben, schüttelte seine Dunstbüschel bis zur obersten Wolkenschicht empor. Er war vereinzelt; keine Rauchsäulen, keine heißen Quellen umgaben ihn, die gesamte vulkanische Kraft sammelte sich in ihm.
»Landen wir«, sagte der Professor.
Aber man mußte dieser Wassersäule sorgfältig ausweichen, die in einem Augenblick das Floß versenken konnte. Hans brachte uns durch geschickte Wendungen an das äußerste Ende der Insel. Ich sprang heraus auf den Felsen. Mein Onkel folgte mir flink nach, während der Eiderjäger auf seinem Posten blieb.
Wir beide schritten über einen mit Kieseltuff vermischten

Granit; der Boden unter meinen Füßen war warm. Wir gelangten zu einem kleinen Zentralbecken, woraus sich der Geiser erhob. Ich hielt in das siedende Wasser ein Thermometer, das eine Hitze von hundertdreiundsechzig Grad anzeigte.

Der Professor benannte das vulkanische Inselchen nach seinem Neffen Axel und gab das Zeichen zur Rückkehr.

Einige Minuten noch betrachtete ich den Geiser. Ich bemerkte, daß sein Strahl unregelmäßig aufsprudelte, daß er an Stärke abnahm, dann mit erneuter Kraft fortfuhr, was ich dem wechselnden Druck der in seinem Vorratsbehälter gesammelten Dämpfe zuschrieb.

Endlich fuhren wir ab, um die sehr steilen Felsen des Südens herum. Hans hatte während unseres Aufenthaltes auf dem Inselchen das Floß wieder instand gesetzt.

Wir hatten seit unserer Abfahrt vom Gretchenhafen zur See über zwölfhundert Kilometer zurückgelegt und befanden uns jetzt nicht ganz zweitausendachthundert Kilometer von Island entfernt, unterhalb Englands.

Elektrisch geladen

Am folgenden Tag entschwand der prachtvolle Geiser unseren Blicken. Der frische Wind trieb uns rasch vom Inselchen Axel weg. Das Brausen wurde allmählich unhörbar.

Das Wetter, wenn man sich so ausdrücken darf, mußte sich bald ändern. Die Luft wurde mit Dampf gefüllt, der alle durch die Verdunstung des Salzwassers gebildete Elektrizität in sich aufnahm. Die Wolken senkten sich merklich und nahmen eine gleichförmig olivenartige Färbung an. Die elektrischen Strahlen konnten kaum durch den dunklen Vorhang der Bühne dringen, worauf ein Sturmdrama aufgeführt werden sollte.

Dies machte auf mich einen ganz besonderen Eindruck, so wie auf der Erde ein bevorstehender Wolkenbruch auf jedes Geschöpf wirkt. Das im Süden aufsteigende Gewölk bot einen unheimlichen Anblick; es sah so unbarmherzig aus, wie oft beim Ausbruch eines Gewitters. Die Luft war schwül, das Meer merkwürdig ruhig.

In der Ferne häuften sich die Wolken gleich dicken Baumwollballen in malerischer Unordnung. Allmählich schwollen sie an, waren minder zahlreich, dagegen größer und so schwer, daß sie sich nicht vom Horizont lösen konnten. Aber ein stärkerer Wind trieb sie in die Höhe, daß sie allmählich zusammenflossen, dunkel wurden und eine einzige Schicht von drohendem Aussehen bildeten.

Die Luft schien vom elektrischen Fluidum gesättigt zu sein; ich war davon ganz durchdrungen; meine Haare auf dem Kopf sträubten sich, wie wenn man einer Elektrisiermaschine näher kommt. Wenn mich meine Gefährten in diesem Augenblick anrührten, bekämen sie einen starken Stoß.

Um zehn Uhr wurden die Anzeichen des Sturmes noch deutlicher, so daß ich endlich sagte: »Ein Unwetter bereitet sich vor.«
Der Professor blieb die Antwort schuldig. Er zuckte nur die Achseln.
»Wir werden ein Gewitter bekommen«, sagte ich und streckte die Hand nach dem Horizont aus. »Diese Wolken senken sich aufs Meer, als wollten sie es erdrücken!«
Allgemeine Stille. Die Natur sah wie erstorben aus, und kein Lüftchen wehte. Am Mast, worauf ich schon ein leichtes Elmsflämmchen glänzen sah, fiel das gespannte Segel in Falten herab. Das Floß war unbeweglich auf einem Meer ohne Wellenschlag. Aber wenn wir nicht mehr vorwärts kamen, wozu dann dieses Segel, das uns bei den ersten Stößen des Sturmes ins Verderben ziehen mußte?
»Nehmen wir das Segel ab«, rief ich, »senken wir den Mast!«
»Nein, zum Teufel!« schrie mein Onkel. »Hundertmal nein! Mag der Wind uns fassen, der Sturm uns fortreißen! Ich muß endlich die Felsen eines Ufers sehen, wenn auch unser Schiff daran in tausend Splitter zerschellen sollte.«
Plötzlich sah der Horizont im Süden anders aus. Die gesammelten Dämpfe lösten sich in Wasser auf, und da die Luft in heftigem Zug zusammenströmte, um den durch die Verdichtung entstandenen leeren Raum zu füllen, entstand ein Orkan. Er kam aus den entferntesten Enden der Höhle.
Das Floß wurde in die Höhe gehoben und hüpfte auf den Wellen. Mein Onkel wurde vom oberen Teil herabgeworfen. Ich schleppte mich zu ihm hin. Er klammerte sich an ein Stück Tau fest und schien das Schauspiel der entfesselten Elemente mit Vergnügen zu betrachten.
Hans rührte sich nicht. Seine vom Sturm rückwärts getriebenen langen Haare umhüllten sein unbewegliches Gesicht. Alle Haarspitzen waren mit kleinen leuchtenden Strahlenbü-

scheln verziert. Er sah aus wie ein verkleideter Mensch der Urzeit. Indessen der Mast widerstand. Das gespannte Segel wirkte wie eine zum Bersten gefüllte Blase. Das Floß trieb mit einer Schnelligkeit dahin, die ich nicht schätzen konnte.

»Das Segel, das Segel!« rief ich, mit einem Wink, es abzunehmen.

»Nein!« erwiderte mein Onkel.

»Nej«, sagte Hans und schüttelte mit dem Kopf.

Der Regen bildete inzwischen einen brausenden Wassersturz vor dem Horizont, auf den wir wie unsinnig zusteuerten. Aber ehe er noch bis zu uns gelangte, zerriß das Gewölk, das Meer geriet in Wallung, und die Elektrizität, durch eine umfassende chemische Tätigkeit in den oberen Schichten gebildet, kam mit ins Spiel. Unzählige Blitze durchkreuzten sich, der Donner folgte Schlag auf Schlag; die ganze Dunstmasse glühte. Helleuchtender Hagel wirbelte gegen unsere Geräte, und die aufgeregten Wogen schienen Feuer zu sprühen.

Meine Augen waren geblendet, meine Ohren betäubt. Ich mußte mich am Mast festhalten, der wie ein schwankendes Rohr von der Gewalt des Sturmes gebeugt wurde.

Es wurde eine fürchterliche Nacht. Der Sturm wollte sich nicht legen. Inmitten des Tobens und Brausens unablässiges Donnergeroll.

Unaufhörlich Blitze. Ich sah rückwärtsgehende Zickzackstrahlen, die von oben geschleudert, wieder rückwärts gegen das Granitgewölbe schlugen. Wenn es zusammenbräche! Andere Blitze spalteten sich oder nahmen die Gestalt von Feuerkugeln an, die wie Bomben zerplatzten.

Auf einmal fiel eine feurige Kugel auf das Floß. Mast und Segel waren sofort losgerissen und flatterten hoch in den Lüften, wie ein urweltlicher Vogel.

Wir waren starr vor Schrecken. Die Kugel, halb weiß, halb

lasurblau, etwa zwanzig Zentimeter groß, rollte langsam hier- und dorthin, sprang auf den Sack voll Lebensmittel, glitt langsam wieder herunter, hüpfte, streifte an die Pulverkiste. Grauenhaft! Uns alle in die Luft zu sprengen! Nein. Die Kugel entfernte sich, näherte sich Hans, der sie fest anstarrte; dann meinem Onkel, der, um auszuweichen, auf die Knie fiel; dann mir, der totenblaß zurückschauerte vor dem Glanz und der Hitze. Die Kugel kreiselte vor meinem Fuß, den ich zurückziehen wollte, was aber nicht ging.

Der Geruch von Salpetergas füllte die Luft, drang in die Kehle, in die Lungen – zum Ersticken.

Weshalb konnte ich meinen Fuß nicht zurückziehen? Die elektrische Kugel hatte alles Eisen an Bord magnetisch gemacht. Die Instrumente, Geräte und Waffen bewegten sich und stießen hell klirrend aneinander. Die Nägel an meinen Schuhen hingen fest an einem Eisenstück, das im Holz eingelassen war. Deshalb konnte ich meinen Fuß nicht wegziehen!

Endlich gelang es mir mit höchster Anstrengung, als ihn eben die Kugel in ihren kreisenden Bewegungen erreichen wollte . . .

Da zersprang sie mit hellem Lichtglanz; wir wurden mit Flammenströmen übergossen. Darauf erlosch alles. Ich hatte eben noch Zeit, meinen Onkel auf dem Floß hingestreckt zu sehen und Hans getreulich an seinem Steuer, »feuerspeiend«, von Elektrizität durchdrungen!

Wohin fuhren wir, wohin?

Ich erwachte aus langer Ohnmacht. Das Gewitter dauerte fort; die Blitze zischten entfesselt wie eine Brut Schlangen. Waren wir immer noch auf dem Meer? Ja, fortgerissen mit unberechenbarer Schnelligkeit. Wir fuhren unter England her, unter dem Kanal, Frankreich, vielleicht ganz Europa!

Abermals wurde ein Getöse laut. Offenbar brach sich das Meer an einem Felsen. Aber dann . . .

Was beim Scheitern des Floßes an den Felsen der Küste vorging, kann ich nicht sagen. Ich fühlte, daß ich in die Wogen stürzte. Daß ich aber dem Tode entrann, daß mein Körper nicht an den spitzen Felsen zerrissen wurde, verdankte ich dem starken Arm unseres Isländers.
Der mutige Hans trug mich aus dem Bereich der Wellen auf glühenden Sand, wo bereits mein Onkel lag.
Darauf begab er sich wieder zu den Felsen, in die tobenden Wellen, um etwas von unserer Habe zu retten. Ich konnte nicht sprechen, denn ich war ziemlich mitgenommen; ich brauchte eine volle Stunde, um mich etwas zu erholen.
Inzwischen regnete es fortwährend, wie bei der Sintflut. Einige überhängende Felsen boten uns Schutz gegen diese Ströme. Hans bereitete ein Mahl, das ich nicht anrühren konnte. Dann fielen wir alle, erschöpft vom Wachen durch die letzten drei Nächte, in einen langen Schlaf.
Am folgenden Tag war prachtvolles Wetter. Himmel und Meer hatten sich friedlich geeinigt. Jede Spur von Gewitter war verschwunden. Der Professor begrüßte mich beim Erwachen: »Nun, lieber Junge, hast du gut geschlafen?«
Hätte man nicht denken können, wir befänden uns im Haus der Königsstraße, ich käme ruhig zum Frühstück herunter, meine Hochzeit mit Gretchen sollte heute gefeiert werden! Ach, wäre das Floß vom Sturm nach Osten verschlagen worden, so wären wir unter Deutschland gefahren, unter meiner Vaterstadt Hamburg, unter der Straße, wo meine liebe Vierländerin weilte. Dann wären wir kaum hundertachtzig Kilometer voneinander, aber senkrecht durch eine Granitwand, und in Wirklichkeit über achtzehntausend Kilometer getrennt!
Mein Onkel war bester Stimmung. Er erklärte: »Wir sind angelangt.«
»Am Ziel unserer Reise?«

»Nein, aber am Ende des Meeres, das kein Ende nehmen wollte. Jetzt werden wir wieder den Landweg einschlagen, damit wir wirklich ins Innere der Erde dringen.«

»Lieber Onkel, gestatte mir eine Frage.«

»Ja, bitte.«

»Wie steht es denn mit der Rückreise?«

»Rückreise? Denkst du schon daran, bevor wir überhaupt erst angekommen sind?«

»Nein, ich will nur fragen, wie sie ausgeführt werden soll.«

»Auf die einfachste Weise, die es gibt. Sind wir einmal im Mittelpunkt unseres Erdballs angekommen, so finden wir entweder einen neuen Weg, um auf seine Oberfläche zurückzukehren, oder wir gehen ganz ruhig den Weg, den wir kamen, wieder zurück. Ich denke wohl, man wird nicht hinter uns die Pforten schließen.«

»Dann muß man das Floß wieder gut instand setzen.«

»Natürlich.«

»Aber werden die Lebensmittel ausreichen?«

»Ja, gewiß. Hans ist ein tüchtiger Bursche, der hat den größten Teil der Ladung gerettet. Übrigens wollen wir doch gleich einmal nachsehen.«

Bei unserer Ankunft am Ufer bemerkten wir Hans mitten in einem Haufen von Gegenständen, schön geordnet. Während wir schliefen, hatte Hans schwer gearbeitet und unter Lebensgefahr die wertvollsten Gegenstände gerettet. Von den Instrumenten fehlte nichts. An Werkzeugen und Geräten bemerkte ich auf dem Strand auseinandergelegte Leitern, Stricke, Hacken usw. Die Lebensmittel in den geretteten Kisten reichten noch vier Monate.

»Vier Monate!« rief der Professor. »Wir haben Zeit genug, hin- und zurückzukommen, und mit dem Rest will ich allen meinen Kollegen am Johanneum ein großes Festessen geben!«

Während wir frühstückten, fragte ich meinen Onkel, wo wir uns denn jetzt befänden. Ich behauptete, dieses Uferland hier müsse südöstlich vom Gretchenhafen liegen.
»Gut«, meinte der Onkel, »es ist leicht, sich durch den Kompaß davon zu überzeugen. So wollen wir ihn denn befragen.«
Wir gingen zum Felsen, wo Hans die Instrumente hingelegt hatte. Der Professor war lustig und guter Dinge, er rieb sich vergnügt die Hände.
Mein Onkel nahm den Kompaß, legte ihn waagrecht und beobachtete die Nadel, die nach einigem Schwanken in fester Stellung blieb nach Maßgabe des magnetischen Einflusses.
Mein Onkel schaute, dann rieb er sich die Augen und schaute von neuem. Endlich wandte er sich voller Erstaunen zu mir hin. Er deutete mir an, das Instrument zu untersuchen. Mir entfuhr ein Ausdruck der Überraschung. Die Nadel zeigte Norden da, wo wir Süden vermuteten. Sie drehte sich nach dem Ufer zu, anstatt aufs volle Meer hinzuweisen.
Ich schüttelte den Kompaß und prüfte ihn nochmals: Er war in vollkommenem Zustand. In welche Lage man die Nadel auch brachte, sie nahm hartnäckig die unerwartete Richtung.
Es war kein Zweifel mehr – während des Sturmes war der Wind umgeschlagen, was wir nicht bemerkten, und hatte das Floß nach dem Ufer zurückgetrieben, das mein Onkel hinter sich zu lassen wähnte.

Eine neue Spur

Mein Onkel war nicht kleinzukriegen.

»Was für einen Streich hat mir das Schicksal gespielt!« sagte er. »Die Elemente haben sich wider mich verschworen! Luft, Feuer und Wasser vereinigten ihre Kräfte, um meine Fahrt zu hindern. Nun gut, man soll erfahren, was meine Willenskraft vermag. Ich werde nicht nachgeben, keine Linie weit zurückweichen, und wir werden sehen, wer die Oberhand behält, die Natur oder der Mensch!«

Auf dem Felsen stehend, gereizt und drohend, schien Otto Lidenbrock gleich dem wilden Ajax die Götter herauszufordern. Vergeblich versuchte ich mich ins Mittel zu legen und meinem Onkel beizubringen, es wäre Narrheit, zum zweiten Male diese unmögliche Überfahrt zu versuchen.

»Zum Floß!« rief er.

Dies war seine Antwort. Ich konnte tun, was ich wollte, bitten, zornig werden, ich stieß gegen seinen Willen, der härter war als Granit.

Hans hatte mit einigen Stücken Surtarbrandur das Fahrzeug wieder festgemacht. Ein Segel war schon wieder aufgesteckt, und der Wind spielte in seinen wallenden Falten.

Der Isländer brachte das Gepäck an Bord und machte alles zur Abfahrt fertig. Ich war im Begriff, meinen gewohnten Platz auf dem Floß einzunehmen, als mein Onkel mich mit der Hand zurückhielt.

»Wir reisen erst morgen«, sagte er. »Ich darf nichts versäumen«, fuhr er fort, »und weil mich das Verhängnis auf diese Seite der Küste getrieben hat, so will ich sie erst untersuchen, ehe ich sie verlasse.«

Diese Bemerkung wird verständlich, wenn man weiß, daß wir

zwar an die Nordküste zurückgekommen waren, aber nicht an dieselbe Stelle, wo wir früher abfuhren. Gretchenhafen mußte westlicher liegen. Nichts ist natürlicher also, als die Umgebung, wo wir ans Land getrieben waren, sorgfältig zu durchforschen. »So wollen wir denn auf Entdeckungen ausgehen!« war unsere Losung.

Wir ließen Hans bei seiner Arbeit und machten einen Ausflug. Der Raum zwischen unserem Ruheplatz am Meer und dem Fuß der Vorberge war sehr weit; man konnte eine halbe Stunde gehen, bis man an die Felsenwand kam. Unsere Füße zertraten unzählige Muscheln von allen Formen und Größen, worin die Tiere der ersten Erdepoche gelebt hatten. Ich bemerkte auch gewaltige Schildkröten, deren Panzer oft einen Durchmesser von fünf Metern hatten. Sie gehörten der Gattung der riesenhaften Glyptodonen der Urzeit an. Außerdem war der Boden mit einer Menge von Steintrümmern bedeckt, einer Art Steinkiesel, die von den Wellen abgeschliffen und reihenweise ans Ufer geschichtet waren. Daraus schloß ich, daß das Meer ehemals diesen Raum bedeckt haben müsse. Auf den verstreut herumliegenden Felsen, die jetzt nicht mehr vom Meer berührt wurden, hatten Fluten deutliche Spuren zurückgelassen.

Dies konnte bis auf einen gewissen Punkt das Dasein dieses Meeres hundertachtzig Kilometer unter der Erdoberfläche erklären. Aber meiner Ansicht nach mußten sich diese Wasserfluten allmählich im Innern der Erde verlieren, und sie kamen offenbar aus den Gewässern des oberirdischen Ozeans her, die durch irgendeine Spalte eindrangen. Doch mußte man annehmen, daß diese Spalte gegenwärtig verstopft sei, denn sonst wäre diese Höhle, oder besser dieser ungeheure Behälter, in ziemlich kurzer Zeit angefüllt worden. Vielleicht war auch dieses Wasser, als es gegen unterirdische Feuer zu kämpfen hatte, zum Teil verdunstet. Daher die über unserem

Kopf schwebenden Wolken und die Entwicklung der Elektrizität, die im Innern der Erde Gewitter erzeugt.
Wir gingen also auf einer Art von Niederschlagsboden, der, wie alle Erdarten dieser Periode, durch Wasser gebildet worden war. Der Professor untersuchte genau jede Ritze im Felsen. Fand sich eine Öffnung, so war ihm wichtig, ihre Tiefe zu erforschen.
Wir waren längst von dem Meeresufer abgekommen. Den unvorsichtigen Professor kümmerte es wenig, ob wir uns verirrten, und ich ließ mich von ihm fortziehen. Wir gingen schweigend vorwärts.
Nachdem wir eine Weile gegangen waren, kamen wir an den Rand eines ungeheuren Waldes. Es waren aber nicht Champignons wie beim Gretchenhafen. Hier zeigte sich die tertiäre Vegetation in voller Pracht. Große Palmbäume, heute verschwundene Gattungen von Fichten, Eiben, Zypressen und Lebensbäumen waren netzartig von Lianen durchflochten. Ein Teppich von Moos und Leberkraut bedeckte den Boden. Unter dem schattenlosen Gebüsch rieselten Bäche. An deren Uferrand wuchsen baumhohe Farnkräuter. Nur waren all diese Bäume, Gebüsche und Pflanzen farblos, weil das belebende Sonnenlicht fehlte: alles verschwommen in einförmiger Färbung, bräunlich und wie verblichen. Die Blätter ohne Grün, und selbst die zahlreichen Blumen, allerdings farb- und geruchlos, sahen aus wie von Papier gemacht, das durch Einwirken der Luft seine Farbe verloren hat. Mein Onkel Lidenbrock wagte sich in dieses riesige Gehölz. Ich folgte ihm nicht ohne Angst. Da die Natur hier diese üppige Pflanzenkost wachsen ließ, warum sollten sich da nicht auch die fürchterlichsten Säugetiere finden? Ich bemerkte an den lichten Stellen zahlreiche Sträucher, die die Wiederkäuer aller Gezeiten gern fressen. Hernach zeigten sich Bäume verschiedener Gegenden der Erdoberfläche durcheinandergemischt:

die Eiche neben der Palme, der australische Eukalyptus an der Seite der norwegischen Tanne, die Birke des Nordens mit der seeländischen Kaurifichte.

Inzwischen hatten wir den Wald wieder verlassen und lenkten unsere Schritte erneut dem Lidenbrockschen Meer zu. Da brachte mich ein Gedanke erneut auf praktischere Beobachtungen. Obwohl ich gewiß war, daß wir uns auf völlig unbetretenem Boden befanden, so sah ich bisweilen Felsgruppen, deren Form an die von Gretchenhafen erinnerten. Dies hatten übrigens die Angaben des Kompasses und unsere unwillkürliche Rückkehr auf die Nordseite des Meeres bestätigt. Es war mitunter täuschend ähnlich hier. Bäche und Wasserfälle stürzten zahlreich aus den Felsvorsprüngen. Ich glaubte das Lager von Surtarbrandur, unseren treuen Hansbach und die Grotte zu erkennen, worin ich wieder zur Besinnung gekommen war. Hernach etwas weiter wurde ich wieder durch die Gestaltung der Berge, durch einen Bach und die überraschende Zeichnung eines Felsens in Zweifel gestürzt.
»Offenbar«, sagte ich zu meinem Onkel, »sind wir nicht bei unserem Abfahrtspunkt gelandet, sondern der Sturm hat uns etwas weiter oberhalb hingetrieben, und wenn wir uns längs des Ufers halten, werden wir zum Gretchenhafen gelangen.«
»In diesem Fall«, erwiderte mein Onkel, »ist es unnütz, diese Untersuchung fortzusetzen, und das beste wäre, zu unserem Floß zurückzukehren. Aber, Axel, irrst du dich nicht?«
»Es ist schwer, ein bestimmtes Urteil darüber zu fällen, lieber Onkel, denn alle diese Felsen gleichen einander. Ich glaube jedoch das Vorgebirge wiederzuerkennen, an dessen Fuß Hans unser Fahrzeug gebaut hat. Wir müssen nahe bei dem kleinen Hafen sein, wenn er nicht schon hier ist.«
»Nein, Axel, wir fänden dann wenigstens unsere eigenen Spuren, und ich sehe nichts . . .«

»Aber ich sehe etwas«, rief ich aus und stürzte mich auf einen Gegenstand, der im Sande glänzte.
»Was ist es denn?«
»Dies«, erwiderte ich und zeigte meinem Onkel einen etwas verrosteten Dolch.
»Ach«, sagte er, »du hattest diese Waffe mitgenommen?«
»Ich? Keineswegs. Aber du, Onkel . . .«
»Solchen Gegenstand habe ich noch nie besessen.«
»Das ist aber eigentümlich.«
»Nein, es ist sehr einfach, Axel. Die Isländer haben oft Waffen dieser Art, und Hans, dem sie gehört, wird sie hier verloren haben . . .«
Ich schüttelte den Kopf. Hans besaß keinen Dolch.
»Ist es die Waffe eines urweltlichen Kriegers«, rief ich aus, »oder eines lebenden Menschen? Aber nein, es ist kein Gegenstand aus dem Zeitalter des Steins, nicht einmal der Bronze! Diese Klinge ist von Stahl . . .«
Mein Onkel unterbrach mich und erklärte: »Dieser Dolch ist eine Waffe aus dem sechzehnten Jahrhundert, ein wirklicher Dolch, wie ihn die Edelleute am Gürtel trugen. Er ist spanischen Ursprungs. Er gehört weder dir noch mir, noch dem Eiderjäger, noch auch den menschlichen Wesen, die vielleicht im Schoß der Erde leben! Man hat diesen Dolch nicht durch Menschenhand schartig gemacht. Seine Klinge ist mit einem Rost bedeckt, der älter ist als ein Tag, ein Jahr, ein Jahrhundert!«
Der Professor ließ sich durch seine Einbildungskraft fortreißen.
»Axel«, sagte er, »wir sind einer großen Entdeckung auf der Spur. Diese Klinge liegt hier im Sand seit hundert, zweihundert, dreihundert Jahren und ist an den Felsen dieses unterirdischen Meeres schartig geworden!«
»Aber diese Klinge ist nicht von allein hierhergekommen«,

rief ich aus, »es ist jemand vor uns hier gewesen!«
»Ja, ein Mann.«
»Und dieser Mann?«
»Dieser Mann hat mit diesem Dolch irgendwo seinen Namen eingegraben! Dieser Mann hat noch einmal eigenhändig den Weg zum Mittelpunkt der Erde zeigen wollen! Suchen wir nur!«
Und mit erstaunlichem Eifer gingen wir längs der hohen Felswand und forschten nach den geringsten Spalten, die zu einer Galerie werden konnten.
So gelangten wir zu einer Stelle, wo das Gestade enger wurde. Das Meer drang fast bis an den Fuß der Vorberge und ließ nur zwei bis drei Meter als Weg frei. Zwischen zwei Felsenvorsprüngen gewahrte man den Eingang zu einem dunklen Tunnel. Hier zeigten sich auf einer Granitfläche zwei geheimnisvolle, halb verwitterte Buchstaben, die beiden Anfangsbuchstaben des kühnen und abenteuerlichen Reisenden:

»A. S.«, rief mein Onkel. »Arne Saknussemm! Immer Arne Saknussemm!«

Fahrt durch den Vulkan

Seit dem Anfang unserer Reise habe ich viel Erstaunliches erlebt, und ich glaubte, vor weiteren Überraschungen sicher zu sein. Doch beim Anblick dieser beiden seit dreihundert Jahren hier eingegrabenen Buchstaben war ich über die Maßen verwundert. Nicht nur die Handschrift des gelehrten Alchimisten stand auf dem Felsen, sondern auch der Dolch, womit er sie eingegraben hatte, war in meinen Händen. Ich konnte die Existenz dieses abenteuerlichen Mannes und die Wirklichkeit seiner Reise nicht mehr bezweifeln.

Professor Lidenbrock aber gab sich seiner Begeisterung für den großen Isländer hin, indem er das Vorgebirge, wo er dieses Meer entdeckt hatte, Kap Saknussemm nannte.

»Und nun wollen wir zu Hans zurück und das Floß herbeiholen«, sagte mein Onkel.

Wir fanden auch zu dem Eiderjäger zurück. Alles war zur sofortigen Abfahrt gerüstet, wir bestiegen das Floß, das Segel wurde aufgespannt, und Hans steuerte längs der Küste nach dem Kap Saknussemm.

Der Wind war für solches Fahrzeug nicht günstig. Wir mußten daher an manchen Stellen unsere Stöcke zu Hilfe nehmen, um vorwärts zu kommen. Oft waren wir durch Felsen, die bis an die Oberfläche des Wassers ragten, zu einem weiten Umweg gezwungen. Endlich, nach drei Stunden, gegen sechs Uhr abends, kamen wir an einen günstigen Landeplatz.

Ich war dafür, daß wir uns unverzüglich auf den Weg machten. Aber da sagte mein Onkel: »Zuvor müssen wir diese neue Galerie untersuchen, um zu wissen, ob wir unsere Leitern dazu bereitstellen müssen.«

Mein Onkel setzte seinen Ruhmkorffschen Apparat in Tätig-

keit. Das Floß wurde am Ufer festgebunden. Übrigens war der Eingang der Galerie kaum zwanzig Schritte von dort entfernt, und wir begaben uns sogleich dahin.
Die fast kreisrunde Öffnung hatte einen Durchmesser von etwa anderthalb Metern. Der dunkle Tunnel war in frisches Gestein gebrochen und geglättet durch ausgeworfene Gegenstände, die ihren Weg durch ihn gefunden hatten. Unten reichte die Öffnung bis an den Boden, so daß man ohne Schwierigkeit hinein konnte. Wir gingen erst ganz waagrecht, als uns nach sechs Schritten ein ungeheurer Felsblock den Weg versperrte.
»Verdammter Block!« rief ich zornig, als ich mich plötzlich durch so ein Hindernis gehemmt sah.
Wir mochten suchen, wie wir wollten, rechts und links, oben und unten, nirgends fand sich ein Zugang. Hans beleuchtete mit der Lampe die Wand allerwärts, aber sie zeigte nirgends eine Lücke. Man mußte darauf verzichten, hier weiter zu kommen.
»Aber wie ging es denn Saknussemm?« rief ich.
»Ja«, fragte mein Onkel, »ist er denn durch diesen Felsen gehemmt gewesen?«
»Nein, nein«, fuhr ich lebhaft fort. »Dieses Felsstück hat den Gang plötzlich versperrt, infolge eines Erdbebens oder einer magnetischen Einwirkung. Offenbar hat diese Galerie früher der Lava einen Weg zum Abfluß gegeben, und die ausgeworfenen Gegenstände hatten darin Spielraum. Schau nur, da an der Granitdecke sind frische Ritzen. Diese sind durch ungeheure Steine entstanden, die sich durchzwängten, als wenn Riesen daran gearbeitet hätten. Eines Tages hat ein stärkerer Druck diesen Block hineingezwängt und mit ihm wie mit einem Gewölbeverschluß den ganzen Weg versperrt. Dieses Hindernis, das Saknussemm noch nicht vorfand, ist erst später dahin gekommen. Wir müssen es beseitigen, sonst verdie-

nen wir es nicht, das Ziel, den Mittelpunkt der Erde, zu erreichen.«

»Nun«, sagte mein Onkel darauf, »dann wollen wir uns mit Spitzhacke und Steinbrecher Bahn schaffen und die Wand sprengen!«

»Dafür ist sie zu hart und zu dick!«

»Aber . . .«

»Wir haben ja Pulver! Legen wir eine Mine und zersprengen wir den Block!«

»Ja, mit Pulver, das müßte gehen!«

»Es handelt sich nur darum, ein Loch in den Felsen zu hauen.«

»Hans, ans Werk!« rief mein Onkel.

Der Isländer holte alsbald von dem Floß eine Spitzhacke, womit er das Loch für die Mine aushauen konnte. Das war keine geringe Arbeit. Es handelte sich um eine Öffnung, die fünfzig Pfund Schießbaumwolle fassen konnte, deren Treibkraft viermal so stark ist als die des Schießpulvers für Kanonen.

Ich war sehr aufgeregt. Während Hans seine Arbeit verrichtete, half ich meinem Onkel, eine lange Lunte anzufertigen.

»Wir werden schon durchdringen!« sagte ich.

»Ja, ›durchdringen‹«, wiederholte mein Onkel.

Zu Mitternacht war unsere Mine fertig und die Ladung mit Baumwolle in die Höhlung befördert. Die durch die Galerie laufende Lunte endete außen. Ein Funke war imstande, die fürchterliche Vorrichtung in Tätigkeit zu setzen.

»Auf morgen«, sagte der Professor.

Ich mußte mich wohl fügen und noch fünf volle Stunden warten!

Der folgende Tag, der 27. August, war für diese unterirdische Reise von der größten Bedeutung. Ich kann nicht an ihn zurückdenken, ohne daß mir vor Entsetzen das Herz bebt.

Von diesem Augenblick an hatte unsere Vernunft, unser Urteil, unser Erfindungstalent nicht mehr bei der Sache mitzusprechen, wir sollten ein Spielball der in der Erde wirkenden Naturkräfte sein.

Um sechs Uhr waren wir fertig. Der Augenblick war gekommen, mittels Pulver uns einen Weg durch die Granitrinde zu bahnen.

Ich bat mir die Ehre aus, die Mine anzuzünden. Daraufhin sollte ich zu meinen Gefährten auf das nicht abgeladene Floß eilen, um mit ihnen das Weite zu suchen.

Die Lunte mußte nach unserer Berechnung zehn Minuten lang brennen, bevor das Feuer zum Pulver kam. Ich hatte also Zeit genug, um wieder auf das Floß zu gelangen.

Nachdem wir rasch ein Mahl eingenommen hatten, begaben sich mein Onkel und der Eiderjäger auf das Floß, während ich am Ufer zurückblieb. Für das Anzünden war ich mit einer brennenden Laterne versehen.

»Geh, lieber Junge«, sagte mein Onkel, »und komm dann gleich wieder zu uns zurück.«

»Nur keine Angst«, antwortete ich, »ich werde mich unterwegs schon nicht aufhalten.«

Alsbald ging ich zur Mündung der Galerie, öffnete die Laterne und faßte das Ende der Lunte.

Der Professor hielt seine Uhr in der Hand.

»Fertig?« rief er mir zu.

»Fertig!« war die Antwort.

»Nun denn! Feuer, mein Junge!«

Rasch zündete ich die Lunte an und eilte zum Ufer.

»Einsteigen!« rief mein Onkel. »Und abfahren!«

Hans stieß uns mit einem kräftigen Ruck vom Ufer ab, das Floß kam in eine Entfernung von vierzig Meter.

Es war ein ängstlicher Augenblick. Der Professor begleitete mit den Augen den Zeiger der Uhr.

»Noch fünf Minuten!« sprach er. »Noch vier, drei!«

Mein Puls schlug die halben Sekunden.

»Noch zwei, eine ... Stürz zusammen, Granitbau!«

Was begab sich darauf? Das Donnergetöse vernahm ich gar nicht. Aber die Form der Felsen sah ich plötzlich vor meinen Augen sich ändern, sie gingen wie ein Vorhang auseinander. Ich gewahrte eine unergründliche Schlucht, die am Ufer klaffte. Das Meer, im Wirbel gedreht, türmte sich zu einer ungeheuren Woge, auf deren Rücken sich das Floß senkrecht erhob.

Wir wurden alle drei niedergeworfen. Das Licht wich tiefster Dunkelheit. Ich fühlte, daß der zuverlässige Grund mangelte, nicht meinen Füßen, sondern dem Floß. Ich meinte, es werde untersinken. Doch kam es nicht dazu. Trotz Dunkelheit, Getöse, Überraschung begriff ich, was vorgegangen war. Hinter dem Felsen, der eben zersprengt worden war, befand sich ein Abgrund. Die Explosion hatte in diesem zerklüfteten Boden eine Art von Erdbeben verursacht, der Schlund hatte sich geöffnet, und das in einen reißenden Strom umgewandelte Meer riß uns mit fort.

Ich hielt uns für verloren.

Eine, zwei Stunden – ich weiß es nicht genau – vergingen so. Wir schlossen die Ellenbogen ineinander, reichten uns die Hände, um nicht aus dem Floß geworfen zu werden. Wenn es an eine Wand stieß, gab es die ärgsten Stöße. Doch sie kamen seltener, woraus ich folgerte, daß die Galerie beträchtlich weiter wurde. Dies war ohne Zweifel Saknussemms Weg. Aber anstatt diesen Weg hinabzusteigen, hatten wir aus lauter Unvorsichtigkeit ein ganzes Meer zur Begleitung.

Ich war sehr überrascht, als ich in meiner Nähe plötzlich ein Licht aufblinken sah. Dem geschickten Hans war es gelungen, die Laterne anzuzünden, und obwohl die Flamme hin und her flackerte, warf sie doch einige Strahlen in dieses fürchterliche Dunkel. Die Galerie war breit. Das schwache Licht ließ die beiden Wände nicht auf einmal erkennen. Das Gefälle des Wassers, auf dem wir so reißend fuhren, übertraf das der wildesten Ströme Amerikas. Das Floß, von Wirbeln ergriffen, fuhr wie ein Kreisel.

Mein Onkel und ich kauerten mit verstörtem Blick neben dem Stumpf des Mastes, der bei dem Unheil abgebrochen war, und kehrten der Luftströmung den Rücken, um nur atmen zu können. Nach geraumer Zeit verdoppelte sich die Geschwindigkeit unserer Fahrt. Das Gefälle des Wassers wurde übermäßig; wir glitten nicht mehr, wir fielen hinab. Es war mir, als stürzten wir fast senkrecht. Mein Onkel und Hans, die sich fest an meine Arme klammerten, hielten mich kräftig zurück.

Plötzlich spürte ich einen Stoß. Unser Fahrzeug war nicht an einen harten Körper geraten, sondern hielt plötzlich in seinem Falle inne, und ein Wasserwirbel, eine ungeheure Säule stürzte über seine Oberfläche. Ich bekam keine Luft mehr, war überschwemmt.

Doch dauerte diese jähe Überflutung nicht lange. In einigen Sekunden fühlte ich mich in freier Luft und konnte wieder ungehindert atmen. Mein Onkel und Hans hielten mir den Arm fest, und das Floß trug uns noch alle drei.

Es mochte damals zehn Uhr abends sein. Als erstes fiel mir nach dem letzten Stoß auf, daß es in der Galerie still wurde nach dem Tosen und Brausen, das bisher seit langen Stunden mein Ohr erfüllt hatte. Endlich drangen wie ein Gemurmel etliche Worte meines Onkels an mein Ohr:

»Nun geht es aufwärts!«

»Was meinst du damit, Onkel?« fragte ich.

»Ja, aufwärts, wir fahren zu Berg!«

Ich streckte den Arm aus, um die Wand zu betasten; meine Hand war blutig. Wir fuhren äußerst rasch bergan.

»Die Fackel! Die Fackel!« rief der Professor.
Nicht ohne Schwierigkeit gelang es Hans, sie anzuzünden, und die Flamme, die trotz der aufsteigenden Bewegung aufrecht flackerte, reichte hin, die Szene zu beleuchten.
»Das dachte ich mir doch«, sagte mein Onkel. »Wir befinden uns in einem engen Schacht von kaum sieben Meter Durchmesser. Wenn das Wasser auf dem Grund ankommt, trachtet es, sein Niveau wieder zu gewinnen, und hebt uns mit sich empor.«
»Wohin denn?«
»Ich weiß es nicht, aber man muß sich auf alles gefaßt machen. Bei dieser Geschwindigkeit kommen wir schön vorwärts.«
»Ja, wenn uns nichts hemmt, wenn dieser Schacht offen ist! Aber wenn er geschlossen ist, wenn die Luft unter dem Druck der Wassersäule sich allmählich verdichtet, wenn wir dann zerdrückt werden!«
»Axel«, erwiderte der Professor mit großer Ruhe, »die Lage ist allerdings zum Verzweifeln, aber es ist doch noch einige Aussicht auf Rettung da, und dies fasse ich ins Auge. Können wir jeden Augenblick zugrunde gehen, so können wir auch jeden Augenblick gerettet werden.«
»Aber was fangen wir an?«
»Stärken wir uns durch eine Mahlzeit.«
Bei diesen Worten sah ich meinen Onkel mit starren Augen an. Was ich ihm nicht gestehen wollte, mußte ich nun heraussagen.
»Essen?«
»Ja, sofort.«
Der Professor sprach einige Worte dänisch. Hans schüttelte den Kopf.
»Was?« schrie mein Onkel. »Unsere Lebensmittel sind bei der Explosion verlorengegangen?«

»Ja, das hier ist der ganze Rest! Etwas Zwieback und ein Stück getrocknetes Fleisch für uns drei!«

Mein Onkel sah mich an, ohne begreifen zu wollen.

»Nun«, fragte ich, »glaubst du noch, daß wir davonkommen können?«

Keine Antwort auf meine Frage.

Inzwischen kamen wir mit äußerster Schnelligkeit aufwärts. Die Wärme nahm in beunruhigender Weise zu und hatte in diesem Augenblick sicher vierzig Grad.

Da sagte ich zu dem Professor: »Sind wir nicht ertrunken oder zerquetscht, sterben wir nicht Hungers, so bleibt uns immer noch die Aussicht, lebendig zu verbrennen.«

Er zuckte nur die Achseln, aber nach einer Weile meinte er, man müßte einen Entschluß fassen.

»Einen Entschluß fassen?« fragte ich.

»Ja, wir müssen unsere Kräfte erneuern. Wenn wir versuchen, durch Einsparen dieses Restes unser Dasein um einige Stunden zu verlängern, so werden wir bis zum Ende schwach sein.«

»Ja, bis zum Ende, das nicht auf sich warten läßt.«

»Wenn sich nun eine Gelegenheit der Rettung ergibt, das Handeln im Augenblick notwendig wird, woher nehmen wir dann die Kraft zum Handeln, wenn wir uns durch Nahrungsmangel schwächen lassen?«

»Aber, Onkel, was bleibt uns dann, wenn dieser Rest aufgezehrt ist?«

»Nichts, Axel, nichts. Aber wird es dich mehr nähren, wenn du es mit den Augen verzehrst? Du urteilst wie ein Mensch ohne Willenskraft, ein Geschöpf ohne Energie!«

»Was willst du also tun, Onkel?«

»Diesen letzten Rest von Nahrung bis zur letzten Krume verzehren und damit unsere Kräfte auffrischen. Wird dieses Mahl unser letztes sein, nun gut! Aber zumindest werden wir dann, wenn auch entkräftet, wieder Menschen geworden sein!«

Mein Onkel nahm das Stück Fleisch und den Zwieback, machte daraus drei gleiche Portionen und verteilte sie. Hans hatte noch eine halbe Flasche Wacholderbranntwein aufgefunden und bot uns davon an. Und wir aßen und tranken. Indessen nahm die Wärme in steigendem Verhältnis zu, und wir waren von Schweiß bedeckt inmitten glühender Luft. Wir hatten allmählich unsere Kleider ablegen müssen.

»Fahren wir denn auf einen weißglühenden Herd zu?« fragte ich, als die Hitze immer noch zunahm.

»Nein«, erwiderte mein Onkel, »das ist unmöglich, unmöglich.«

»Aber«, sagte ich, die Wand betastend, »diese Wand ist ja brennend heiß!«

In diesem Augenblick geriet meine Hand ins Wasser, und ich mußte sie rasch wieder herausziehen.

»Das Wasser ist ja siedend«, rief ich aus.

Diesmal antwortete der Professor nur mit einer zornigen Bewegung.

Ich wollte den Kompaß befragen, wo wir uns eigentlich befänden. Aber der Kompaß war irr. Die Nadel sprang von einem Pol zum andern in jähen Stößen, durchlief die ganze Zeigerscheibe und dann rückwärts, als sei sie von Schwindel befallen.

»Onkel«, rief ich aus, »wir sind verloren!«

»Was ist denn nun wieder los?« fragte er mit auffallender Ruhe.

»Sieh doch nur, wie diese Wände wanken, der Grundbau aus den Fugen geht, diese glühende Hitze, dieses kochende Wasser, diese sich verdichtenden Dünste, die irre Magnetnadel, alles Anzeichen eines Erdbebens!«

Mein Onkel schüttelte sanft den Kopf.

»Ein Erdbeben meinst du?« fragte er.

»Ja.«

»Lieber Junge, ich glaube, du irrst dich. Ich bin auf etwas Besseres gefaßt, auf einen Ausbruch, Axel.«

»Einen Ausbruch?« fragte ich. »Befinden wir uns denn im Schlund eines tätigen Vulkans?«

»Ich denke«, sagte der Professor lächelnd, »und das ist ja das Glücklichste, das uns treffen kann.«

»Wie«, rief ich, »wir sind mitten in dem Ausbruch eines Vulkans. Das Verhängnis hat uns zur glühenden Lava verschlagen, zu den Felsen im Feuer, dem siedenden Wasser, allem Auswurfstoff! Wir werden hinausgestoßen, weggeworfen, ausgespien, in die Lüfte geschleudert mit den Felsblöcken, dem Aschenregen, den Schlacken, einem Flammenstrudel, und dies soll das Glücklichste sein, das uns begegnet?«

»Ja«, versetzte der Professor und sah mich durch seine Brille an, »denn es ist die einzige Chance, wieder auf die Oberfläche der Erde zu kommen.«

Gegen acht Uhr morgens ergab sich ein neuer Zwischenfall. Die aufsteigende Bewegung hörte plötzlich auf. Das Floß stand unbeweglich.

»Was ist das?« fragte ich durch das jähe Anhalten wie durch einen Stoß gerüttelt.

»Ein Halt«, erklärte mein Onkel.

»Hält der Ausbruch denn inne?«

»Ich hoffe nicht.«

Ich stand auf und versuchte umherzuschauen. Vielleicht verursachte das Floß, indem es durch einen Felsvorsprung aufgehalten wurde, einen vorübergehenden Widerstand gegen die ausbrechende Masse. In diesem Fall mußte man sich beeilen, es so schnell wie möglich frei zu machen.

Doch nein, die Masse von Asche, Schlacken und Steingeröll hatte selbst zu steigen aufgehört.

»Wird der Ausbruch auch innehalten?«
»Du fürchtest es«, sagte mein Onkel, »aber beruhige dich, diese Pause wird nicht lange dauern; nach kurzer Zeit werden wir unsere Reise zur Mündung des Kraters fortsetzen.«
Der Professor hatte recht. Bald bewegte sich das Floß ein wenig, zwei Minuten lang. Und zehn Minuten später setzte sich das Fahrzeug wieder richtig in Bewegung.
»Wir haben es mit einem Vulkan zu tun, dessen Ausbrüche mit Unterbrechungen vor sich gehen. Er läßt uns ausruhen.«
Wir wurden von neuem mit äußerster Schnelligkeit weitergestoßen. Wir mußten uns an die Balken festklammern, um nicht vom Floß heruntergeschleudert zu werden. Dann setzte der Stoß wieder aus. Mir schien es klar, daß wir uns nicht im Hauptschlund des Vulkans befanden, sondern in einem Nebengang, wo in der Tat sich ein Gegenschlag fühlbar machte.
Wie oft sich solch ein Ruck wiederholte, kann ich nicht sagen. Nur das kann ich angeben, daß wir bei erneuter Bewegung mit zunehmender Gewalt emporgeschoben wurden, wie von einem Geschoß fortgerissen. Während der Pausen war es zum Ersticken, während des Fortschiebens machte mir die glühende Luft das Atmen unmöglich. Durch die wiederholten Erschütterungen erschöpft, verlor ich allmählich das Bewußtsein. Ohne die hilfreichen Arme unseres Isländers hätte ich mir mehr als einmal den Schädel an der Granitwand zerschmettert.

Heimkehr

Als ich wieder die Augen aufschlug, fühlte ich mich von der kräftigen Hand unseres Führers am Gürtel gefaßt. Mit der anderen stützte er meinen Onkel. Ich war nicht schwer verwundet, sondern mehr am ganzen Körper zerschlagen und wie gelähmt. Ich lag auf dem Abhang des Berges, zwei Schritte von einem Schlund entfernt, in den mich die geringste Bewegung hinabgestürzt hätte. Hans hatte mich vom Tode errettet, als ich über die Seitenwand des Kraters gerollt war.

»Wo sind wir?« fragte mein Onkel.

Der Eiderjäger zuckte mit den Achseln, um kund zu tun, daß er es nicht wisse.

»In Island«, sagte ich.

»Nej«, erwiderte Hans.

»Wie? Nein?« rief der Professor.

»Hans irrt«, sagte ich und stand auf.

Ich war darauf gefaßt, einen mit ewigem Schnee bedeckten Kegel zu sehen, mitten in den dürren Wüsteneien nördlicher Landschaften, und ganz dem entgegen lagen wir am Abhang eines Berges, der von den glühenden Strahlen einer versengenden Sonne ausgetrocknet war.

Ich wollte meinen Augen nicht trauen; aber der Sonnenbrand an meinem Körper nahm mir allen Zweifel. Wir waren halbnackt aus dem Krater herausgekommen, und das strahlende Gestirn, das uns seit zwei Monaten nichts gespendet hatte, zeigte sich jetzt gegen uns freigebig mit Licht und Wärme.

Der Professor ergriff das Wort und sprach: »Wirklich, das sieht nicht aus wie Island, es ist kein Vulkan des Nordens mit einer Schneekappe.«

»Doch ...«
»Sieh nur, Axel, sieh nur!«
Höchstens hundertfünfzig Meter über unserem Kopf öffnete sich der Krater eines Vulkans, aus dem von Viertelstunde zu Viertelstunde mit starkem Donnergetöse eine hohe Flammensäule hervordrang, vermischt mit Bimsstein, Asche und Lava. Über einen ziemlich steilen Abhang hinunter ergossen sich ausgeworfene Stoffe in Streifen. Der Fuß des Vulkans verlor sich in einem wahren Garten grüner Bäume, von denen ich Ölbäume, Feigen und mit roten Trauben reich beladene Rebstöcke unterscheiden konnte.
So sehen keine nordischen Länder aus, das mußte man zugeben. Wenn der Blick über diese grüne Umgebung hinausschweifte, verlor er sich gleich in den Gewässern eines wunderlichen Meeres oder Sees, der dieses Zauberland zu einer großen Insel machte. Östlich sah man hinter einigen Häusern einen kleinen Hafen, worin eigentümlich geformte Schiffe auf azurblauen Wogen schaukelten. Weiter hinaus ragten Inselgruppen aus der Wasserfläche hervor, so zahlreich, daß sie wie ein Ameisenhaufen wimmelten. Westlich begrenzte fernes Küstenland den Horizont; auf der einen Insel war in harmonisch geformten Umrissen blaues Gebirge gezeichnet; auf den anderen Inseln, die ferner lagen, sah man einen erstaunlich hohen Bergkegel, aus dessen Spitze eine Rauchsäule aufstieg. Nördlich schimmerte in den Sonnenstrahlen eine unendlich weite Wasserfläche, woraus hier und dort ein Mast oder ein schwellendes Segel hervorglänzte.
»Wo sind wir? Wo sind wir?« wiederholte ich leise.
Hans schloß gleichgültig die Augen, und mein Onkel schaute das zauberhafte Bild, ohne es zu begreifen.
»Wir wollen hinabsteigen«, sagte er endlich. »Da werden wir schon erfahren, wo wir sind. Übrigens habe ich Hunger und Durst wie ein Wolf.«

Der Abhang des Vulkans war sehr steil; wir glitten in Schluchten voll Asche, indem wir den Lavaströmen auswichen.
»Wir sind in Asien«, rief ich aus, »an Indiens Küsten, auf den Malaiischen Inseln, in Ozeanien! Wir sind durch die Hälfte des Erdballs gefahren, um bei den Antipoden Europas herauszukommen.«
»Aber die Magnetnadel?« fragte mein Onkel.
»Ja, die Magnetnadel!« sagte ich verlegen. »Sollten wir ihr glauben, so sind wir stets nordwärts gefahren.«
»Also hat sie gelogen?«
»Ja, gelogen!«
»Sofern nicht hier der Nordpol liegt.«
Indessen näherten wir uns der grünen Ebene, die einen so freundlichen Anblick gewährte. Hunger und Durst quälten uns. Zum Glück bot sich, nachdem wir zwei Stunden gegangen waren, unseren Blicken ein hübsches Feld, das ganz mit Oliven- und Granatapfelbäumen und Weinstöcken bedeckt war, die aussahen, als seien sie jedermanns Eigentum. Übrigens nahmen wir es in unsrem entblößten Zustand damit nicht so genau. Wie erquickten uns da die saftigen Früchte und die roten Trauben! Nicht weit entfernt entdeckte ich im Gras unter herrlichem Baumschatten eine kalte, sprudelnde Quelle, womit wir uns Gesicht und Hände erfrischten.
Da zeigte sich plötzlich ein Junge zwischen dem Olivengebüsch. Als er uns sah, wollte er entfliehen. Aber Hans lief ihm nach und brachte ihn trotz allen Schreiens und Sträubens zurück.
Mein Onkel fragte den Jungen in verschiedenen Sprachen: »Wie heißt diese Insel?« Erst als es der Professor mit Italienisch versuchte, gab der Kleine zur Antwort: »Stromboli«. Dann machte er sich von Hans los und lief querfeldein durch den Olivengarten.

Stromboli! Wir befanden uns also in der Mitte des Mittelländischen Meeres, auf der Insel, wo einst Äolus die Winde und Stürme gefesselt hielt. Und diese blauen Berge im Osten waren die Berge Kalabriens, und dieser Vulkan am südlichen Horizont der fürchterliche Ätna.

»Stromboli, Stromboli!« rief ich wiederholt und stimmte ein Loblied auf unsere ganze Reise an: »O wundervolle Reise! Hinabgefahren durch einen Vulkan in den Schoß der Erde, kamen wir durch einen anderen Vulkan wieder heraus, und dieser lag über fünftausend Kilometer vom Snäfalls entfernt, von dem öden Island an den Grenzmarken der Erde! Die Wechselfälle dieser Fahrt haben uns unter den lieblichsten Gegenden der Erde hierher geführt. Wir tauschten das Gebiet des ewigen Schnees mit dem des ewigen Grüns und den grauen Nebel der Eiszonen gegen den lasurblauen Himmel Siziliens!«

Nach einem köstlichen Mahl aus Obst und frischem Wasser machten wir uns wieder auf den Weg nach dem Hafen Stromboli. Es erschien uns nicht vorteilhaft zu sagen, wie wir auf die Insel gekommen waren. Der abergläubische Sinn der Italiener hätte uns für Teufel angesehen, die die Hölle ausgespien hatte. Es war daher geraten, uns für Schiffbrüchige auszugeben.

Unterwegs hörte ich meinen Onkel murmeln: »Aber die Magnetnadel! Die Magnetnadel, die Norden zeigte! Wie ist das zu erklären?«

Eine Stunde nachdem wir das Olivenwäldchen verlassen hatten, kamen wir im Hafen San Vicenzo an, wo Hans seinen Lohn für die dreizehnte Woche forderte, der ihm auch mit wärmsten Dank gegeben wurde. Hans drückte mit leiser Rührung unsere Hände und lächelte.

Die Fischer von Stromboli nahmen uns mit aller Rücksicht und Fürsorge auf, die man Schiffbrüchigen zollt. Sie beschenkten uns mit Kleidung und Lebensmitteln. Nachdem wir achtundvierzig Stunden gewartet hatten, brachte uns eine kleine Barke nach Messina, wo wir uns in einigen Tagen völlig ausruhten und erholten.

Am Freitag, dem 4. September, gingen wir auf der *Volturno,* einem Postpaketboot, unter Segel und landeten nach drei Tagen in Marseille, ohne weitere Sorgen als über die verdammte Magnetnadel, denn diese unerklärliche Tatsache quälte uns ernstlich. Am 9. September abends kamen wir in Hamburg an. Unbeschreiblich waren das Erstaunen Marthas und Gretchens Jubel.

»Nun, da du ein Held bist«, sagte meine liebe Braut, »brauchst du mich nie mehr zu verlassen, Axel.«

Ich sah ihr ins Auge; sie weinte lächelnd.

Daß des Professor Lidenbrocks Rückkehr nach Hamburg Aufsehen erregte, versteht sich von selbst. Durch Marthas Redseligkeit war die Nachricht von seiner Reise zum Mittelpunkt der Erde überall verbreitet worden. Man glaubte nicht daran, und als man ihn wieder sah, glaubte man es noch weniger. Jedoch durch die Anwesenheit unseres Eiderjägers und einige Nachrichten, die man aus Island erhielt, änderte sich allmählich die öffentliche Meinung.

Nun wurde mein Onkel ein großer Mann und ich der Neffe eines großen Mannes, und das ist schon etwas. Hamburg gab uns zu Ehren ein Fest. Im Johanneum fand eine öffentliche Sitzung statt, in der der Professor einen Bericht über sein Unternehmen vortrug. Am selben Tag legte er Saknussemms Dokument im Archiv der Stadt nieder und erklärte sein lebhaftes Bedauern, daß ihm die Umstände nicht erlaubt hätten, die Spuren des isländischen Reisenden bis zum Mittelpunkt der Erde weiter zu verfolgen.

In dieser Zeit erlebte mein Onkel noch einen tiefen Kummer. Trotz seiner dringenden Bitten hatte Hans Hamburg verlas-

sen. Der Mann, dem wir so viel Dank schuldeten, hatte zu großes Heimweh nach Island.
»Färval«, sagte er eines Tages, und mit diesem schlichten Wort des Abschieds reiste er nach Reykjavik, wo er auch glücklich eintraf.
Wir hatten uns so sehr an den wackeren Eiderjäger gewöhnt. Seine Abwesenheit ließ uns niemals vergessen, daß er uns das Leben gerettet hatte, und gewiß werde ich ihn noch vor meinem Ende besuchen.
Schließlich muß ich noch hinzufügen, daß diese »Reise zum Mittelpunkt der Erde« ungeheures Aufsehen in der ganzen Welt erregte. Der Bericht darüber wurde gedruckt und in alle Sprachen übersetzt; die meistgelesenen Zeitungen brachten daraus die wichtigsten Kapitel, und sie wurden dann erläutert, erörtert, angegriffen, verteidigt mit gleicher Überzeugung im Lager der Gläubigen und Ungläubigen. Meinem Onkel wurde die seltene Gunst des Schicksals zuteil, daß er noch bei Lebzeiten seinen vollen Ruhm genoß, so daß sogar Phineas Taylor Barnum, der »König des Humbugs«, ihm den Antrag machte, ihn für einen hohen Preis in den Vereinigten Staaten herumzuzeigen.
Aber mitten in diesem Ruhm beschlich ihn ein Unbehagen, quälte ihn etwas: die unerklärliche Tatsache der irrenden Magnetnadel.
Eines Tages, als ich eine Sammlung Mineralien im Zimmer meines Onkels ordnete, kam mir dieser merkwürdige Kompaß unter die Augen, und ich beobachtete ihn wieder.
Auf einmal welch Erstaunen! Ich schrie laut auf. Der Professor kam eilig herbei.
»Was gibt es denn?« fragte er.
»Dieser Kompaß!«
»Nun?«
»Seine Nadel weist auf Süden und nicht auf Norden!«

»Was sagst du da?«
»Sieh doch nur, Onkel, die Pole verkehrt.«
»Verkehrt, ist das möglich?«
Mein Onkel schaute, verglich und sprang auf, daß das Haus erzitterte.
»Also«, rief er aus, sobald er wieder sprechen konnte, »seit unserer Ankunft in Kap Saknussemm zeigte diese verdammte Nadel auf Süden statt auf Norden?«
»Offenbar.«
»Dadurch erklärt sich unsere Irrfahrt. Aber welches Ereignis konnte die Umkehrung der Pole bewirken?«
»Ein sehr einfaches Ereignis.«
»Nun, mein Junge?«
»Während des Sturmes auf dem Lidenbrockschen Meer hat die elektrische Kugel, die das Eisen des Floßes magnetisierte, unsere Nadel ganz einfach irr gemacht.«
»So«, rief der Professor lachend, »da hat uns also die liebe Elektrizität einen Streich gespielt?«
Von diesem Tag an war mein Onkel der glücklichste Gelehrte und ich der glücklichste Mensch, denn meine hübsche Vierländerin, mündig geworden, nahm in dem Haus in der Königsstraße die doppelte Stellung ein als Nichte und Ehefrau. Dazu kam sodann, daß ihr und mein Onkel der berühmte Professor Otto Lidenbrock war, korrespondierendes Mitglied aller wissenschaftlichen, geographischen und mineralogischen Gesellschaften der ganzen Welt.

Jules Verne
EIN WINTER IM EIS

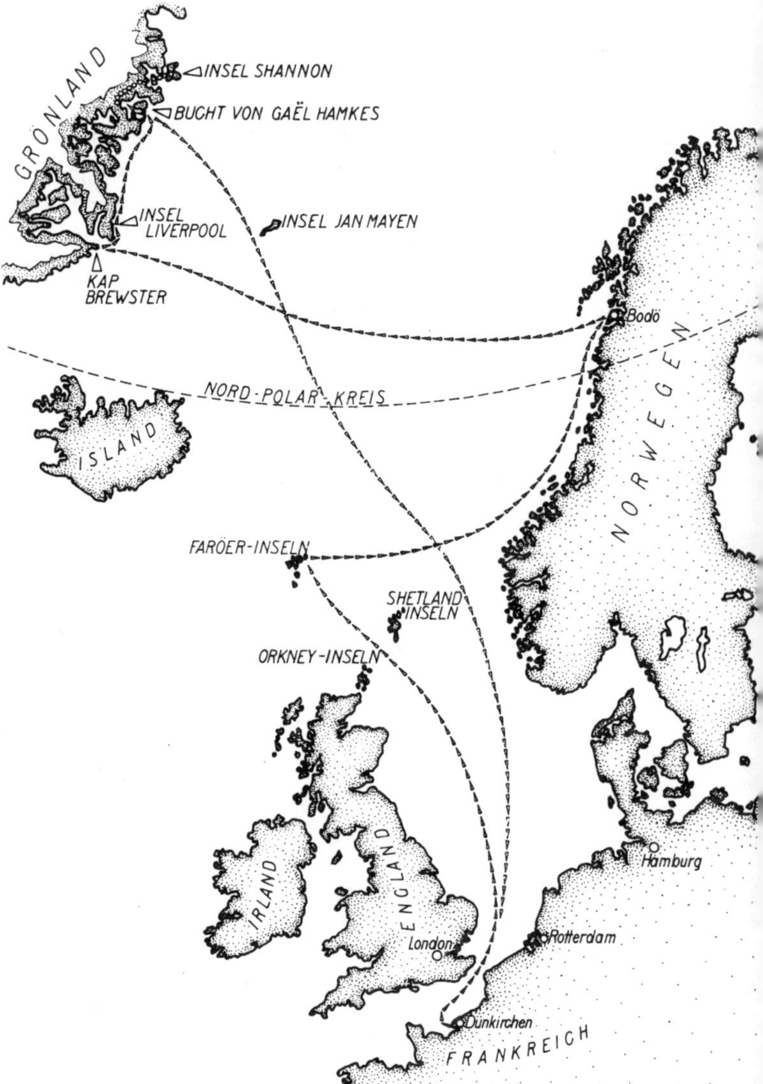
GRÖNLAND
INSEL SHANNON
BUCHT VON GAËL HAMKES
INSEL LIVERPOOL
INSEL JAN MAYEN
KAP BREWSTER
Bodö
NORD-POLAR-KREIS
ISLAND
NORWEGEN
FARÖER-INSELN
SHETLAND INSELN
ORKNEY-INSELN
IRLAND
ENGLAND
London
Hamburg
Rotterdam
Dünkirchen
FRANKREICH

Die Schwarze Flagge

Am 12. Mai des Jahres 1856 um fünf Uhr morgens erhob sich der Pfarrer der alten Kirche in Dünkirchen, um wie jeden Tag die erste Messe zu lesen, an der meist nur einige alte Fischer teilnahmen.

Er hatte bereits sein Meßgewand angelegt und wollte sich eben zum Altar begeben, als ein Mann in die Sakristei trat, dessen Züge Freude und Aufregung verrieten. Es war ein Seemann im Alter von etwa sechzig Jahren, eine kräftige, gedrungene Gestalt mit offenem, ehrlichem Gesicht.

»Herr Pfarrer, bitte, halten Sie ein, halten Sie ein!« rief er.

»Was wollen Sie denn so früh am Tag, Johann Cornbutte?« fragte der Pastor.

»Was ich will? Ich möchte Ihnen am liebsten um den Hals fallen, Herr Pfarrer, nichts mehr und nichts weniger als um den Hals fallen!«

»Aber doch erst nach der Messe. Ich hoffe, Sie werden daran teilnehmen ...«

»Ach was, Herr Pfarrer«, entgegnete lachend der alte Seemann. »Kümmern Sie sich doch heute nicht um die Messe! Sie sollen mir einen ganz anderen Dienst erweisen.«

»Und warum sollte ich meine Messe nicht lesen? Geben Sie mir schnell eine Erklärung, die Glocke hat bereits zum drittenmal geläutet«, drängte der Geistliche.

»Ach was, mag die Glocke geläutet haben oder nicht, Herr Pfarrer«, antwortete Johann Cornbutte. »Wir werden sie heute noch lange genug läuten hören. Sie haben mir versprochen, die Hochzeit meines Sohnes Ludwig mit meiner Nichte Marie mit Ihren eigenen Händen einzusegnen!«

»So, ist der Ludwig angekommen?« fragte der Pfarrer voll

freudiger Erregung.
»Richtig, wenigstens so gut wie angekommen«, antwortete Cornbutte und rieb sich vor Vergnügen die Hände. »Die Wache hat bei Sonnenaufgang unsere Brigg signalisiert, die Sie selbst auf den schönen Namen ›Jeune-Hardie‹ getauft haben!«
»So wünsche ich Ihnen aus tiefstem Herzen Glück, mein lieber, alter Cornbutte«, sagte der Pfarrer und legte sein Meßgewand und seine Stola ab. »Ich habe mein Versprechen nicht vergessen und werde mich heute von unserem Vikar vertreten lassen, um Ihnen für die Trauung Ihrer Kinder zur Verfügung zu stehen.«
»Und ich verspreche Ihnen dafür, daß Sie nicht lange nüchtern bleiben sollen!« rief der Seemann. »Das Aufgebot haben Sie bereits erlassen, so brauchen Sie meinen Sohn nur noch von den Sünden loszusprechen, die man in den nördlichen Meeren zwischen Himmel und Erde begehen kann. War es nicht eine prächtige Idee von mir, die Hochzeit gleich auf den Tag seiner Rückkehr anzusetzen und zu bestimmen, daß er die Brigg nur verlassen darf, um in die Kirche zur Trauung zu gehen?«
»Bereiten Sie alles vor, Cornbutte!«
»Natürlich, Herr Pfarrer, ich werde mich beeilen. Auf bald also!«
Der Seemann eilte zu seinem Haus am Kai, von dem aus man weit auf das Meer hinausschauen konnte.
Johann Cornbutte war für seine Verhältnisse ein wohlhabender Mann. Nachdem er lange Zeite die Schiffe eines reichen Reeders in Le Havre befehligt hatte, ließ er sich in seinem Heimatort Dünkirchen nieder und baute hier auf eigene Rechnung die Brigg »Jeune-Hardie«. Mehrere Fahrten des Schiffes nach dem Norden nahmen einen glücklichen Verlauf, und die Holz-, Eisen- und Teerladungen konnten im-

mer zu guten Preisen verkauft werden. Dann trat Johann Cornbutte seinem Sohn Ludwig, einem unerschrockenen Seemann von dreißig Jahren, das Kommando ab. Ludwig war, nach der Meinung aller Kapitäne der Küstenfahrer, einer der tüchtigsten Matrosen in ganz Dünkirchen.
Mit großer Liebe hing der junge Cornbutte an Marie, der Nichte seines Vaters, und auch ihr wurden die Tage von Ludwigs Abwesenheit sehr lang. Marie war kaum zwanzig Jahre alt und eine schöne Flamländerin mit einem Tropfen holländischen Bluts in den Adern. Ihre Mutter hatte auf dem Totenbett Johann Cornbutte, ihren Bruder, gebeten, für das Mädchen zu sorgen, und der brave Seemann hatte das Vertrauen der armen Frau nicht enttäuscht. Er liebte Marie wie seine eigene Tochter und hielt die beabsichtigte Hochzeit seines Sohnes mit ihr für das Glück ihres Lebens.
Mit der Ankunft der signalisierten Brigg auf der Höhe des Fahrwassers endete ein wichtiges kaufmännisches Unternehmen, von dem Johann Cornbutte großen Gewinn erwartete. Die »Jeune-Hardie« war volle drei Monate unterwegs gewesen, kam jetzt von Bodö an der Westküste Norwegens zurück und hatte diese Reise in der geplanten Zeit vollendet.
Als Johann Cornbutte in sein Haus trat, fand er alle Bewohner in heller Aufregung. Marie aber legte gerade ihr Brautkleid an, und ihre Augen strahlten vor Glück.
»Wenn nur die Brigg nicht eher ankommt als wir!« rief sie.
»Beeil dich, Mädchen«, drängte Johann Cornbutte. »Der Wind kommt von Norden her, und die ›Jeune-Hardie‹ ist ein schnelles Schiff, wenn sie unter Vollzeug segelt.«
»Hast du alle unsere Freunde benachrichtigt, Onkel?« fragte Marie.
»Natürlich habe ich das!«
»Auch den Notar und den Pfarrer?«
»Sei unbesorgt, mein Kind. Wie es scheint, wirst allein du

uns warten lassen.«
In diesem Augenblick trat Clerbaut ein, der Pate des Mädchens.
»Nun, mein alter Cornbutte, das nenne ich Glück!« rief er aus. »Dein Schiff kommt gerade zur richtigen Zeit an. Die Regierung hat soeben große Holzlieferungen für die Marine ausgeschrieben.«
»Was geht das mich an?« fragte Johann Cornbutte. »Wir haben jetzt an anderes zu denken als an die Regierung. Du weißt, Clerbaut, daß wir jetzt nur einen Gedanken haben, und das ist die Rückkehr unseres Ludwig.«
»Ich will nicht leugnen, daß . . .«, meinte der Pate, »aber diese Holzlieferungen . . .«
»Du wirst doch auch bei der Hochzeit sein?« fragte Johann Cornbutte, indem er ihm in die Rede fiel. Dann drückte er dem Geschäftsmann mit solcher Herzlichkeit die Hand, daß dieser meinte, er wollte sie ihm zerquetschen.
»Aber die Holzlieferungen . . .«
»Alle unsere Freunde zu Wasser und zu Lande werden dabei sein, Clerbaut. Ich habe sie schon alle benachrichtigt, und ich will auch die gesamte Mannschaft der Brigg einladen.«
»Werden wir sie am Hafendamm erwarten?« fragte Marie.
»Ich denke doch«, antwortete Cornbutte. »Der Zug geht zu zweien und die Musikkapelle voran.«
Bald kamen die Gäste an, und wenn es auch noch sehr früh am Tag war, es fehlte nicht ein einziger in der Versammlung. Jeder beeilte sich, dem alten Seemann zur Rückkehr seines Sohnes Glück zu wünschen, und jeder freute sich mit ihm, denn er war im ganzen Ort beliebt und geachtet.
Marie lag in ihrer Kammer auf den Knien und schickte ein Dankgebet zum Himmel empor. Dann trat sie mit ihrem Brautstrauß wieder in den Saal, ließ sich von den Frauen auf die Wange küssen und reichte den Männern die Hand. Nun

gab Johann Cornbutte das Zeichen zum Aufbruch.
Es war ein interessantes Schauspiel, wie die freudig erregte Schar bei Sonnenaufgang den Weg zum Meer einschlug. Die Nachricht von der Ankunft der Brigg war im Hafen schnell bekannt geworden, und wo der Zug auch vorüberkam, zeigten sich Köpfe in Nachthauben an den Fenstern und den halbgeöffneten Türen. Von allen Seiten winkte man Grüße.
So kam der Hochzeitszug lustig und munter am Hafendamm an. Das Wetter war herrlich geworden; es schien fast, als wollte sich die Sonne ebenfalls an dem Fest beteiligen. Ein frischer Nordwind schwellte die Wogen, und einige Schaluppen von Fischern, die alle die Segel so dicht wie möglich beim Wind gestellt hatten, durchstreiften in rascher Fahrt das Meer zwischen den Hafendämmen.
Der Kai des Hafens von Dünkirchen wird durch zwei Molen verlängert, die weit ins Meer hinaus reichen. Die fröhliche Schar nahm die ganze Breite der nördlichen Mole ein und erreichte bald ein kleines Häuschen, das am Ende der Mole lag und in dem der Hafenwächter wohnte.
Die Brigg des Johann Cornbutte war jetzt mehr und mehr sichtbar geworden. Der Wind frischte noch etwas auf, und die »Jeune-Hardie« fuhr schnell unter ihren Marssegeln, ihrem Fock- und Briggsegel und ihren Bram- und Oberbramsegeln vor dem Wind. Allem Anschein nach herrschte an Bord die gleiche Freude wie an Land. Johann Cornbutte hatte ein langes Fernrohr in der Hand und antwortete munter auf die Fragen seiner Freunde.
»Meine schöne Brigg!« rief er. »So hübsch und blank, als liefe sie eben aus dem Hafen von Dünkirchen aus! Keine Havarie! Kein einziges Tau weniger!«
»Sehen Sie Ihren Sohn, den Kapitän?« fragte einer aus der Schar.
»Nein, noch nicht. Natürlich hat er jetzt viel zu tun.«

»Warum zieht er wohl seine Flagge nicht auf?« fragte Clerbaut.

»Ich weiß nicht, alter Freund. Er wird wohl seine Gründe dafür haben.«

»Gib mir bitte dein Fernrohr, Onkel«, rief jetzt Marie und nahm ihm das Instrument aus den Händen. »Ich will die erste sein, die ihn sieht!«

»Aber bedenken Sie doch bitte, daß er mein Sohn ist, liebes Fräulein«, meinte der Alte scherzend.

»Dein Sohn ist er seit dreißig Jahren«, gab das junge Mädchen lachend zurück, »mein Bräutigam aber erst seit zwei Jahren!«

Die »Jeune-Hardie« war jetzt ganz in Sicht. Die Mannschaft traf bereits ihre Vorbereitungen für die Landung. Die hohen Segel wurden aufgegeit, und man konnte einige Matrosen erkennen, die in die Takelage kletterten. Aber weder Marie noch Johann Cornbutte hatten bis jetzt dem Kapitän der Brigg einen Gruß zuwinken können.

»Dort ist der Obersteuermann André Vasling!« rief Clerbaut.

»Und jetzt sehe ich auch unseren Freund Penellan!« rief Clerbaut.

Die »Jeune-Hardie« war nur noch drei Kabellängen vom Ufer entfernt – da stieg ein schwarzes Segel an der Gaffel des Briggsegels auf. Es war Trauer an Bord! Ein namenloser Schrecken durchzuckte alle, besonders aber das Herz der jungen Braut.

Langsam lief die Brigg in den Hafen ein, und kaltes, tiefes Schweigen herrschte an Deck. Bald hatte sie das Ende des Dammes passiert, und Marie mit Johann Cornbutte und allen Freunden stürzten zu dem Kai, wo sie beilegen sollte. Wenige Augenblicke später befanden sie sich an Bord.

»Mein Sohn!« rief Johann Cornbutte. Er konnte kein weiteres Wort hervorbringen.

Die Matrosen nahmen ihre Mützen ab und wiesen auf die Trauerflagge.
Marie schrie verzweifelt auf und sank in die Arme des alten Cornbutte.
André Vasling, der Obersteuermann, hatte die »Jeune-Hardie« zurückgebracht. Ludwig Cornbutte, Maries Verlobter, war nicht mehr an Bord.

Der Plan des Johann Cornbutte

Sobald das junge Mädchen unter der Obhut mitfühlender Freunde die Brigg verlassen hatte, teilte der Obersteuermann André Vasling Johann Cornbutte die näheren Einzelheiten des Ereignisses mit, das ein Wiedersehen mit seinem Sohn unmöglich gemacht hatte. Im Schiffstagebuch stand es folgendermaßen verzeichnet:

»Unser Schiff, das bei schlechtem Wetter und stürmischen Südwestwinden beigedreht hatte, bemerkte am 26. April auf der Höhe des Maëlstroms Notsignale. Sie wurden von einem Schoner unter dem Wind ausgesandt. Dieser Schoner, dem der Fockmast fehlte, war völlig hilflos und wurde vom Wind auf den Strudel zugetrieben. Als Kapitän Cornbutte sah, daß das Schiff einem sicheren Untergang zutrieb, beschloß er, sich an Bord zu begeben. Trotz der Bedenken seiner Leute ließ er die Schaluppe ins Meer setzen und stieg mit dem Matrosen Cortrois und dem Untersteuermann Pierre Nouquet ein. Die Mannschaft folgte ihnen mit den Augen, bis sie im Nebel verschwanden. Die Nacht kam heran, und die Wellen gingen immer höher. Die ›Jeune-Hardie‹ wurde von den in diesen Breiten herrschenden Strömungen angezogen und lief Gefahr, vom Maëlstrom verschlungen zu werden. Wir waren deshalb gezwungen, vor dem Wind zu fliehen. Wir kreuzten noch mehrere Tage an dem Ort des Unglücks, aber unsere Suche blieb vergeblich: Weder der Schoner selbst noch die Schaluppe der Brigg konnten noch einmal gesehen werden. Kapitän Ludwig und die beiden Matrosen blieben verschwunden. André Vasling versammelte die Mannschaft der Brigg, ergriff den Oberbefehl über das Schiff und segelte nach Dünkirchen zurück.«

Diese Erzählung war mit der trockenen Kürze eines Ereignisses auf dem Meer in das Tagebuch eingetragen. Als Johann Cornbutte sie gelesen hatte, konnte er die Tränen nicht zurückhalten. Er weinte lange und schmerzlich. Wenn irgend etwas ihm Trost geben konnte, so war es der Gedanke, daß sein Sohn das Opfer seiner Tapferkeit und Hilfsbereitschaft geworden war. Der Anblick des Schiffes, der den alten Mann zuerst mit so großer Freude erfüllt hatte, verursachte nun bei dem armen Vater Trauer und Schmerz. So kehrte er in ein still gewordenes Haus zurück.
Bald verbreitete sich die Kunde von dem Unglück in ganz Dünkirchen. Die zahlreichen Freunde des alten Seemanns fanden sich ein, um ihm ihr lebhaftes, herzlich gemeintes Beileid zu bezeugen. Dann berichteten die Matrosen der »Jeune-Hardie« die genaueren Einzelheiten des Ereignisses, und Marie ließ sich von André Vasling die mutige Tat ihres Bräutigams ausführlich erzählen.
Am folgenden Tag als Johann Cornbutte seine Fassung wiedererlangt hatte, beschied er André Vasling in sein Zimmer und sprach: »Sind Sie fest davon überzeugt, André, daß mein Sohn umgekommen ist?«
»Leider ja, Herr«, antwortete der Obersteuermann.
»Und haben Sie alle nur möglichen Anstrengungen unternommen, um ihn wieder aufzufinden?«
»Gewiß! Wie können Sie daran zweifeln, Herr Cornbutte? Aber leider ist es sicher, daß er und die beiden Matrosen vom Strudel des Maëlstroms verschlungen wurden.«
»Wollen Sie noch einmal als Obersteuermann auf meinem Schiff anheuern, André?«
»Das hängt davon ab, wer der Kapitän sein wird, Herr Cornbutte.«
»Kaptiän werde ich selbst sein, André. Ich will so schnell wie möglich mein Schiff entladen, meine Mannschaft zusammen-

stellen und in See stechen, um nach meinem Sohn zu suchen«, erwiderte der alte Seemann.
»Ihr Sohn ist tot«, bemerkte André Vasling mit Nachdruck.
»Das ist möglich, André«, versetzte Johann Cornbutte lebhaft, »aber es ist ebenso möglich, daß er sich retten konnte. Ich bin fest entschlossen, alle Häfen Norwegens zu durchsuchen, in die er getrieben worden sein könnte. Erst wenn ich die Gewißheit erlangt habe, daß auf ein Wiedersehen mit ihm auf dieser Erde nicht mehr zu hoffen ist, dann will ich zurückkehren, um hier zu sterben.«
Als André sah, daß diese Entscheidung des Seemanns unumstößlich war, drängte er nicht mehr und zog sich zurück.
Johann Cornbutte ließ seine Nichte bald wissen, welchen Entschluß er gefaßt hatte, und er sah, daß auch in ihren Augen der Kummer durch einen Hoffnungsstrahl erhellt wurde. Das Mädchen hatte bis jetzt noch nicht daran gedacht, daß der Tod ihres Bräutigams in Zweifel gezogen werden konnte. Doch kaum hatte der Onkel diesen Gedanken ausgesprochen, da gab sie sich rückhaltlos wieder der Hoffnung hin.
Der alte Seemann entschied, daß die »Jeune-Hardie« so bald wie möglich wieder auslaufen sollte. Die fest gebaute Brigg mußte sich nicht mit Ausbesserungsarbeiten aufhalten, und so gab Johann Cornbutte bekannt, daß die Mannschaft dieselbe bleiben sollte, wenn die Matrosen nichts dagegen hätten, die Fahrt noch einmal mitzumachen. Er selbst wolle als Kapitän des Schiffes an die Stelle seines Sohnes treten.
Nicht ein einziger von Johann Cornbuttes Begleitern zog sich nach diesem Aufruf zurück, und so fanden sich mutige und erprobte Matrosen wie Alein Turquiette, der Zimmermann Fidèle Missone, der Bretagner Penellan als Untersteuermann und Vertreter von Pierre Nouquet, und außerdem Gradlin, Aupic und Gervique an Bord der »Jeune-Hardie« wieder ein.

Johann Cornbutte schlug André Vasling noch einmal vor, seine Stelle an Bord wieder einzunehmen, denn der Obersteuermann war ein geschickter, in der Führung seines Schiffes wohlerfahrener Mann, und er hatte seine Probe ausgezeichnet bestanden, indem er die »Jeune Hardie« sicher in den Hafen zurückgebracht hatte. Doch André Vasling machte allerlei Schwierigkeiten und erbat sich Bedenkzeit. Die Gründe dafür konnte man beim besten Willen nicht erraten.
»Nun, wie Sie wollen, André«, erwiderte ihm Cornbutte. »Aber vergessen Sie nicht, daß Sie mir stets willkommen sind.«
In dem Bretagner Penellan hatte Johann Cornbutte einen treuergebenen Mann, der lange Jahre mit ihm zur See gefahren war. Die »kleine Marie« hatte so manchen Winterabend auf den Knien des Untersteuermanns gesessen, wenn er an Land gewesen war. Marie hing mit kindlicher Liebe an ihm, und er hatte eine väterliche Freundschaft für sie bewahrt. Penellan betrieb mit aller Eile die Ausrüstung der Brigg. Auch er schien zu glauben, daß André Vasling nicht die äußersten Anstrengungen unternommen hatte, um die Schiffbrüchigen wieder aufzufinden. Andererseits wußte er am besten, daß dieser durch die Verantwortung, die er als Kapitän übernahm, wohl zu entschuldigen war. Kaum waren acht Tage vergangen, da lag die »Jeune-Hardie« wieder bereit, um von neuem in See zu stechen. Anstatt mit Handelsware hatte man sie mit gesalzenem Fleisch, Schiffszwieback, Fässern mit Mehl, Kartoffeln, Wein, Branntwein, Kaffee, Tee und Tabak beladen.
Die Abreise wurde für den 22. Mai festgesetzt. Am Abend zuvor begab sich André Vasling, von dem Johann Cornbutte noch immer keinen endgültigen Bescheid erhalten hatte, in das Haus des Alten. Er war noch immer unentschieden, welchen Entschluß er fassen sollte.

Johann Cornbutte war nicht zu Hause, aber die Haustür stand offen. So drang André Vasling bis in das Wohnzimmer vor, das unmittelbar neben Maries Stube lag. Das Wohnzimmer war leer, aber von nebenan hörte André eine lebhafte Unterhaltung. Als er neugierig hinhorchte, erkannte er die Stimmen des Mädchens und Penellans.

Ohne Zweifel hatte sich das Gespräch schon längere Zeit hingezogen. Marie antwortete den Feststellungen des Seemanns aus der Bretagne mit unerschütterlicher Festigkeit.

»Wie alt ist der Onkel Cornbutte?« fragte sie.

»So etwa sechzig Jahre«, antwortete Penellan.

»Und er begibt sich doch in große Gefahr, um seinen Sohn zu suchen?«

»Unser Kapitän ist ein kräftiger Mann«, versetzte Penellan. »Sein Körper ist fest wie Eichenholz, und er hat Muskeln, so hart wie eine Reservestange. Ich habe keine Angst davor, daß er jetzt wieder zur See fahren will.«

»Ach, mein guter Penellan, wenn man liebt, ist man stark«, erwiderte Marie. »Was mich angeht, so habe ich mein ganzes Vertrauen auf Gott gesetzt. Er wird uns beistehen.«

»Es ist unmöglich, Marie!« rief jetzt der Untersteuermann. »Wer weiß, wohin wir auf unserer Fahrt verschlagen werden, was wir erdulden müssen! Wie oft habe ich es erlebt, daß kräftige und tapfere Männer in diesen Meeren ihr Leben lassen mußten.«

»Aber ich kann nicht anders, Penellan«, sagte schließlich das Mädchen. »Es wird geschehen, ob Sie dagegen sind oder nicht. Denn wenn Sie in dieser Sache sich so sehr gegen mich stellen, so muß ich glauben, daß Sie mich nicht mehr leiden können.«

Da begriff André Vasling, was Marie beabsichtigte. Noch einen Augenblick dachte er nach, dann war auch seine Entscheidung gefallen. Er trat dem alten Seemann, der gerade jetzt zur Tür hereinkam, entgegen und sagte: »Ich melde mich zu Ihrer Mannschaft, Johann Cornbutte. Die Gründe, die mich bis jetzt zurückhielten, sind beseitigt. Sie können auf mich und meine Treue zählen.«

»Ich habe niemals an Ihnen gezweifelt, André Vasling«, erwiderte Cornbutte und ergriff die Hand des Obersteuermannes. »Marie, mein Kind!« rief er dann.

Marie und Penellan erschienen sofort.

»Morgen mit Tagesanbruch und eintretender Ebbe werden wir absegeln«, sagte der alte Mann. »Dies ist also der letzte Abend, den ich mit dir verbringen darf, mein liebes Kind.«

»Ach, guter Onkel!« rief Marie und schlang die Arme um Johann Cornbutte.

»Nun, mit Gottes Hilfe, Marie, will ich deinen Bräutigam mit zurückbringen.«

»Ja, wir werden Kapitän Ludwig wiederfinden«, fügte André Vasling zuversichtlich hinzu.

»Also werden Sie mit uns in See gehen?« fragte Penellan erstaunt.

»Ja, Penellan, André Vasling fährt als Obersteuermann mit«, gab Johann Cornbutte statt André zur Antwort.

»So, so ist das also«, meinte der Bretagner mit eigenartigem Blinzeln.

»Seine Ratschläge werden uns von großem Nutzen sein, hoffe ich«, fügte Cornbutte hinzu.

»Nun, Sie sind uns allen im Wissen und Können voraus, Herr Kapitän«, sagte André Vasling.

»Also auf morgen, Freunde! Geht jetzt an Bord und trefft die letzten Vorbereitungen. Auf Wiedersehen, André, auf Wiedersehen, Penellan!«

Die beiden gingen miteinander fort, und Johann Cornbutte blieb mit seiner Nichte allein zurück.

An diesem Abend floß noch manche Träne bitteren Schmerzes, und Cornbutte, der seine Nichte so tief betrübt sah, faßte einen Entschluß. Er wollte das Haus am anderen Morgen früh verlassen, ohne ihr etwas davon zu sagen, damit sie so leichter über den Abschied hinwegkäme. Er gab ihr noch am Abend den letzten Kuß und war um drei Uhr schon wieder auf den Beinen.

Zur Abfahrt der »Jeune-Hardie« waren alle Freunde des alten Seemanns auf dem Hafendamm versammelt. Der Pfarrer, der Ludwig und Marie hätte trauen sollen, spendete dem Schiff einen letzten Segen, und viele rauhe Händedrücke wurden schweigend ausgetauscht, als Johann Cornbutte an Bord ging.

Die Mannschaft war vollständig. André Vasling gab die letzten Befehle zur Abfahrt. Die Segel wurden gesetzt, und die Brigg entfernte sich mit einer guten Nordwestbrise.

Das Schiff verfolgte die gefährliche Straße, auf der so viele Schiffbrüchige zugrunde gegangen sind. Es fuhr keinem bestimmten Ziel entgegen und wollte allen Zufällen kühn die Stirn bieten.

Ein Hoffnungsstrahl

Die Jahreszeit war der Expedition günstig, und so durfte die Mannschaft sich der Hoffnung hingeben, die Stelle des Schiffbruchs bald zu erreichen.

Johann Cornbuttes Plan war der natürlichste und einfachste. Er wollte bei den Faröer-Inseln anlegen, wohin die Schiffbrüchigen leicht durch den Nordwind verschlagen worden sein konnten. Wenn er Gewißheit darüber bekam, daß sie in keinem Hafen dieser Breiten eingelaufen waren, wollte er seine Nachforschungen über die Nordsee hinaus ausdehnen und die ganze Westküste Norwegens bis nach Bodö, dem Ort, der dem Schiffbruch am nächsten lag, und wenn nötig noch darüber hinaus absuchen.

André Vasling hielt diesen Plan des Kapitäns für falsch. Er meinte, daß man die Küsten Islands erforschen müsse. Aber Penellan machte geltend, daß der Sturm zur Zeit der Katastrophe aus Westen gekommen sei; wenn die Verunglückten also nicht in den Strudel des Maëlstroms gerissen wurden, so mußten sie an die norwegische Küste geschleudert worden sein. So wurde beschlossen, möglichst nahe an diesen Küstenstrich hinzusegeln, um vielleicht Spuren ihres Weges zu entdecken.

Am Morgen nach der Abfahrt hatte Johann Cornbutte seinen Kopf tief über eine Karte gebeugt, auf der er eifrig die Fahrtrichtung studierte, als sich ihm plötzlich eine kleine Hand auf die Schulter legte und er eine leise Stimme vernahm, die ihm zuflüsterte: »Hab guten Mut, lieber Onkel!«

Er wandte sich um und konnte vor Erstaunen kein Wort hervorbringen, denn seine Nichte Marie stand unvermutet neben ihm.

»Marie«, rief er endlich, »du bist hier an Bord?«

»Wenn der Vater sich einschifft, um seinen Sohn zu retten, dann darf wohl auch die Frau auf die Suche nach ihrem Mann gehen«, antwortete das Mädchen.

»Arme Marie, wie wirst du die Strapazen aushalten können? Weißt du auch, daß deine Gegenwart unseren Nachforschungen hinderlich werden kann?«

»Nein, lieber Onkel, ich bin ja stark und kräftig.«

»Wer weiß, mein Kind, wohin wir verschlagen werden. Sieh hier auf die Karte. Wir nähern uns jetzt den Breiten, die selbst uns Seeleuten, die wir doch gegen alle Strapazen des Meeres abgehärtet sind, noch gefährlich werden können. Und nun bist du hier, ein schwaches Mädchen!«

»Lieber Onkel, hab keine Sorge um mich. Ich stamme aus einer Seemannsfamilie und bin bei Erzählungen von Stürmen und Gefahren groß geworden. Und dann bin ich doch hier bei dir und meinem alten Freund Penellan.«

»Penellan! Also ist er es gewesen, der dich an Bord geschmuggelt hat?«

»Ja, aber erst als er sah, daß ich entschlossen war, auch ohne seine Hilfe meinen Plan auszuführen.«

»Penellan!« rief Johann Cornbutte.

Der Untersteuermann trat ein.

»Penellan, es wäre jetzt überflüssig, wo die Sache so weit gediehen ist, noch weiter darüber zu sprechen. Aber soviel möchte ich dir sagen: Du hast für das Leben meiner Nichte Marie einzustehen!«

»Beruhigen Sie sich, Herr Kapitän, das Mädchen hat Kraft und Mut, sie wird ein Schutzengel für uns sein. Und dann – Sie kennen ja meinen Wahlspruch: Alles in dieser Welt muß uns zum besten dienen.«

Für Marie wurde dann eine Kajüte ausgesucht, die von den Matrosen in kürzester Zeit hergerichtet wurde.

Acht Tage später legte die »Jeune-Hardie« bei den Faröer-Inseln an. Aber auch die emsigsten Nachforschungen blieben erfolglos; kein Schiffbrüchiger hatte sich hierher gerettet, keine Trümmer eines zerschellten Schiffes waren aufgelesen worden. Sogar die Nachricht von dem Schiffsunglück war unbekannt.
So nahm die Brigg nach zehntägiger Rast am 10. Juni ihre Reise wieder auf. Der Zustand des Meeres war gut, die Winde kräftig, und das Schiff wurde schnell an die norwegische Küste getrieben, an der sich jedoch gleichfalls alle Forschungen als fruchtlos erwiesen.
Nun beschloß Johann Cornbutte, nach Bodö zu segeln. Dort konnte er vielleicht den Namen des gestrandeten Schiffes erfahren, dem Ludwig Cornbutte und die beiden Matrosen zu Hilfe geeilt waren.
Am 30. Juni warf die Brigg in diesem Hafen ihre Anker aus, und auf die Nachfrage des alten Kapitäns wurde ihm von den Behörden eine Flasche ausgeliefert, die einen Zettel enthielt, auf dem folgende Worte standen:
»Heute, am 26. April, werden wir an Bord der ›Froöern‹, nachdem die Schaluppe der ›Jeune-Hardie‹ an unserem Schiff angelegt hatte, von den Strömungen nach den Eismeeren gerissen. Gott sei uns gnädig!«
Als Johann Cornbutte diese Zeilen gelesen hatte, war er seinem Herrgott dankbar. Er glaubte, damit eine Spur von seinem Sohn gefunden zu haben. Die »Froöern« war ein norwegischer Schoner, von dem man zwar keine Nachricht weiter hatte, der aber offensichtlich nach Norden gerissen worden war. Man durfte also keine Zeit mehr verlieren.
Die »Jeune-Hardie« wurde bald instandgesetzt, um den Gefahren der Polarmeere trotzen zu können. Fidèle Misonne, der Zimmermann, untersuchte das Schiff mit besonderer Sorgfalt und versicherte, daß sein solider Bau den Stößen der

Eisschollen Widerstand leisten könne.
Auf Penellans Rat, der bereits auf Walfang in den nördlichen Eismeeren gewesen war, wurden wollene Decken, Pelzkleidung, zahlreiche Schuhe aus Robbenfell und das nötige Holz, um Schlitten anfertigen zu können, an Bord gebracht. Auch die Vorräte an Kohlen und Weingeist wurden vermehrt, denn es war immerhin möglich, daß man an irgendeiner Stelle der grönländischen Küste überwintern mußte. Mit viel Mühe und großem Aufwand wurde auch eine beträchtliche Menge Zitronen herbeigeschafft, die als Mittel gegen Skorbut dienen. Diese Krankheit setzt besonders in den Eisregionen den Schiffsmannschaften heftig zu. Mit den Vorräten an gesalzenem Fleisch, Zwieback und Branntwein, die zur Vorsorge ebenfalls vermehrt worden waren, wurde der Schiffsraum der Brigg angefüllt, denn die Kombüse reichte dazu nicht mehr aus. Auch Pemmikan, ein indianisches Nahrungsmittel, aus vielen nährenden Zutaten konzentriert, wurde in beträchtlicher Menge an Bord gebracht.
Auf Befehl Johann Cornbuttes schiffte man auch Sägen ein, um notfalls die Eisfelder durchschneiden zu können, und dazu Pickel und Keile, um sie zu spalten. Die Hunde zum Ziehen der Schlitten sollten an der grönländischen Küste mitgenommen werden.
Die Mannschaft wurde mit diesen Vorbereitungen beschäftigt und entwickelte eine fieberhafte Tätigkeit. Die Matrosen Aupic, Gervique und Gradlin folgten eifrig den Ratschlägen des Untersteuermanns Penellan, der ihnen gebot, sich jetzt noch nicht an wollene Kleider zu gewöhnen, obwohl die Temperatur in diesen über dem Polarkreis gelegenen Breiten schon recht niedrig war.
Penellan beobachtete schweigend und ohne etwas davon merken zu lassen selbst die geringfügigsten Handlungen André Vaslings. Über der Vergangenheit dieses Mannes, der

Holländer von Geburt war, schwebte ziemliches Dunkel. Aber er hatte bereits zwei Fahrten an Bord der »Jeune-Hardie« mitgemacht und sich dabei als ein tüchtiger Seemann erwiesen. Penellan konnte ihm nichts vorwerfen, es sei denn, daß er sich zu sehr um Marie bemühte. Trotzdem überwachte ihn der Untersteuermann scharf.

Dank dem Eifer der Mannschaft konnte die Brigg bereits am 16. Juli, sechzehn Tage nach ihrer Ankunft in Bodö, klargemacht werden. Es war jetzt eine günstige Zeit, um in den arktischen Meeren Nachforschungen zu unternehmen, denn es taute bereits seit zwei Monaten. So konnten die Untersuchungen bis in ziemlich weite Entfernungen durchgeführt werden.

Die »Jeune-Hardie« steuerte zunächst auf das an der Ostküste von Grönland unter dem 70. Breitengrad gelegene Kap Brewster zu.

Im Fahrwasser

Am 23. Juli kündigte ein eigentümlicher Schein, der sich über das Meer breitete, die ersten Eisschollen an, die aus der Davisstraße kamen und sich in das freie Meer stürzten. Jetzt bekamen die Wachen Befehl, scharf aufzupassen, denn man wollte auf jeden Fall einen Zusammenstoß mit den Eismassen vermeiden.

Die Mannschaft wurde in zwei Wachen eingeteilt. Die erste bestand aus Fidèle Misonne, Gradlin und Gervique, die andere aus André Vasling, Aupic und Penellan. Jede Wache sollte nur zwei Stunden dauern, denn in den kalten Regionen kann man der Kraft eines Mannes nur halb soviel zumuten wie unter gewöhnlichen Verhältnissen. Obwohl sich die »Jeune-Hardie« erst unter dem dreiundsechzigsten Breitengrad befand, zeigte das Thermometer schon neun Grad Celsius unter Null. Es regnete und schneite häufig, aber wenn der Himmel klar war und der Wind nicht zu heftig blies, hielt Marie sich auf dem Verdeck auf, um sich an das rauhe Wetter des Polarmeeres zu gewöhnen.

Am 1. August ging sie, mit ihrem Onkel, André Vasling und Penellan sich unterhaltend, auf dem Achterdeck der Brigg auf und ab. Die »Jeune-Hardie« schwamm nun in einem drei Meilen breiten Fahrwasser, durch das ganze Züge zerbrochener Eisschollen schnell nach Süden wanderten.

»Wann werden wir wohl Land sehen?« fragte das Mädchen.

»Spätestens in drei bis vier Tagen«, antwortete Johann Cornbutte.

»Ob wir dort wieder Spuren von meinem Ludwig finden werden?«

»Vielleicht, mein Kind. Ich fürchte jedoch sehr, daß wir vom

Ziel unserer Reise noch weit entfernt sind. Es ist jedenfalls sehr wahrscheinlich, daß die ›Froöern‹ noch weiter nach Norden gerissen wurde.«

»Das ist ganz sicher so«, meinte André Vasling, »denn jener Sturm, der uns von dem norwegischen Schiff abtrieb, hielt drei Tage an, und in drei Tagen legt ein Schiff große Strekken zurück, wenn es ohne Hilfe ist und dem Wind nicht widerstehen kann.«

»Aber wir waren zu jener Zeit noch im Monat April«, fiel hier Penellan ein. »Damals hatte das Tauen noch nicht begonnen, und so muß die ›Froöern‹ sehr bald durch das Eis aufgehalten ...«

»... und in tausend Stücke zerschellt sein!« fiel ihm der Obersteuermann ins Wort. »Weil nämlich die Mannschaft unter diesen Umständen nicht manövrieren konnte.«

»Die Eisflächen boten aber das einfachste Mittel, um bald an Land zu kommen, von dem sie nicht weit entfernt sein konnten«, entgegnete Penellan.

»Wir wollen es hoffen«, unterbrach Johann Cornbutte diese Erörterung, die sich täglich zwischen dem Ober- und Untersteuermann wiederholte. »Ich glaube, wir werden binnen kurzem Land in Sicht bekommen.«

»Dort ist es schon! Seht die Berge!« rief Marie in diesem Augenblick.

»Es sind Eisberge, Kind«, erklärte Johann Cornbutte. »Die ersten, denen wir begegnen. Sie würden uns wie Glas zermalmen, wenn wir zwischen ihre Massen gerieten. Penellan und Vasling, habt acht auf das Steuer!«

Die schwimmenden Berge, von denen etwa fünfzig am Horizont erschienen, näherten sich mehr und mehr der Brigg. Penellan ergriff das Steuerruder, und Johann Cornbutte, der auf die Rahe des kleinen Bramsegels gestiegen war, gab die Fahrtrichtung an.

Gegen Abend wurde die Brigg von den schwimmenden Klippen, deren fürchterliche Kraft unwiderstehlich ist, ganz eingeschlossen. Es war nun notwendig, diese Flotte von Bergen zu durchbrechen, denn die Klugheit gebot, noch weiter zu segeln. Zu diesen Gefahren kam noch eine andere Schwierigkeit hinzu. Da alle Punkte der Umgebung sich fortwährend veränderten und keine feste Perspektive boten, konnte man die Richtung des Schiffes nicht genau bestimmen. Mit dem aufkommenden Nebel mehrte sich auch die Dunkelheit. Marie begab sich in ihre Kajüte, und die acht Männer der Schiffsmannschaft mußten auf Befehl des Kapitäns an Deck bleiben. Sie hatten sich mit langen Stangen bewaffnet, an deren Enden eiserne Spitzen angebracht waren, um mit ihnen das Schiff vor den Stößen der Eisblöcke zu schützen.

Die »Jeune-Hardie« geriet bald in ein so enges Fahrwasser, daß die äußersten Rahnocken oft von den treibenden Eisbergen gestreift wurden. Auch die Luvbäume mußten eingezogen werden. Sogar die große Rahe mußte gebraßt werden, so daß sie die Wanten berührte. Glücklicherweise büßte die Brigg durch diese Maßnahme nichts von ihrer Geschwindigkeit ein, denn der Wind konnte sowieso nur die oberen Segel fassen, und diese genügten, um das Schiff schnell weiterzutreiben. Dank dem schmalen Bau seines Rumpfes wand es sich durch die Täler hindurch, während die Eisschollen mit unheilvollem Krachen aneinanderstießen und der Regen niederströmte.

Johann Cornbutte stieg wieder auf das Verdeck. Sein Blick konnte aber die Finsternis nicht durchdringen. Nun mußten auch noch die oberen Segel eingezogen werden, denn das Schiff drohte mit den Eisblöcken zusammenzustoßen. Damit aber wäre es verloren gewesen.

»Verdammte Reise!« brummte André Vasling, der auf dem Vorderdeck neben den Matrosen stand, die mit ihren Stan-

gen die schlimmsten Stöße abhielten.
»Wenn wir dieser Gefahr glücklich entrinnen, müssen wir der heiligen Jungfrau der Eisschollen eine große Kerze weihen«, meinte Aupic.
»Wer weiß, zwischen wieviel schwimmenden Bergen wir noch hindurchfahren müssen«, fügte der Obersteuermann hinzu.
»Und wer sagt, daß wir dahinter dann irgend etwas finden werden?« meinte der Matrose.
»Red nicht so viel hin und her, du Schwätzer«, mischte sich jetzt Gervique ein. »Achte lieber auf dein Bord! Wenn wir durch sind, ist noch immer Zeit genug zum Schimpfen. Schau auf deine Stange!«
In diesem Augenblick glitt ein ungeheurer Eisblock in dem engen Fahrwasser gegen den Bord des Schiffes, und es schien fast unmöglich, ihm auszuweichen. Er versperrte die ganze Breite des Seegats, und die Brigg hatte auf keinen Fall mehr die Möglichkeit zu wenden.
»Kannst du das Steuer drehen?« fragte Johann Cornbutte den Untersteuermann.
»Nein, Kapitän, das Schiff gehorcht dem Ruder nicht mehr!«
»He, Jungens, fürchtet euch nicht und stemmt eure Stangen mit aller Macht gegen das Schandeck!«
Der Eisberg hatte eine Höhe von etwa sechzig Fuß, und sowie er auf die Brigg zustürzte, mußte das Schiff unweigerlich zermalmt werden. Ein Augenblick unbeschreiblicher Angst folgte, und trotz der Befehle ihres Kapitäns verließ die Mannschaft ihren Posten, um auf das Achterdeck zu eilen.
Doch als die riesige Eismasse nur noch eine halbe Kabellänge von der »Jeune-Hardie« entfernt war, hörte man ein dumpfes Geräusch, eine Art Wasserhose stürzte zunächst auf das Vorderdeck des Schiffes nieder, und dann wurde es auf dem Rücken einer ungeheuren Woge emporgehoben.

Alle Matrosen schrien vor Schreck laut auf, aber als sie zum Vorderdeck blickten, war der Berg verschwunden. Das Fahrwasser war frei, und darüber hinaus sicherte eine weite, von den letzten Strahlen der Sonne beleuchtete Wasserfläche eine unbeschwerte Fahrt.

»Alles in dieser Welt muß uns zum besten dienen!« rief da Penellan. »Fieren wir unsere Mars- und Bramsegel aus!«

Es hatte sich ein in diesen Breiten sehr häufiges Phänomen ereignet. Wenn sich nämlich die schwimmenden Eismassen während des Tauens voneinander ablösen, schwimmen sie in vollständigem Gleichgewicht. Sowie sie aber in den Ozean gelangen, wo das Wasser verhältnismäßig wärmer ist, werden sie bald in ihrer Basis unterhöhlt, der untere Teil schmilzt allmählich, und der Block wird durch die Stöße der übrigen Eisschollen immer mehr erschüttert. So kommt es, daß diese Massen plötzlich zusammenstürzen, sobald ihr Schwerpunkt verrückt wird. Wäre diesmal der Zusammensturz des Eisberges nur zwei Minuten später erfolgt, so hätte die Brigg unter ihm begraben und von ihm zerschellt werden müssen.

Die Insel Liverpool

Die Brigg schwamm jetzt in fast vollständiger freier See, nur am Horizont zeigte sich ein weißlicher Glanz, der dort feste Eisflächen anzeigte.

Johann Cornbutte steuerte ohne Umweg auf Kap Brewster zu und gelangte dadurch schon in Gegenden, die empfindlich kalt sind, da die Sonnenstrahlen durch ihren schrägen Fall nur sehr schwach wirken.

Am 3. August befand sich die Brigg unbeweglichen Eisschollen gegenüber, die untereinander zusammenhingen. Das Fahrwasser war oft nur eine Kabellänge breit, und die »Jeune-Hardie« mußte weite Umwege machen, durch die sie sich mehrere Male dem Wind geradezu entgegenstellte.

Penellan kümmerte sich mit väterlicher Sorge um Marie. Er ließ sie täglich zwei bis drei Stunden auf dem Deck zubringen, denn körperliche Bewegung war für die Gesundheit unumgängliche Bedingung.

Maries Mut wurde aber keinesfalls schwächer. Sie ermunterte sogar die Matrosen der Brigg durch ihre Gespräche, und die Mannschaft verehrte das Mädchen von Tag zu Tag mehr. André Vasling bemühte sich mehr um sie als je zuvor und versäumte keine Gelegenheit, um mit ihr eine Unterhaltung anzuknüpfen. Man kann sich leicht denken, daß die Zukunft weit mehr als die Gegenwart das Thema von André Vaslings Unterhaltungen war, und er machte keinen Hehl daraus, wie wenig er auf eine Rettung der Schiffbrüchigen hoffte. Seiner Ansicht nach war ihr Untergang eine Tatsache, mit der man sich früher oder später abfinden mußte, und er ließ nur zu oft durchblicken, daß Marie jetzt die Sorge für ihre Existenz in die Hände eines andern legen müsse.

Zu seinem großen Verdruß hatte Marie jedoch Vaslings Andeutungen noch nicht verstanden, wahrscheinlich weil diese Unterhaltungen immer nur sehr kurz waren. Penellan fand immer irgendeinen Vorwand, um sie zu unterbrechen und die Wirkung von Andrés Reden durch Worte der Hoffnung wieder zunichte zu machen.

Marie blieb daneben nicht unbeschäftigt. Nach den Ratschlägen des Untersteuermanns sorgte sie für ihre Winterkleider, denn sie wollte den kalten Temperaturen dieser Breiten getrost entgegensehen können. Sie nähte sich eine Art Pelzbeinkleid, dessen untere Ränder mit Robbenfell versehen waren. Ihre enge Unterkleidung reichte nur bis an die Unterschenkel, um nicht mit den Schneeschichten in Berührung zu kommen, mit denen der Winter die Eisflächen bedeckte, und ein eng anschließender, mit Kapuze versehener Pelzmantel schützte ihren Oberkörper.

Auch die Männer fertigten sich in ihrer arbeitsfreien Zeit warme Kleidungsstücke an, so zum Beispiel hohe Stiefel aus Robbenfell, mit denen sie auf ihren Ausflügen durch tiefen Schnee waten konnten. So waren alle die ganze Zeit während ihrer Fahrt durch die enge Straße beschäftigt.

André Vasling war ein sehr geschickter Schütze und erlegte häufig Wasservögel, die in großen Mengen um das Schiff schwärmten. Eine Art Eidergänse und Schneehühner lieferten der Mannschaft ausgezeichnetes Fleisch, das als Abwechslung von dem Salzfleisch sehr willkommen war.

Endlich, nach tausend Umwegen, bekam die Brigg das Kap Brewster in Sicht. Eine Schaluppe wurde ins Wasser gelassen, und Johann Cornbutte fuhr mit Penellan zur Küste, die vollkommen öde war.

Bald danach steuerte die Brigg auf die von dem Kapitän Scoresby im Jahr 1821 entdeckte Insel Liverpool zu, und die Mannschaft konnte ein lautes Freudengeschrei nicht zurückhalten, als sie dort die Eingeborenen zur Küste eilen sah. Es wurde sofort eine Verständigung angebahnt, und da Penellan einige Worte ihrer Sprache kannte und die Eingeborenen wiederum einige landläufige Redensarten der Schiffsmannschaft verstanden, die sie wahrscheinlich von Walfängern gelernt hatten, war dies nicht mit zu großen Schwierigkeiten verbunden.

Die Grönländer waren klein und untersetzt. Ihr Wuchs überschritt nicht die Höhe von vier Fuß zehn Zoll. Sie hatten eine rötliche Haut, ein rundes Gesicht, niedrige Stirn, glatte schwarze Haare, die auf ihren Rücken herabfielen, und ihre Zähne waren verdorben und wie von Aussatz behaftet, was man häufig bei Völkern findet, die sich ausschließlich von Fischen ernähren.

Um sich von der Schiffsmannschaft Kupfer- und Eisenstücke einzutauschen, worauf die armen Grönländer sehr begierig sind, brachten sie Bärenpelze, Felle von Seekälbern, Seehunden, Seewölfen und all den Tieren herbei, die man unter dem Namen Robben zusammenfaßt. Johann Cornbutte erhielt diese Waren, die für ihn von so großem Nutzen werden sollten, hier zu einem außergewöhnlich niedrigen Preis.

Dann machte der Kapitän den Eingeborenen verständlich, daß er nach einem gestrandeten Schiff suche, und fragte, ob sie ihm darüber vielleicht Auskunft geben könnten. Sogleich zeichnete einer von ihnen eine Art Schiff in den Schnee und gab an, daß ein Fahrzeug dieser Art bereits seit drei Monaten in nördlicher Richtung verschlagen sei. Das Auftauen und Brechen der Eisfelder habe sie daran gehindert, diesem Schiff nachzuforschen. Natürlich war es jedem klar, daß sie mit ihren leichten Booten, die sie mit einem Paddel lenkten, nicht auf ein solches Unternehmen ausgehen konnten.

So unvollständig diese Nachricht auch war, sie brachte doch Hoffnung in die Herzen der Matrosen zurück, und Johann

Cornbutte scheute nun keine Mühe mehr, die Männer zu einem weiteren Vordringen ins Polarmeer zu bewegen.
Bevor der Kapitän die Insel Liverpool verließ, kaufte er ein Gespann von sechs Eskimohunden, die sich bald an Bord eingewöhnten. Dann lichtete das Schiff am Morgen des 10. August die Anker und segelte, von einer starken Brise getrieben, in das Fahrwasser des Nordens.
Man war jetzt bei den längsten Tagen des Jahres angelangt, denn unter diesen Breiten erreichte die niemals untergehende Sonne den höchsten Punkt der Spiralen, die sie über dem Horizont beschrieb. Dieses vollständige Fehlen der Nacht wurde jedoch nicht so bemerkt, denn oft hüllten Nebel, Regen und Schnee das Schiff in Finsternis.
Johann Cornbutte war entschlossen, so weit wie möglich vorzudringen, und begann, seine Maßnahmen dafür zu treffen. Das Zwischendeck wurde vollkommen verschlossen, nur jeden Morgen wurde durch Ventilation für frische Luft gesorgt. Öfen wurden aufgestellt und die Rohre so angebracht, daß sie möglichst viel Wärme ausstrahlten. Man empfahl der Mannschaft, nur ein wollenes Hemd über ihrem Baumwollhemd zu tragen und die Jacken aus Fell möglichst dicht zu schließen. Natürlich durften jetzt die Öfen noch nicht angezündet werden, denn es galt, die Holz- und Kohlenvorräte für die zu erwartende große Kälte aufzubewahren.
Unter die Matrosen wurde regelmäßig morgens und abends Kaffee und Tee verteilt. Da es angebracht war, sich von Fleisch zu nähren, machte man häufig auf die in diesen Gegegenden in Mengen vorhandenen Enten und Krickenten Jagd.
Oben auf dem großen Mast richtete der Kapitän ein sogenanntes Krähennest ein. Es war eine Tonne, deren einer Boden ausgeschlagen worden war. Dort hielt sich ständig eine Wache auf, um die Eisflächen zu beobachten.

Zwei Tage, nachdem unsere Nordpolfahrer die Insel Liverpool aus dem Gesicht verloren hatten, wurde die Temperatur unter dem Einfluß eines trockenen Windes plötzlich kälter, und auch andere Anzeichen des Winters machten sich bemerkbar. Die »Jeune-Hardie« durfte jetzt keinen Augenblick verlieren, denn bald mußte die Fahrstraße sich vollständig schließen. So rückte sie in einem Fahrwasser vor, das zu beiden Seiten von etwa dreißig Fuß dicken Eisfeldern begrenzt wurde.

Am Morgen des 3. September erreichte die »Jeune-Hardie« endlich die Bucht von Gaël-Hamkes. Das Land befand sich dreißig Meilen weit unter dem Wind. Zum erstenmal hielt die Brigg vor einer Eisbank, die ihr keine Durchfahrt bot und mindestens eine Meile breit war. So mußten also die Sägen angewendet werden, um das Eis zu durchschneiden. Penellan, Aupic, Gradlin und Turquiette wurden mit dieser Arbeit betraut. Die Richtung der Einschnitte wählte man so, daß der Strom die von der Bank abgetrennten Schollen forttragen konnte. Die ganze Mannschaft hatte beinahe zwanzig Stunden mit dieser Arbeit zu tun, die mit furchtbaren Schwierigkeiten verknüpft war. Bald waren die Männer gezwungen, bis an den Leib im Wasser zu stehen, und ihre Kleidung aus Robbenfell schützte sie nur unvollständig vor Feuchtigkeit, bald rutschten sie auf der glatten Eisfläche aus oder konnten sich nur mit Mühe halten.

Dazu kam, daß in diesen kalten Breiten auf jede größere Anstrengung bald eine absolute Mattigkeit folgte, der Atem ging den Arbeitenden leicht aus, und auch der kräftigste mußte oft eine Pause einlegen.

Endlich hatte man die Brigg über die Bank geschafft, von der sie so lange aufgehalten worden war, und die Fahrt war wieder frei.

Das Beben der Eisschollen

Mehrere Tage noch kämpfte die »Jeune-Hardie« mit fast unüberwindlichen Hindernissen. Die Mannschaft mußte häufig die Sägen zur Hand nehmen und oft sogar Pulver anwenden, um die mächtigen Eisblöcke zu sprengen.

Am 10. September zeigte das Meer nur noch eine unabsehbare feste Eisfläche ohne jedes Fahrwasser, von der das Schiff von allen Seiten umgeben war. Es konnte weder vorrücken, noch zurückweichen. Die Temperatur hielt sich im Durchschnitt auf sechzehn Grad unter Null. So war also die Zeit der Überwinterung herangekommen und mit ihr viel Leid und Gefahr.

Die »Jeune-Hardie« befand sich jetzt etwa unter dem einundzwanzigsten Grad westlicher Länge und dem sechsundsiebzigsten Grad nördlicher Breite am Eingang der Bucht von Gaël-Hamkes.

Johann Cornbutte traf seine Vorbereitungen für die Überwinterung. Zunächst wollte er einen Schlupfhafen finden, der sein Schiff vor den Windstößen und den großen Eisbrüchen schützte. Eine solche Deckung konnte es nach seiner Berechnung nur bei dem etwa zehn Meilen entfernten Land geben, und er beschloß daher, auf Erkundung auszugehen.

Am 12. September machte sich der Kapitän in Begleitung André Vaslings, Penellans und der beiden Matrosen Gradlin und Turquiette auf den Weg. Jeder der Männer hatte sich mit Vorräten für ungefähr zwei Tage versorgt. Es war nicht anzunehmen, daß sich ihre Expedition über diese Zeit hinaus erstrecken würde. Für die Nächte, die sie im Freien zubringen mußten, hatten sie sich mit Büffelfellen versehen, um daraus ein Lager herzurichten.

Der Schnee war in großen Mengen gefallen. Da er nicht festgefroren war, hinderte er sie sehr am Vorwärtskommen. Oft sanken sie bis an die Hüften ein. Außerdem konnten sie sich nur mit großer Vorsicht weiterbewegen, weil unzählige Spalten im Eis gefährlich drohten.
Penellan ging voran und sondierte sorgsam jede Senkung des Bodens mit einem langen, eisenbeschlagenen Stock.
Gegen fünf Uhr abends begann der Nebel sich zu verdichten, und die kleine Gruppe mußte für diesen Tag ein weiteres Vordringen aufgeben. Penellan führte sie zu einer Eismauer, die vor dem Wind Schutz bot, und nachdem sich die Männer ein wenig erholt hatten, wobei sie ein warmes Getränk sehr vermißten, breiteten sie ihre Büffelfelle auf den Schnee, hüllten sich hinein und krochen so nahe wie möglich zusammen. Bald schliefen sie fest und ruhig ein.
Als der Kapitän und seine Gefährten am anderen Morgen erwachten, lagen sie unter einer Schneeschicht von mehr als einem Fuß Höhe begraben. Glücklicherweise hatten ihre wasserdichten Felle sie geschützt und die winterliche Decke nur dazu beigetragen, ihnen ihre Wärme zu erhalten.
Johann Cornbutte gab bald das Zeichen zum Aufbruch. Endlich, gegen Mittag, bemerkten die Männer, zuerst in unbestimmten Umrissen und kaum bemerkbar, dann aber deutlicher und deutlicher die Küste. Am Ufer zeigten sich hohe, senkrecht emporragende Eisblöcke mit allen nur denkbaren Gipfelformen. Tausende von Wasservögeln flogen auf, als die Seeleute sich näherten, und die auf dem Eis liegenden Robben zogen sich eilig zurück.
»Nun«, meinte Penellan, »an Pelzen und Fleisch wird es uns nicht fehlen.«
»Es sieht so aus, als wären wir nicht der erste menschliche Besuch, den diese Tiere erhalten, sonst würden sie nicht so scheu und ängstlich sein.«

»Bis jetzt haben nur die Grönländer diese Landstriche betreten«, versetzte André Vasling.
»Ich kann keine Spur von ihnen oder von ihrem Durchzug erkennen«, bemerkte Penellan, der eine hohe Felsenspitze erklettert hatte. »Weder eine Lagerstätte noch die kleinste Hütte ist zu sehen. Aber kommen Sie doch herauf, Kapitän«, rief er dann laut. »Ich habe eine Landspitze entdeckt, die uns prächtig vor dem Nordostwind schützen wird.«
»Hierher, Jungens«, sagte Johann Cornbutte.
Seine Begleiter folgten ihm, und bald waren alle an der Seite Penellans. Es war, wie dieser gesagt hatte. Eine ziemlich hohe Landspitze sprang wie ein Vorgebirge in das Eis hinein und bildete, da sie sich wieder zur Küste herumbog, einen Wall von etwa einer Meile Tiefe. Einige durch diese Spitze zertrümmerte bewegliche Eisschollen schwammen in der Bucht umher und ließen erkennen, daß das gegen die kältesten Winde geschützte Meer hier noch nicht zugefroren war. Der Platz war für eine Überwinterung vorzüglich geeignet. Es war nur noch nötig, das Schiff hierher zu schaffen. Bald aber stellte Johann Cornbutte fest, daß die angrenzenden Eisflächen von ziemlicher Stärke waren und daß es deshalb sehr schwierig sein würde, einen Kanal herzustellen, um die Brigg heranzubringen. Man mußte sich also nach einem anderen Unterschlupf für das Schiff umsehen. Aber vergeblich wandte sich der Kapitän weiter nach Norden. Die Küste war überall sonst gerade und abschüssig, und als sie über die Landspitze hinaus vordrangen, erkannte sie, daß diese den Stößen des Ostwindes schutzlos ausgesetzt war. Dieser Umstand brachte den Kapitän um so mehr in Verlegenheit, als André Vasling sofort eine Reihe handfester Gründe anführte. Selbst Penellan wurde es schwer, bei dieser Lage der Dinge seinem Wahlspruch treu zu bleiben, »daß alles in dieser Welt zum besten dienen müsse«.

Die Männer hatten also nur noch die Möglichkeit, auf dem südlichen Teil der Küste einen Ort zur Überwinterung für das Schiff zu suchen. Das bedeutete, daß man dahin zurückkehren mußte, woher man gekommen war. Aber man durfte auch nicht länger zögern.

So schlug die kleine Schar den Rückweg zum Schiff ein, denn ihre Verpflegung begann zu Ende zu gehen. Johann Cornbutte suchte auf dem Rückweg eifrig nach einem Spalt im Eis oder einem Fahrwasser, das es gestattet hätte, einen Kanal durch die Eisfläche zu graben. Aber das blieb vergebens.

Gegen Abend erreichten die Seeleute die Eismauer, in deren Schutz sie die vorige Nacht verbracht hatten. Es hatte an diesem Tag nicht geschneit; so konnten sie noch den Eindruck ihrer Lagerstätte auf dem Eis erkennen. Wieder streckten sie sich auf ihre Büffelfelle aus, wickelten sich ein und gaben sich der Ruhe hin.

Penellan schlief aus Ärger über die verfehlte Erkundung ziemlich schlecht. Er wälzte sich auf seinem harten Lager hin und her und konnte keine Ruhe finden. Plötzlich drang ein dumpfes Rollen an sein Ohr. Er horchte auf, und der Ton erschien ihm so seltsam, daß er Johann Cornbutte weckte, indem er ihn mit dem Ellenbogen anstieß.

»Was geht da vor?« fragte der Kapitän, der sofort hellwach war.

»Hören Sie, Kapitän!« war die ganze Antwort des Untersteuermanns.

Das Geräusch nahm mit merklicher Heftigkeit zu.

»Donner kann es nicht sein«, sagte Johann Cornbutte, indem er sich von seinem Lager erhob. »Das ist unter so hohen Breiten unmöglich.«

»Ich glaube eher, daß wir es mit einer Bande von Eisbären zu tun bekommen«, gab Penellan seine Meinung ab.

»Zum Teufel! Wir hatten doch bis jetzt noch keine bemerkt.«
»Früher oder später werden wir uns aber auf ihren Besuch gefaßt machen müssen. Jedenfalls wollen wir sie mit aller Freundlichkeit empfangen.«
Penellan bewaffnete sich mit einer Flinte und überstieg geschickt den Eisblock, der ihnen als Schutzmauer diente. Da es aber sehr dunkel und der Himmel von Wolken bedeckt war, konnte er nichts wahrnehmen. Eine neue Beobachtung ließ ihn aber erkennen, daß die Ursache des Rollens nicht in der Umgebung zu suchen war. Das Geräusch war jetzt so heftig geworden, daß auch die übrigen Gefährten erwachten. Mit Schrecken stellte man fest, daß der Lärm unter ihren Füßen hervordrang.
Doch eine neue furchtbare Gefahr kündigte sich an. Zu den rollenden Tönen kam bald eine wellenförmige Bewegung des Eisfeldes dazu, so daß mehrere Matrosen das Gleichgewicht verloren und zu Boden stürzten.
»Achtung!« rief Penellan.
»Holla!« antworteten die Matrosen.
»Turquiette! Gradlin! Wo seid ihr?«
»Hier!« schrie Turquiette und schüttelte den Schnee von seinen Kleidern.
»Hierher, Vasling!« rief Johann Cornbutte dem Obersteuermann zu. »Ist Gradlin da?«
»Ja, Kapitän . . . aber wir sind verloren!« gab dieser zur Antwort.
»Im Gegenteil, wir sind vielleicht gerettet!« schrie Penellan.
Kaum hatte er diese Worte ausgesprochen, als sich ein furchtbares Krachen vernehmen ließ. Die Eisfläche barst mitten durch, und die Männer mußten sich an den Block klammern, der mit ihnen hin und her schwankte. Trotz der Behauptung des Untersteuermanns befanden sie sich in größter Gefahr. Die Eisschollen waren in ihren Grundfesten erschüt-

tert, sie hatten, um einen seemännischen Ausdruck dafür zu gebrauchen, »die Anker gelichtet«. Die schwankende Bewegung dauerte beinahe zwei Minuten, und die Unglücklichen hatten jeden Augenblick das Gefühl, als müßte sich ein Spalt unter ihnen auftun und sie verschlingen. So erwarteten sie voller Angst den Anbruch des Tages, denn bis dahin konnten sie es nicht wagen, auch nur einen Schritt zu tun, und sie mußten ausgestreckt liegenbleiben.

Johann Cornbutte dachte mit tiefer Bewegung an seine Brigg. »Mein armes Schiff! Es ist in jedem Fall verloren!« rief er aus.

Die tiefste Verzweiflung zeigte sich auf den Zügen seiner Begleiter; denn der Untergang des Schiffs zog ja unvermeidlich auch ihren Tod nach sich.

»Meine Freunde!« rief Penellan. »Denkt daran, daß durch das Geschehen dieser Nacht uns vielleicht ein Weg durch die Eisflächen gebahnt wurde, auf dem wir die Brigg in die Bucht zum Überwintern bringen können. Schaut dorthin! Ich habe mich nicht geirrt. Schon jetzt ist uns die ›Jeune-Hardie‹ um mindestens eine Meile nähergerückt.«

Alle stürzten auf die bezeichnete Richtung zu, und zwar so unvorsichtig, daß Turquiette in einen Spalt stürzte. Er hätte wahrscheinlich sein Ende darin gefunden, hätte ihn nicht Johann Cornbutte noch zur rechten Zeit an den Kleidern gepackt und herausgezogen. So kam er mit dem Schrecken und einem eiskalten Bad davon.

Die Brigg schwamm wirklich zwei Meilen näher vor dem Wind. Als die kleine Schar nach endlosen Mühen bei ihr ankam, fand sie das Schiff zwar unversehrt und in gutem Zustand, aber das Steuerruder war von den Eisschollen zerbrochen worden. Man hatte versäumt, es emporzuheben.

Vorbereitungen für den Winter

Penellan hatte wieder einmal recht gehabt. »Alles in dieser Welt muß uns zum besten dienen!« Die Erschütterung des Eises hatte dem Schiff eine Fahrrinne zur Bucht geschaffen. Die Männer mußten nur noch die Strömungen geschickt ausnutzen, um die Eisschollen so zu steuern, daß sie sich ihren Weg selber bahnten.

Am 19. September warf die Brigg endlich, zwei Kabellängen vom Land entfernt, in der Überwinterungsbucht ihre Anker aus. Schon am folgenden Tag hatte sich bis dicht an ihrem Rumpf Eis gebildet, das bald stark genug war, um einen Mann zu tragen. So war mit dem Land eine direkt Verbindung hergestellt.

Nach dem Brauch arktischer Seefahrer wurde am Takelwerk keine Veränderung vorgenommen. Die Segel lagen, sorgsam zusammengerollt und von ihren Persenningen umhüllt, auf den Rahen. Das Krähennest ließ man oben, um von dort aus das Land beobachten und auch selber leichter bemerkt werden zu können.

Jetzt schon hob sich die Sonne kaum mehr über den Horizont. Seit der Junisonnenwende hatten sich die von ihr beschriebenen Spiralen mehr und mehr gesenkt, und bald mußten sie ganz verschwinden.

Die Mannschaft beeilte sich, ihre Vorkehrungen zu treffen, und Penellan spielte dabei die Rolle des erfahrenen Nordlandfahrers. Bald war die Eisfläche um das Schiff so stark geworden, daß ihr Druck gefährlich zu werden drohte. Aber Penellan wartete noch ab, denn seiner Meinung nach mußte sie eine Stärke von zwanzig Fuß erreichen, ehe er weiterarbeiten konnte. Dann ließ er das Eis schräg um den Schiffs-

rumpf aushauen, so daß es sich unter diesem wieder schloß und seine Gestalt annahm. Damit war die Brigg in ein Bett eingekeilt und mußte den Druck der Eismassen nicht mehr fürchten, denn diese konnten sich nicht mehr gegen das Schiff bewegen.
Dann errichteten die Seeleute längs der Barkhölzer und bis zur Höhe der Verschanzungen eine Schneemauer von fünf bis sechs Fuß Dicke, die bald hart wurde wie ein Felsen. Durch diese Umhüllung konnte die Wärme nicht nach außen strahlen. Ein fest verschlossenes und mit Fellen bedecktes Leinwandzelt wurde über die ganze Länge des Verdecks gespannt und bildete für die Mannschaft eine Art großen Aufenthaltsraum.
Auf dem Land erbaute man aus Schnee ein Lagerhaus, in das alle Gegenstände aus dem Schiff geschafft wurden, die man vorläufig nicht brauchte und die den Platz versperrten. Die Zwischenwände der Kajüten verschwanden, und auf dem Vorder- und Hinterdeck entstand je ein geräumiges Zimmer, das erstens leichter zu heizen war als die vielen kleinen Räume, weil Eis und Feuchtigkeit nicht in so viele verschiedene Winkel und Ecken eindringen konnten; zweitens ließ sich die Lüftung besser bewerkstelligen, indem Luftschläuche, die nach draußen führten, emporgezogen wurden.
Dabei entfalteten die Männer einen solchen Eifer, daß die verschiedenen Vorbereitungen schon am 25. September beendet waren. André Vasling hatte sich besonders geschickt gezeigt, vor allem dann, wenn es um die Bequemlichkeit des jungen Mädchens ging. Wenn auch Marie, die ganz dem Gedanken an ihren Ludwig lebte, davon nichts merkte, so sah ihr Onkel doch bald die Sache um so klarer. Für den Kapitän war dies ein Anlaß, die Angelegenheit mit Penellan zu besprechen. Jetzt erinnerte er sich auch an verschiedene Umstände, die über die Absicht des Obersteuermanns keine

Zweifel mehr ließen. André Vasling liebte Marie und wollte den Kaptiän um ihre Hand bitten, sobald es keinen Zweifel mehr gab, daß die Schiffbrüchigen tot waren. Dann, nach der Rückkehr, hätte Vasling nichts dagegen gehabt, das hübsche und liebenswürdige Mädchen, die einzige Erbin ihres begüterten Onkels, heimzuführen.

Oft aber fehlte es dem Obersteuermann an der nötigen Geduld, das Ziel seiner Wünsche zu erreichen. Verschiedentlich hatte er erklärt, daß die zur Auffindung der Verunglückten unternommenen Nachforschungen völlig unnötig seien, und mehrmals entschlüpfte ihm ein Wort, das seine Absicht noch deutlicher werden ließ und natürlich von Penellan entsprechend hervorgehoben und registriert wurde. André Vasling wiederum tat alles, um dem Untersteuermann seinen Haß zu zeigen, den Penellan in vollem Maß erwiderte. Er fürchtete jedoch, daß es André Vasling gelingen werde, Uneinigkeit in die Mannschaft zu bringen. Deshalb veranlaßte er den Kapitän, dem Obersteuermann in vielen Fällen eine ausweichende Antwort zu geben.

Als die Einrichtungen für die Überwinterung beendet waren, traf der Kapitän eine Reihe von Anordnungen für die Erhaltung der Gesundheit seiner Mannschaft. Die Männer mußten jeden Morgen eine gründliche Lüftung in ihrem Logis vornehmen und die Wände aus Tannenholz sorgfältig abtrocknen, um sie von der Feuchtigkeit, die sich während der Nacht angesetzt hatte, zu reinigen. Morgens und abends erhielten sie Kaffee oder heißen Tee, was eines der besten Mittel gegen die Kälte ist. Außerdem wurden sie in Gruppen eingeteilt, von denen täglich eine andere auszog, um frisches Fleisch zur üblichen Schiffskost herbeizuschaffen.

Überdies war den Männern befohlen worden, sich regelmäßig körperliche Bewegung zu verschaffen und sich nicht untätig der kalten Luft auszusetzen. Damit sollten vor allem

Erfrierungen vermieden werden. Sollte aber doch ein solcher Fall eintreten, so waren die Männer angewiesen, sofort Einreibungen mit Schnee vorzunehmen, die sich als allein hilfreich erwiesen.
Penellan drang darauf, daß sich die Männer jeden Morgen kalten Abwaschungen unterzogen, was allerdings eine Menge Mut erforderte. Es wollte manchem gar nicht einleuchten, daß er seinen äußeren Menschen in den Schnee tauchen sollte, den er innerlich mit so viel Mühe zum Tauen gebracht hatte. Aber Penellan ging tapfer mit gutem Beispiel voran, und Marie war eine der eifrigsten bei der Befolgung seiner Anordnungen.
Der Kapitän vergaß auch nicht, fromme Lektüre und Gebete in den Tageslauf mit einzuflechten, damit Verzweiflung und Sorge keinen Eingang in die Herzen der Männer fänden; denn das war in diesen Breiten doch die größte Gefahr.
Der stets düstere Himmel sorgte natürlich für eine gedrückte Stimmung, und ein dichtes, von heftigen Winden gepeitschtes Schneetreiben verstärkte diese noch. Bald sollte die Sonne ganz verschwinden, aber die Seefahrer hofften, daß der Mond sie ihnen während der langen Polarnacht ersetzen werde. Bei den jetzt herrschenden Westwinden fiel andauernd Schnee, so daß die Zugänge zum Schiff täglich neu gekehrt und die Stufen, auf denen man in die Ebene hinabstieg, wieder gangbar gemacht werden mußten. Mit den Schneemassen war dies sehr leicht, denn da die Stufen einmal ausgehauen waren, brauchte man nur ein wenig Wasser darauf zu gießen, und sie verhärteten sich sofort.
Penellan ließ in geringer Entfernung vom Schiff ein Loch in das Eis hacken, und täglich durchbrach man die Kruste, die sich an der oberen Mündung immer von neuem bildete, um das Wasser aus der Tiefe heraufzuholen, wo es bedeutend wärmer war als auf der Oberfläche.

Alle diese Maßnahmen dauerten etwa drei Wochen, und als sie beendet waren, faßte man den Entschluß, die Nachforschungen weiter zu betreiben. Das Schiff war nun für sechs bis sieben Monate eingekerkert, und erst mit dem nächsten Tauen konnte für die Brigg eine Fahrrinne durch die Eisflächen geöffnet werden. Die Zeit dieser erzwungenen Unbeweglichkeit wollten die Männer für Erkundungen in nördlicher Richtung benutzen.

Pläne für Erkundungsreisen

Am 9. Oktober hielt Johann Cornbutte eine Besprechung ab, um den Plan für seine weiteren Unternehmungen zu entwerfen. Er ließ alle seine Leute daran teilnehmen, damit der Eifer jedes einzelnen durch die Gemeinsamkeit der Interessen gehoben werde. Der Kapitän hielt die Karte in der Hand und versuchte, seinen Männern die augenblickliche Situation klarzumachen.

Die Ostküste Grönlands zieht sich in senkrechter Richtung nach Norden, und die Entdeckungen der Seefahrer haben ihren Verlauf genau bestimmt. In einem Raum von fünfhundert Meilen, der Grönland von Spitzbergen trennt, war noch kein Land entdeckt worden. Nur die Insel Shannon befand sich etwa hundert Meilen weit im Norden der Bucht von Gaël-Hamkes, in der die »Jeune-Hardie« überwintern sollte. Wenn also das norwegische Schiff, wie es die Wahrscheinlichkeit lehrte, in dieser Richtung fortgerissen worden war, so durfte man annehmen, daß es die Insel Shannon hatte erreichen können und die Schiffbrüchigen hier eine Zuflucht für den Winter gesucht hatten.

Trotz der Opposition André Vaslings setzte sich diese Ansicht bei der Mehrheit durch, und es wurde beschlossen, die Insel Shannon als Ziel für die erste Forschungsreise anzunehmen.

Die Vorbereitungen wurden sofort getroffen. Man hatte sich an der norwegischen Küste einen nach Eskimo-Art gefertigten Schlitten verschafft, der aus vorn und hinten hochgezogenen Brettern bestand und über Schnee und Eis hinweggleiten konnte. Er maß zwölf Fuß in der Länge und vier Fuß in der Breite und konnte im Notfall Vorräte für mehrere Wochen aufnehmen. Fidèle Misonne setzte ihn bald instand und arbeitete im Schneemagazin daran, denn dorthin waren seine Werkzeuge geschafft worden. Man stellte einen Ofen, der zur Beheizung mit Kohlen eingerichtet war, in diesem Raum auf, denn ohne ein wenig Wärme wäre jede Arbeit darin unmöglich gewesen. Das Ofenrohr wurde durch eine der Seitenwände geführt, wozu ein Loch in den Schnee gebohrt werden mußte. Dabei zeigte sich allerdings sehr bald ein übler Nachteil, denn der Schnee schmolz in unmittelbarer Nähe des Ofenrohrs, so daß eine Öffnung entstand. Aber Johann Cornbutte schaffte bald Abhilfe, indem er das Rohr mit einer Metallplatte umgab.

Während Misonne am Schlitten arbeitete, richtete Penellan mit Maries Hilfe Reservekleidung für die Reise her. Stiefel aus Robbenfell waren glücklicherweise in großer Anzahl vorhanden.

Der Kapitän und André Vasling kümmerten sich um die Vorräte. Sie suchten ein kleines Faß Spiritus aus, mit dem man ein bewegliches Kochöfchen zu beheizen gedachte. Tee und Kaffee wurden in genügender Menge eingepackt, ebenso eine Kiste mit Schiffszwieback, zweihundert Pfund Pemmikan und einige Flaschen Branntwein. Die Jagd sollte den Reisenden Tag für Tag frisches Fleisch liefern, deshalb wurde eine ziemliche Portion Pulver, auf mehrere Säcke verteilt, ebenfalls mitgenommen. Kompaß, Sextant und Fernrohr wurden sorgfältig verpackt.

Am 11. Oktober erschien die Sonne nicht wieder am Horizont, und in den Wohnräumen der Mannschaft mußten die Lampen ohne Unterbrechung brennen. Es war höchste Zeit, die Erkundungsreise anzutreten, denn schon im Monat Januar wäre sie unmöglich geworden. Die Kälte mußte dann so groß sein, daß man ohne Lebensgefahr den Fuß nicht vor die Tür setzen durfte. Gelang es bis dahin nicht, die Schiffbrüchigen zu erspähen, so mußte alle Hoffnung auf ihre Rettung schwinden. Die Mannschaft der »Jeune-Hardie« wußte genau, daß sie mindestens zwei Monate lang streng eingesperrt sein würde. Wenn dann das Eis zu tauen begann, dann waren alle Nachforschungen erst recht vergeblich, denn wenn Ludwig Cornbutte und seine Gefährten jetzt noch lebten, so konnten sie doch der Strenge eines arktischen Winters nicht ohne irgendwelche Hilfe standhalten.

André Vasling wußte dies besser als alle anderen und war fest entschlossen, der Expedition alle nur denkbaren Hindernisse in den Weg zu legen.

Am 20. Oktober hatte man alle Vorbereitungen beendet, und es handelte sich nur noch darum, wer von der Mannschaft an dem Marsch teilnehmen sollte. Marie mußte unter der Obhut ihres Onkels oder Penellans bleiben, und doch waren gerade diese beiden bei der Expedition unbedingt notwendig.

So stellte man sich die Frage, ob nicht das junge Mädchen die Strapazen der Reise mitmachen könnte. Bis jetzt hatte sie alle Prüfungen mutig und ohne sehr darunter zu leiden überwunden. Als Tochter eines Seemanns war sie ohnehin an die Gefahren des Meeres gewöhnt und schrak nicht vor den Schwierigkeiten einer solchen Unternehmung zurück. Auch Penellan glaubte, daß es für Marie besser wäre, sich der Erkundungsmannschaft anzuschließen.

Endlich war es entschieden – das Mädchen sollte die Expedition begleiten. Für den Notfall reservierte man ihm einen Platz im Schlitten, auf dem eine gut abgedichtete Hütte aus Brettern angebracht worden war. Was das junge Mädchen anbetraf, so fügte es sich diesem Entschluß mit Freuden, denn nur so konnte die Trennung von ihren Beschützern vermieden werden.

An der Expedition nahmen demnach teil: Marie, Johann Cornbutte, Penellan, André Vasling, Aupic und Fidèle Mi-

sonne. Alain Turquiette aber wurde mit der Überwachung der Brigg betraut, und Gervique und Gradlin sollten ihn dabei unterstützen.
Johann Cornbutte nahm sehr viel Proviant mit, denn er hatte die Absicht, an dem Weg Depots anzulegen, um die Reise so weit wie möglich ausdehnen zu können. Als der Schlitten fertig war, wurde er beladen und mit einem Zelt aus Büffeldecken bedeckt. Das ganze Fahrzeug ließ sich von fünf Hunden leicht auf dem Eis fortbewegen.

Das Schneehaus

Am 23. Oktober 11 Uhr morgens setzte sich die Expedition bei hellem Mondschein in Bewegung. Es waren alle Vorsichtsmaßnahmen getroffen, daß sich die Reise, wenn es sein mußte, auf lange Zeit ausdehnen konnte. Johann Cornbutte wollte zunächst der Küse in nördlicher Richtung folgen. Die Schritte der Reisenden ließen keine Spuren auf ihrem Weg zurück, der Kapitän mußte sich mit in der Ferne gewählten Merkzeichen orientieren. So schritt er einmal auf einen in Spitzen auslaufenden Hügel zu, ein andermal auf eine riesige Eisscholle, die der Druck hoch aufgerichtet hatte.

Beim ersten Halt, den die kleine Gruppe nach etwa fünfzehn Meilen machte, traf Penellan die Vorbereitungen zu einem Lagerplatz, indem er das Zelt an einen Eisblock lehnte. Marie litt nicht sehr unter der Kälte, denn die Temperatur war weit milder geworden, da die Brise sich glücklicherweise gelegt hatte. Aber sie hatte mehrmals den Schlitten verlassen müssen und war nebenhergelaufen, um zu verhindern, daß ihre Blutzirkulation ins Stocken geriet. Übrigens bot ihr die kleine Hütte, die Penellan sehr sorgfältig hergerichtet hatte, so viel Bequemlichkeit, wie unter solchen Umständen nur möglich war.

Als die Nacht oder vielmehr der Augenblick der Ruhe herankam, wurde das Schlittenhäuschen unter das Zelt geschafft und diente dem Mädchen als Schlafzimmer. Die Abendmahlzeit der Gruppe bestand aus frischem Fleisch, Pemmikan und heißem Tee. Um der schrecklichen Skorbutkrankheit entgegenzuwirken, ließ der Kapitän an jeden noch ein wenig Zitronensaft verteilen.

Nach achtstündigem Schlaf nahmen die Reisenden ihren

Weg wieder auf, jedoch nicht, bevor sich Menschen und Hunde durch ein kräftiges Mahl gestärkt hatten. Die Tiere zogen den Schlitten mit solcher Leichtigkeit über das spiegelglatte Eis, daß die Männer ihnen kaum folgen konnten.
Leider zeigte sich bei mehreren der Leute ein Übel, das von dem Reflex des Mondscheins auf die unermeßlichen weißen Flächen herrührte und das wir mit »Blendung« bezeichnen dürfen. Es machte sich in einem unerträglichen Brennen und Schmerzen der Augen bemerkbar. Aupic und der Zimmermann Misonne litten besonders darunter. Auch eine sehr eigentümliche Wirkung der Strahlenbrechung stellte man fest. Wenn man nämlich den Fuß auf eine Erhöhung zu setzen meinte, glitt er immer ein Stück tiefer hinab, wodurch mancher Sturz verursacht wurde. Zum Glück verletzte sich niemand ernstlich, und so boten diese kleinen Unfälle Penellan nur Stoff zu heiteren Scherzen. Trotzdem befahl er den Männern, keinen Schritt zu tun, ohne vorher den Boden mit dem eisenbeschlagenen Stock zu prüfen, den jeder bei sich trug.
Am 1. November, also zehn Tage nach dem Aufbruch von der »Jeune-Hardie«, war die Expedition etwa fünfzig Meilen nach Norden vorgedrungen, und die Ermüdung schien bei allen außerordentlich groß. Johann Cornbutte litt unter schrecklichen Blendungen, und seine Sinne hatten sich infolge dieser Qualen sehr geschwächt. Aupic und Misonne drangen nur noch tastend voran, und ihre Augen waren von dem weißen Widerschein wie versengt. Nur Marie war bis jetzt von diesem Leiden verschont geblieben, da sie möglichst viel in ihrer Hütte blieb, und Penellan wurde nur von seinem unerschütterlichen Mut aufrechtgehalten. Er kämpfte damit gegen die furchtbare Ermüdung an. Wer sich jedoch von der ganzen Gruppe am besten befand und Kälte, Schmerzen und Blendung nicht zu fühlen schien, war André Vasling. Seine

eiserne Konstitution bot all diesen Strapazen Trotz. Er freute sich darüber, daß auch die Stärksten ihren Mut verloren, und sah bereits den Augenblick kommen, in dem der Rückweg angetreten werden mußte.

Am 2. November schließlich war die Erschöpfung so groß geworden, daß eine mehrtägige Ruhepause unbedingt nötig schien.

Sobald man einen Lagerplatz ausgewählt hatte, wurde über dessen Einrichtung beraten und der Entschluß gefaßt, ein Schneehaus zu bauen. Es sollte sich an eines der Vorgebirge lehnen. Misonne steckte sofort die Entfernungen des Fundaments ab, fünfzehn Fuß Länge auf fünf Fuß Breite; und er, Penellan und Aupic schnitten große Eisblöcke, die an die bezeichnete Stelle gebracht und aufgerichtet wurden. Da das Material in Menge vorhanden war, brauchte man damit nicht zu sparen, und bald erhob sich die Rückseite des Hauses in einer Höhe von fünf Fuß und ebensoviel in der Breite. Nach ungefähr acht Stunden standen sämtliche Mauern, und an der Südseite befand sich eine Türöffnung. Sie war mit einem Ende der Zeltleinwand verhangen, die über das ganze Gebäude hinwegging.

Nun mußte nur noch das Dach des Hauses gebildet werden, und auch dies war nach dreistündiger, angestrengter Arbeit geschafft. Dann zog sich jeder erschöpft in das Schneehaus zurück. Johann Cornbutte litt so sehr, daß er keinen Schritt mehr tun konnte, und André Vasling verstand es, sich die Entmutigung und den Schmerz des alten Seemanns so gut zunutze zu machen, daß er ihm das Versprechen abnahm, seine Forschungen in diesen schauerlichen Einöden nicht fortzusetzen.

Penellan befand sich in einer verzweifelten Stimmung. Er fand es empörend und feige, das Suchen nach den Gefährten schon jetzt, auf nichtige Mutmaßungen hin, aufzugeben,

aber seine Einwände blieben erfolglos. So wurde also die Rückkehr beschlossen.
Die ganze Gruppe hatte jedoch Ruhe und Erholung nach den unbeschreiblichen Anstrengungen der letzten Tage so sehr nötig, daß man vorläufig noch nicht daran denken konnte, Anstalten zur Rückreise zu treffen.
Am vierten Tag endlich war Johann Cornbutte soweit hergestellt, daß er einen Platz an der Küste bestimmen konnte, wo die jetzt für die Reise überflüssig gewordenen Lebensmittel vergraben werden sollten. Für den unwahrscheinlichen Fall, daß die Forschungen der Mannschaft sich noch einmal in diese Richtung erstrecken sollten, wurde die Stelle durch ein leicht erkennbares Merkmal bezeichnet. An jedem Marschtag hatte der Kapitän ähnliche Depots auf seinem Weg hinterlassen, ohne daß diese auf dem Schlitten weiter mitbefördert werden mußten.
Die Abreise war auf den 6. November, morgens zehn Uhr, festgesetzt. Inzwischen hatte sich der ganzen Mannschaft eine tiefe Traurigkeit bemächtigt. Als Marie sah, wie entmutigt und verzweifelt ihr Onkel war, konnte sie die Tränen nicht mehr zurückhalten. Alle diese furchtbaren Leiden waren vergeblich gewesen, und wieviel verlorene Arbeit! Was Penellan anbetraf, so war er in einer ganz abscheulichen Laune. Er fluchte und schimpfte auf alle Welt und versäumte keine Gelegenheit, den Gefährten ihre Schwäche und Feigheit vorzuhalten. Er stellte ihnen Marie als Vorbild hin; sie wäre bis ans Ende der Welt gegangen, ohne eine Klage laut werden zu lassen.
André Vasling verhehlte seine Freude darüber, daß die Rückkehr schon jetzt stattfinden sollte, durchaus nicht. Er bemühte sich mehr denn je um das Mädchen und suchte sie sogar mit der Hoffnung zu trösten, daß man die Nachforschungen, wenn der Winter vorbei sei, wieder aufnehmen

könne, obwohl er sehr genau wußte, daß dann jede Hilfe zu spät käme.

Lebendig begraben

Als die Männer am Abend vor der Rückkehr damit beschäftigt waren, das Abendessen vorzubereiten, und Penellan eben einige Kisten als Feuerungsmaterial zusammenschlug, um sie in den Ofen zu stecken, füllte sich das Schneehaus plötzlich mit dichtem Rauch, und ein heftiges Beben erschütterte das Gebäude und seine Bewohner.

Überall herrschte tiefe Dunkelheit, und ein entsetzlicher Sturm tobte. Dabei fiel der Schnee in dichten Wirbeln nieder, und die Kälte war so empfindlich, daß der Untersteuermann fühlte, wie ihm langsam beide Hände erfroren. Nachdem er sie tüchtig mit Schnee gerieben hatte, trat er schnell wieder in die Hütte.

»Ein fürchterlicher Sturm!« rief er den andern zu. »Gebe der Himmel, daß unser Haus standhält, sonst sind wir verloren.«

Zur selben Zeit, da der Sturm über das Land hinwegfegte, entstand auch ein donnerndes Geräusch unter dem eisstarren Boden. Die an der Spitze des Vorgebirges zerbrochenen Eisschollen stießen krachend zusammen und stürzten übereinander. Der Wind wehte mit solcher Kraft, daß es schien, als würde das ganze Haus von der Stelle gerückt, und ein unter diesen Breiten unerklärliches, phosphorisierendes Leuchten durchzuckte die schneeerfüllte Luft.

»Marie! Marie!« rief Penellan und hielt das Mädchen mit beiden Händen fest.

»Es steht schlimm um uns«, bemerkte Fidèle Misonne.

»Gott allein weiß, ob wir noch einmal davonkommen werden«, versetzte Aupic.

»Jedenfalls müssen wir dieses Schneehaus verlassen!« rief André Vasling dazwischen.

»Das ist unmöglich, wir würden draußen sofort erfrieren«, entgegnete Penellan. »Hier im Haus können wir der Kälte vielleicht standhalten.«

»Gebt mir das Thermometer!« sagte André Vasling.

Aupic reichte ihm das Instrument. Es zeigte trotz des Feuers in der Hütte zehn Grad unter Null. Der Obersteuermann hob die Leinwand vor der Türöffnung in die Höhe und streckte die Hand mit dem Thermometer hinaus. Aber ehe er jedoch irgendeine Beobachtung machen konnte, schlug ihm der Wind einen solchen Hagel von Eisstücken entgegen, daß das Instrument seiner Hand entglitt und zu Boden fiel.

»Nun, Vasling«, fragte Penellan, »wollen Sie immer noch hinausgehen? Jetzt werden Sie wohl zugeben, daß hier im Haus der einzige Zufluchtsort für uns ist.«

»Ja, und wir müssen alle nur möglichen Anstrengungen machen, um das Gebäude von innen zu schützen«, fügte Johann Cornbutte hinzu.

»Der Wind wird das Eis unter uns zerbrechen, wie er die Eisschollen am Vorgebirge zerbrochen hat, und wir werden entweder mit fortgerissen oder in der Tiefe versinken.«

»Das scheint mir unmöglich«, erwiderte Penellan, »denn die Kälte ist so stark, daß alles Flüssige sofort gefriert. Wir wollen sehen, wieviel Grad Kälte wir haben.«

Er hob die Leinwand ein wenig, so daß er den Arm durchstrecken konnte, und es gelang ihm mit einiger Mühe, das Thermometer im Schnee zu finden. Als er das Instrument der Lampe näherte, sah er, daß es zweiunddreißig Grad unter Null anzeigte. Das war die stärkste Kälte, die sie bis jetzt erlebt hatten.

»Noch zehn Grad, und das Quecksilber wird gefrieren«, fügte André Vasling hinzu.

Ein düsteres Schweigen folgte dieser Feststellung.

Gegen acht Uhr morgens versuchte Penellan noch einmal

hinauszugehen, um sich ein Urteil über die Situation zu verschaffen. Auch dem Rauch, den der Wind immer wieder in die Hütte zurücktrieb, mußte ein Ausweg gebahnt werden. Der Untersteuermann hüllte sich deshalb so fest wie möglich in seine Kleidung ein, befestigte die Kapuze seines Mantels mit dem Taschentuch auf dem Kopf und hob die Zeltleinwand empor.

Die Öffnung war vollständig durch Schnee versperrt. Da nahm der Seemann seinen eisenbeschlagenen Stock und versuchte, die feste Masse zu durchbohren und auf die Seite zu bringen. Aber sein Blut erstarrte vor Schreck, als er erkannte, daß auch das äußerste Ende des langen Stockes nicht durchdrang, sondern auf festen und harten Widerstand stieß.

»Cornbutte, wir sind unter dem Schnee begraben!« rief er entsetzt dem Kapitän zu.

»Was sagst du?« fragte dieser erschrocken.

»Der Schnee liegt über und um uns; er ist gefroren, und so sind wir lebendig begraben.«

»Wir wollen versuchen, die Schneemassen zurückzustoßen«, schlug der Kapitän vor.

Die beiden Freunde stemmten sich mit aller Kraft gegen die weiße Mauer vor der Türöffnung, aber sie wich nicht um einen Zoll. Der Schnee war zu einer Eismasse von mehr als fünf Fuß Dicke geworden und mit dem Haus vollständig zusammengeschmolzen.

Johann Cornbutte konnte einen Schrei des Entsetzens nicht unterdrücken. Dadurch wurden Misonne und André Vasling wach und sprangen erschrocken auf. Ein Fluch drang zwischen den Zähnen des Obersteuermanns hervor, und seine Züge verzerrten sich wild, als er erfuhr, was geschehen war.

In diesem Augenblick war der Rauch im Inneren des Hauses so dick wie nie zuvor. Er schien keinen Ausweg finden zu können.

»Verdammt!« rief Misonne, »das Ofenrohr ist durch den Schnee verstopft!«
Penellan nahm abermals seinen Stab zur Hand und legte den Ofen auseinander, nachdem er die Feuerbrände mit Schnee gelöscht hatte. Durch dieses Löschen wurde jedoch ein so furchtbarer Rauch erzeugt, daß man kaum noch einen Schimmer der Lampe erkennen konnte. Penellan suchte dann mit seinem Stock die Stelle freizumachen, an der die Mündung des Ofenrohrs auslief. Aber seine Bemühungen blieben umsonst, überall stieß er auf Eis.
Die Verschütteten hatten ein gräßliches Ende zu erwarten, dem ein fürchterlicher Todeskampf vorausgehen mußte. Der Rauch drang den Unglücklichen in die Kehlen und verursachte ihnen so heftige Schmerzen, daß sie kaum mehr Luft schöpfen konnten.
Auch Marie erhob sich nun, und ihre Gegenwart, die Johann Cornbutte fast zur Verzweiflung brachte, gab Penellan neuen Mut. Der Untersteuermann war fest davon überzeugt, daß dieses arme Kind nicht für einen so schrecklichen Tod bestimmt sein konnte.
»Warum habt ihr so starkes Feuer gemacht?« begann das Mädchen. »Der Raum ist ganz dunkel vor Rauch.«
»Ja . . . ja . . .« antwortete zögernd der Untersteuermann.
»Man merkt es gleich«, fuhr Marie fort, »es ist hier so warm wie seit langem nicht mehr.«
Aber niemand konnte sich entschließen, ihr die furchtbare Wahrheit mitzuteilen.
»Bitte, Marie, hilf uns das Frühstück zubereiten«, hob plötzlich Penellan an. »Zum Ausgehen wird es heute wohl zu kalt sein. Aber hier sind der Kochofen, Spiritus und Kaffee.«
»Heda, ihr andern, gebt einmal etwas Pemmikan her, in dem abscheulichen Wetter wird wohl niemand auf die Jagd gehen wollen.«

Diese Worte brachten wieder etwas Leben in die Männer.
»Zuerst wollen wir gemeinsam essen«, fügte Penellan hinzu, »dann ist immer noch Zeit, um zu überlegen, wie wir hier fortkommen.«
Der Untersteuermann ging mit gutem Beispiel voran und verzehrte seine Portion. Auch seine Gefährten taten es ihm nach und tranken eine Tasse von dem heißen Kaffee, der ihnen wieder neuen Mut einflößte. Dann bestimmte Johann Cornbutte sehr energisch, daß sofort Mittel zur Rettung versucht werden müßten.
»Wenn der Sturm noch andauert, was sehr wahrscheinlich ist, sind wir mindestens zehn Fuß unter dem Schnee begraben«, überlegte jetzt André Vasling. »Man hört hier nicht das leiseste Geräusch.«
Penellan sah Marie mit einem unbeschreiblichen Blick an. Sie hatte die Lage sofort begriffen, aber kein Zittern, keine Furcht war in ihren regelmäßigen Zügen zu bemerken.
Der Untersteuermann machte nun die Spitze seines eisenbeschlagenen Stockes an der Spiritusflamme glühend und steckte sie nacheinander in alle vier Wände, aber er fand nirgendwo einen Ausweg. Johann Cornbutte schlug vor, von der Türöffnung aus einen Weg zu graben. Aber das Eis war so hart, daß die Werkzeuge nur schwer eindringen konnten. Bald nahmen die herausgeschlagenenen Stücke sehr viel Platz im Inneren weg, und doch war nach dreistündiger harter Arbeit der ausgehöhlte Gang noch nicht einmal drei Fuß lang.
Man mußte also eine schnellere Möglichkeit finden, durch die das Haus weniger erschüttert wurde, denn je weiter man vordrang, desto härter zeigte sich das Eis. Man mußte die größten Anstrengungen machen, um es auszuschlagen. Penellan kam auf den Gedanken, das Eis in der bestimmten Richtung mit der Spiritusflamme zu schmelzen. Aber dies

war sehr gefährlich, da sie nur eine kleine Menge Spiritus mitgenommen hatten. Wenn ihre Einkerkerung sich verlängern sollte, mußte ihnen der Spiritus ausgehen, und sie konnten sich keine warmen Mahlzeiten und Getränke mehr bereiten. Trotzdem stimmten alle diesem Plan zu, und er wurde sofort zur Ausführung gebracht. Man grub zuerst ein Loch von drei Fuß Tiefe und einem Fuß Durchmesser, um das Wasser des schmelzenden Eises darin zu sammeln. Das war eine gute Vorsichtsmaßnahme, denn bald begann das Wasser, unter der Einwirkung der Spiritusflamme herabzufließen.

Die Öffnung wurde allmählich größer, aber lange durfte die Arbeit nicht fortgesetzt werden, denn das Wasser durchdrang die Kleider der Männer, und schon nach einer Viertelstunde mußte Penellan die Flamme zurückziehen, um sich selbst zu trocknen. Misonne nahm nun seine Stelle ein und bewies nicht weniger Mut und Audauer. Nach Ablauf von zwei Stunden war der Gang fünf Fuß tief.

Trotzdem konnte der Eisenstab noch immer keinen Ausweg finden.

»Es kann unmöglich so stark geschneit haben«, sagte Johann Cornbutte. »Ich glaube eher, daß die Massen durch den Orkan zusammengetrieben wurden. Sollte man nicht den Durchbruch an einer anderen Stelle versuchen?«

»Ich weiß nicht«, antwortete Penellan. »Ich denke, wir fahren in der einmal begonnenen Weise fort, und wäre es auch nur, um unsere Gefährten nicht zu entmutigen. Früher oder später müssen wir auf einen Ausgang treffen!«

»Wird uns aber der Spiritus nicht ausgehen?« fragte Johann Cornbutte.

»Ich hoffe nicht«, erwiderte der Untersteuermann. »Natürlich nur unter der Bedingung, daß wir auf Kaffee und heiße Getränke verzichten. Übrigens beunruhigt mich dieser Umstand am wenigsten.«

»Was sonst noch, Penellan?«

»Das Öl in unsere Lampe ist fast zu Ende, sie wird bald erlöschen. Auch unsere Lebensmittel reichen nicht mehr lange. Es bleibt uns kein anderer Trost mehr, unser aller Leben liegt in Gottes Hand.«

Damit wandte sich Penellan wieder der Türöffnung zu, um die Stelle André Vaslings einzunehmen, der ebenfalls energisch an der gemeinsamen Befreiung mitarbeitete.

»Ich will Sie jetzt ablösen, Vasling«, sagte er, »aber achten Sie inzwischen genau auf jede drohende Senkung, damit wir rechtzeitig Vorkehrungen dagegen treffen.«

Die Zeit der Ruhe war gekommen. Als Penellan den Gang um einen Fuß verlängert hatte, hörte auch er mit der Arbeit auf und legte sich neben seine Gefährten nieder.

Eine Rauchwolke

Als die Seeleute am anderen Morgen erwachten, war alles um sie herum stockdunkel. Die Lampe war erloschen. Der Kapitän weckte Penellan und bat ihn um Feuer. Dieser erhob sich schnell, um den Ofen anzuzünden, stieß aber dabei heftig gegen die Decke. Er erschrak furchtbar, denn noch am Abend zuvor hatte er in dem Raum aufrecht stehen können. Als das Feuer im Ofen brannte, sah der Untersteuermann beim flackernden Schimmer der Spiritusflamme, daß sich die Decke um etwa einen Fuß gesenkt hatte.
Mit Anstrengung aller seiner Kräfte machte sich Penellan von neuem an die Arbeit. Marie hatte den Untersteuermann beobachtet, und als sie jetzt den Ausdruck tiefer Verzweiflung und angespannter Willenskraft auf seinen rauhen Zügen las, kam sie auf ihn zu, ergriff seine beiden Hände und drückte sie herzlich. Penellan fühlte, wie der Mut ihn wieder belebte.
»Gott wird sie nicht sterben lassen«, sagte eine Stimme in seinem Innern.
Er kroch in die enge Öffnung, stieß mit kräftiger Hand den Eisenstab hinein und – fühlte keinen Widerstand. War er bis an die weichen Schneeschichten gelangt? Er zog seinen Stock zurück, und ein Lichtstrahl drang in das Eishaus.
»Hilfe, Hilfe! Freunde!« rief er.
Mit Händen und Füßen stieß er den Schnee zurück. Aber die äußere Hülle war doch nicht aufgetaut, wie er geglaubt hatte. Mit dem Lichtstrahl kam heftige Kälte herein und ließ alle feuchten Teile sofort starr und steif frieren. Er vergrößerte nun mit seinem Messer die Öffnung und konnte endlich wieder frische Luft atmen. Er sank auf seine Knie, um für die

Rettung aus dieser Gefahr zu danken, und dabei schlossen sich ihm das Mädchen und die übrigen Männer an.
Prächtiger Mondschein erhellte ringsum die Gegend, aber es war so kalt, daß die Männer die Temperatur nicht ertragen konnten und bald wieder in das Haus zurückkehrten. Penellan jedoch schaute sich vorher um und suchte vergebens das Vorgebirge; die Hütte befand sich jetzt inmitten einer unermeßlichen Eisebene. Dann wollte er zu dem Schlitten mit den Proviantvorräten gehen, aber auch dieser war verschwunden.
Nun zwang ihn die Kälte, ins Haus zurückzugehen. Von seinen Beobachtungen teilte er jedoch den Begleitern nichts mit. Jetzt war jeder damit beschäftigt, seine Kleider an der Spiritusflamme zu trocknen. Als man das Thermometer einige Sekunden der Luft draußen ausgesetzt hatte, zeigte es dreißig Grad unter Null.
Nach einer Stunde beschlossen André Vasling und Penellan, der Kälte zu trotzen und sich hinauszubegeben. Sie packten sich so fest wie möglich in ihre immer noch feuchten Kleider und krochen durch den Gang, dessen Wände bereits wieder steinhart gefroren waren, ins Freie.
»Wir sind in nordöstlicher Richtung fortgerissen worden«, begann André Vasling und suchte sich nach den Sternen zu orientieren, die in besonders herrlichem Glanz erstrahlten.
»Daran wäre nichts Schlimmes«, erwiderte Penellan, »wenn uns nur der Schlitten begleitet hätte.«
»Wie, der Schlitten ist nicht mehr da?« rief André Vasling. »Dann sind wir rettungslos verloren.«
»Wir wollen ihn suchen«, schlug Penellan vor.
Beide gingen um die Hütte herum, die einen Eisblock von mindestens fünzehn Fuß Höhe bildete. Während der Dauer des Sturmes war eine ungeheure Menge Schnee gefallen, und der Wind hatte ihn an der einzigen erhöhten Stelle der Ebe-

ne zusammengeweht. Das Eishaus war von dem Orkan ungefähr fünfundzwanzig Meilen nach Nordosten geschleudert worden, und die Insassen hatten das Los ihres beweglichen Kerkers teilen müssen. Der von einer anderen Eisscholle getragene Schlitten mußte wohl in anderer Richtung fortgeweht worden sein, denn sie fanden keine Spur von ihm. Die Hunde waren sicher dem furchtbaren Wetter erlegen.

André Vasling und Penellan spürten, wie die Verzweiflung sich ihrer bemächtigte. Sie wagten es nicht, wieder in das Eishaus zurückzukehren, aus Furcht, den Gefährten diese verhängnisvolle Nachricht überbringen zu müssen. Beide erkletterten, um Ausschau zu halten, den Eisblock, der die Hütte enthielt, aber sie entdeckten nach allen Seiten nichts anderes als unendliche weiße Flächen. Die Kälte begann ihre Glieder bereits zu lähmen und hatte die Feuchtigkeit in ihren Kleidern in eisige Zacken verwandelt, die um ihre Körper hingen. Gerade als Penellan von dem Hügel herabsteigen wollte, warf er einen Blick auf André Vasling und sah, wie dieser starr nach einem bestimmten Fleck ausschaute, zusammenfuhr und erbleichte.

»Was ist Ihnen, Vasling?« fragte Penellan.

»Oh, nichts«, antwortete dieser. »Wir wollen hinabsteigen und so schnell wie möglich aus diesen Breiten fliehen, die wir nie betreten hätten, wenn man meinem Rat gefolgt wäre.«

Doch statt zu tun, was der Obersteuermann vorgeschlagen hatte, stieg Penellan noch einmal, und zwar höher als zuvor, hinauf, um genauer nach dem Ort auszuspähen, der die Aufmerksamkeit des Obersteuermanns in so auffallender Weise erregt hatte. Gleich darauf brachte der Ausblick bei ihm eine ganz andere Wirkung hervor als bei seinem Gefährten. Er schrie laut auf vor Freude und rief: »Gott sei gedankt und gepriesen!«

In nordöstlicher Richtung stieg ein leichter Rauch auf, dort

mußten also menschliche Wesen leben und atmen!
Auf den Freudenschrei Penellans waren auch die anderen Männer aus der Hütte herbeigeeilt, und alle überzeugten sich davon, daß die Behauptung des Untersteuermanns stimmte.
Ohne weiter an den Mangel an Lebensmittel zu denken oder sich durch die strenge Kälte zurückhalten zu lassen, rückte nun die ganze Gruppe, fest in ihre Mäntel gehüllt, nach Nordosten vor.
Ihr Ziel lag etwa fünf bis sechs Meilen entfernt, und um es zu erreichen, mußte eine ganze Reihe von Schwierigkeiten überwunden werden. Der Rauch war jetzt nicht mehr zu sehen, und keine Bodenerhebung konnte den Seeleuten als Merkzeichen dienen, denn die Eisfläche bildete eine vollständige Ebene. Es kam also vor allem darauf an, nicht von der geraden Linie abzuweichen.
»Nach entfernten Gegenständen könen wir uns nicht richten«, begann der Kapitän. »So müssen wir andere Hilfsmittel suchen. Penellan geht voran, Vasling folgt ihm auf etwa zwanzig Schritte, und ich werde ebensoweit hinter diesem her gehen. Auf diese Weise können wir beurteilen, ob Penellan in gerader Linie bleibt.«
Sie waren etwa eine halbe Stunde marschiert, als Penellan plötzlich aufhorchend stehenblieb.
»Habt ihr nichts gehört?« fragte er.
»Nein, nicht das geringste.«
»Sonderbar«, meinte Penellan, »mir kam es so vor, als ob ich von dieser Seite her Geschrei vernähme.«
»Geschrei?« unterbrach ihn das Mädchen. »Demnach sind wir unserem Ziel sehr nah!«
»Wir haben noch keinen Grund, das anzunehmen«, entgegnete André Vasling. »In diesen hohen Breiten und bei so strenger Kälte trägt der Schall außerordentlich weit.«

»Nun, wie dem auch sei«, mahnte Johann Cornbutte, »wir müssen witergehen, sonst erfrieren wir.«
»Nicht doch!« rief Penellan. »Hört!«
Einige schwache, kaum vernehmliche Laute konnten jetzt auch die anderen hören. Es klang wie Angst- oder Schmerzensrufe. Zweimal wiederholte sich der Ton. Man hätte meinen können, es riefe jemand um Hilfe. Dann herrschte wieder tiefes Schweigen ringsumher.
»Ich habe mich nicht geirrt, gehen wir weiter!« sagte Penellan. Er begann in der Richtung, aus der die Rufe gekommen waren, vorwärts zu laufen.
Als er ungefähr zwei Meilen zurückgelegt hatte, fand er zu seinem größten Erstaunen einen Mann auf dem Eis liegen. Als Penellan sich näherte, rang dieser voll Verzweiflung die Hände. André Vasling war mit den übrigen Matrosen Penellan auf dem Fuß gefolgt. Jetzt eilte auch er herbei und rief: »Es ist einer der Schiffbrüchigen! Unser Matrose Cortrois!«
»Er ist tot – erfroren«, klagte Penellan.
Auch der Kapitän und Marie traten jetzt zu der Leiche, die schon starr vor Frost war. Auf allen Gesichtern zeigte sich Entsetzen. Der Tote war ein Begleiter Ludwig Cornbuttes gewesen.
»Vorwärts!« rief Penellan.
Und wieder waren sie, ohne ein Wort zu sprechen, eine halbe Stunde gelaufen, als sie eine Bodenerhebung bemerkten, die nichts anderes als Land sein konnte.
»Das ist die Insel Shannon«, sagte Johann Cornbutte.
Etwa eine Meile weiter sahen sie deutlich Rauch, der aus einer Schneehütte hervordrang, die mit einer hölzernen Tür verschlossen war. Sie riefen, um sich bemerkbar zu machen, und sofort stürzten ihnen aus der Hütte einige Männer entgegen. Penellan erkannte in einem von ihnen Pierre Nouquet.

»Pierre!« schrie er.

Doch sein ehemaliger Kamerad stand wie stumpfsinnig da, als ob er nichts von dem bemerkte, was um ihn herum vorging. André Vasling aber konnte ein hämisches Lachen nicht verbergen. Ludwig Cornbutte war nicht unter den Bewohnern der Hütte, die nach und nach hervorgekommen waren.

»Pierre, ich bin's! Dein Freund Penellan!« rief der Untersteuermann noch einmal.

Jetzt kam der Matrose zu sich und fiel seinem alten Kameraden fast ohnmächtig vor Freude um den Hals.

Jammernd und voller Verzweiflung aber schrie der alte Kapitän auf: »Mein Sohn! Mein Ludwig!«

Rückkehr zum Schiff

In diesem Augenblick öffnete ein todkranker und abgezehrter Mann die Tür der Hütte und schleppte sich mühsam auf dem Eis weiter. Es war Ludwig Cornbutte.

»Mein Sohn!«

»Mein Geliebter!«

Diese beiden Rufe ertönten gleichzeitig, dann sank Ludwig Cornbutte besinnungslos vor Aufregung und Freude seinem Vater in die Arme. Man trug ihn in die Hütte, und nach vielen Bemühungen schlug er die Augen wieder auf.

»Mein Vater, Marie!« flüsterte Ludwig Cornbutte. »So sehe ich euch noch einmal wieder, bevor ich sterbe.«

»Du wirst nicht sterben!« sagte Penellan. »Deine Freunde sind gekommen, um dich zu retten.«

André Vasling konnte seinen Haß auf den jungen Kapitän nicht überwinden; er wollte ihm nicht einmal die Hand reichen.

Pierre Nouquet wußte sich vor Freude nicht zu lassen, er umarmte einen nach dem andern, und er warf soviel Holz in den Ofen, daß bald eine angenehme Temperatur in der Hütte herrschte. Darin befanden sich noch zwei Menschen, die weder Johann Cornbutte noch Penellan bekannt waren. Jokki und Herming waren die beiden einzigen norwegischen Matrosen von der Mannschaft der »Froöern«, die noch am Leben waren.

»Wir sind also gerettet«, sagte Ludwig Cornbutte mit tiefer Bewegung in der Stimme. »Wie vielen Gefahren habt ihr euch unsretwegen ausgesetzt!«

»Wir bereuen es nicht, mein Sohn«, antwortete Johann Cornbutte. »Deine Brigg, die ›Jeune-Hardie‹ liegt sicher im

Eis, etwa sechzig Meilen von hier entfernt, und wir alle wollen dorthin zurückkehren.«

»Ich kann es noch nicht glauben«, stammelte Ludwig.

»Wie wird sich Cortrois freuen, wenn er zurückkommt«, begann Pierre Nouquet nach einer kleinen Pause.

Auf diese Worte folgte trübes Schweigen, und dann teilte Penellan den Freunden mit, wie sie den armen Matrosen gefunden hatten.

»Ich glaube, es wird das beste sein, hier so lange zu warten, bis die Kälte abnimmt, vorausgesetzt natürlich, daß ihr genug Lebensmittel und Holz zur Verfügung habt«, schlug Penellan vor.

»Das soll uns keine Sorge bereiten. Außer unseren Vorräten können wir auch noch das verheizen, was von der ›Froöern‹ übriggeblieben ist.«

Das Schiff war vierzig Meilen von der Stelle, wo Ludwig Cornbutte den Überwinterungsplatz eingerichtet hatte, von den Eisschollen, die beim Tauen in Bewegung gerieten, zertrümmert worden, und die Seeleute wurden mit einem Teil der Schiffsüberreste, aus denen sie später ihre Hütte bauten, auf das südliche Ufer der Insel Shannon getrieben.

Damals waren die Schiffbrüchigen noch fünf gewesen: Ludwig Cornbutte, Cortrois, Pierre Nouquet, Jocki und Herming. Die übrige Mannschaft des Norwegers war bei dem Schiffbruch untergegangen.

Sobald Ludwig Cornbutte sah, daß die Eisfelder, auf die sie geschleudert worden waren, sich wieder um sie her schlossen, traf er alle Vorbereitungen, um den Winter in diesen Breiten der furchtbarsten Kälte zubringen zu können. Er war ein energischer und außerordentlich mutiger Mann, aber trotz seines festen Charakters und seiner kräftigen Konstitution hatte er dem entsetzlichen Klima fast erliegen müssen und sah dem Tod entgegen, als seine Freunde ihn wiederfanden. Er mußte übrigens nicht nur gegen die Elemente, sondern auch gegen die Böswilligkeit der norwegischen Matrosen ankämpfen, obwohl diese ihm doch ihr Leben verdankten. Sie waren so wild und unzivilisiert, daß auch die natürlichsten Gefühle bei ihnen kein Verständnis fanden. Bei erster Gelegenheit unter vier Augen zu sprechen, warnte daher Ludwig Cornbutte den Untersteuermann vor den beiden Norwegern und riet ihm, ein wachsames Auge auf sie zu haben. Penellan dagegen teilte Ludwig mit, welch zweideutiges Benehmen Vasling seit Cornbuttes Verschwinden an den Tag gelegt hatte, und wies auf seine Bemühungen um Marie hin. Der junge Kapitän setzte jedoch noch immer großes Vertrauen in den Obersteuermann und wollte den Anklagen keinen Glauben schenken.

Der ganze folgende Tag wurde der Ruhe und der Freude des Wiedersehens gewidmet. Misonne und Nouquet erlegten in nächster Nähe des Hauses, von dem sie sich nicht weit entfernen wollten, einige Seevögel, und Marie bereitete daraus ein so kräftiges Gericht, daß die ganze Gruppe wieder frischen Lebensmut und neue Kraft schöpfte. Auch das kräftig geschürte Feuer trug viel dazu bei, eine merkliche Besserung im Zustand der Kranken zu erreichen. Kurz und gut, es war der erste Freudentag, den die Schiffbrüchigen erleben durften, und sie feierten ihn mit voller Hingabe in dieser elenden Hütte, die sechshundert Meilen weit im nördlichen Eismeer lag, während draußen eine Kälte von dreißig Grad unter Null herrschte.

Diese Temperatur hielt bis zum Neumond an, so daß die Gruppe erst am 17. November, also zehn Tage nach ihrer Vereinigung mit Ludwig Cornbutte und seinen Gefährten, wieder aufbrechen konnte. Sie konnten sich jetzt nur nach den Sternen orientieren; der Frost war weniger scharf, und es schneite sogar.

Ehe die Seeleute ihre Rückreise antraten, beerdigten sie noch ihren Kameraden Cortrois. Es war für alle ein erschütternder Vorgang, denn jeder mußte sich sagen, daß Cortrois zwar der erste, aber nicht der einzige sein werde, der die Heimat nicht wiedersah.

Der Zimmermann Misonne hatte aus den Brettern der Hütte eine Art Schlitten zusammengebaut, der zum Transport der Vorräte dienen sollte und von den Matrosen abwechselnd gezogen wurde. Johann Cornbutte lenkte den Marsch auf den bereits zurückgelegten Wegen, und wenn die Ruhezeit kam, wurde das Lager mit großer Schnelligkeit aufgebaut. Der alte Kapitän hoffte zuversichtlich, daß er seine Proviant-Depots wieder auffinden werde, denn sie waren bei einem Zuwachs der Gruppe von vier Personen unbedingt nötig.

Wirklich zeigte sich ihnen das Glück günstig gesinnt, denn sie fanden ihren Schlitten wieder, auf dem sich noch eine Menge Lebensmittel befanden. Die Hunde hatten zuerst die Riemen gefressen und sich dann an die Vorräte auf dem Schlitten gemacht, doch es war noch genügend vorhanden.

Nun nahm die Gruppe ihren Weg zur Überwinterungsbucht auf. Die Hunde wurden vor den Schlitten gespannt, und so erreichte die Expedition ohne weiteren Zwischenfall ihr Ziel.

Mit Schrecken hatten jedoch Ludwig Cornbutte und Penellan im Stillen festgestellt, daß ein Keim der Zwietracht unter die kleine Gesellschaft gefallen war. Aupic, André Vasling und die beiden Norweger sonderten sich fast immer von den übrigen ab, wurden aber, ohne daß sie es bemerkten, genau beobachtet und überwacht.

Endlich, am 7. Dezember, dreißig Tage nach ihrer Wiedervereinigung, erkannten sie in der Ferne die Bucht, in der die »Jeune-Hardie« überwinterte. Ihr Erstaunen aber war groß, als sie feststellten, daß die Brigg vier Meter hoch in der Luft

auf Eisblöcken schwebte.
In lebhafter Sorge um die zurückgebliebenen Gefährten eilten sie hin und wurden von Gervique, Turquiette und Gradlin mit lautem Freudengeschrei empfangen. Alle befanden sich bei guter Gesundheit, hatten aber ebenfalls schwere Gefahren durchstehen müssen.
Der furchtbare Sturm hatte das ganze Polarmeer durchtobt und aufgewühlt. Die Eisschollen waren zertrümmert, verschoben und untereinandergeglitten, sie hatten auch das Eisbett, in dem die »Jeune-Hardie« ruhte, erfaßt. Da das Schiff durch sein spezifisches Gewicht über die Oberfläche des Wassers hinausgehoben wurde, hatten die Eisschollen eine unberechenbare Gewalt erlangt, und so fand man die Brigg plötzlich hoch über dem Meer.
Mit größter Freude begrüßten die Rückkehrenden das Schiff, die Kameraden und die Einrichtungen auf der Brigg. Alles befand sich in gutem Zustand. Jetzt konnten sie einem, wenn auch rauhen, so doch erträglichen Winter entgegensehen. Durch das Emporheben hatte das Schiff nicht gelitten, es war vollkommen fest und solide und brauchte nur, wenn die Zeit des Tauens gekommen war, auf einer geneigten Ebene ins Wasser hinabzugleiten.
Aber eine böse Nachricht trübte die frohe Stunde des Wiedersehens und erfüllte Johann Cornbutte und seine Gefährten mit Schrecken. Der furchtbare Orkan hatte das Schneemagazin vollständig zerschmettert und die darin aufbewahrten Lebensmittel nach allen Seiten zerstreut und fortgerissen. Nicht der kleinste Teil davon hatte gerettet werden können. Sobald der alte Kapitän diese schlimme Kunde erfahren hatte, durchforschte er mit seinem Sohn die Kombüse der Brigg, um festzustellen, wieviel Vorräte noch vorhanden waren und wie sie eingeteilt werden mußten.
Das Tauen konnte erst mit dem Monat Mai eintreten, bis da-

hin mußte das Schiff in der Überwinterungsbucht bleiben. Man mußte also noch fünf Wintermonate inmitten der Eisfelder aushalten und während dieser Zeit vierzehn Personen ernähren. Nach genauen Berechnungen kam der alte Kapitän zu dem Ergebnis, daß der Proviant höchstens bis zum Augenblick der Abfahrt reichen konnte, und dies auch nur dann, wenn die Mannschaft sofort auf halbe Ration gesetzt wurde. Die Jagd mußte also mithelfen, um reichlichere Nahrung herbeizuschaffen.

Aus Furcht, daß ein ähnliches Unglück sich wiederholen könnte, beschloß man, keine Vorräte mehr an Land unterzubringen. Es blieb also alles an Bord der Brigg. Für die Neuankömmlinge wurden Betten in dem gemeinsamen Matrosenlogis aufgeschlagen. Die zurückgebliebenen Matrosen hatten die Zeit der Abwesenheit der Gefährten dazu benutzt, eine Treppe ins Eis zu schlagen, auf der man bequem bis zum Schiffsdeck hinauf gelangen konnte.

Die beiden Nebenbuhler

André Vasling hatte mit den beiden norwegischen Matrosen Freundschaft geschlossen, und auch Aupic nahm an ihrem Bund teil, hielt sich mit ihnen von der übrigen Mannschaft entfernt und tadelte, wie sie, alle neu getroffenen Anordnungen. Ludwig Cornbutte hatte von seinem Vater wieder den Oberbefehl über die Brigg erhalten und war somit Herr an Bord, und er verstand in diesem Punkt keinen Scherz. Marie bat ihn zwar, glimpflich mit den Männern zu verfahren, aber er verlangte ganz entschieden in jeder Beziehung strengsten Gehorsam.

Zwei Tage später gelang es den beiden Norwegern, eine Kiste mit gesalzenem Fleisch zu ergattern, und als Ludwig Cornbutte die sofortige Rückgabe verlangte, machte Aupic gemeinschaftliche Sache mit den beiden Kerlen. André Vasling gab darüber hinaus zu verstehen, daß die eingeführte Ernährungsweise nicht länger so weitergehen könne.

Cornbutte versuchte, den Männern zu beweisen, daß die getroffenen Maßnahmen nur im Interesse aller waren, aber auch das war vergeblich. Die Männer wußten das gar wohl, sie hatten nur einen Vorwand zur Auflehnung gesucht. Die beiden Norweger zogen ihre Messer. Penellan, der sich davon nicht einschüchtern ließ, ging auf die beiden los und entriß ihnen mit Misonnes und Turquiettes Hilfe die Fleischkiste, ohne daß André Vasling und Aupic sich einmischten, denn sie sahen, daß die Geschichte übel ablief. Dennoch nahm Ludwig Cornbutte den Obersteuermann zur Seite und sagte:

»André Vasling, Sie sind ein Schuft! Ich kenne Ihr ganzes Verhalten und weiß sehr wohl, was ich von Ihnen zu erwarten habe. Da ich jedoch die ganze Verantwortung für das Wohl der Mannschaft trage, so erkläre ich Ihnen mit aller Deutlichkeit, daß ich jeden mit eigener Hand erdolchen werde, der es wagt, sich gegen mich und meine Anordnungen aufzulehnen.«

Marie hatte sich bis jetzt noch nicht vor den Gefahren des Eismeeres gefürchtet. Doch dieser Haß, von dem sie sich sagen mußte, daß er ihretwegen entbrannt war, ließ sie erbeben. Ludwig Cornbutte konnte sie kaum wieder beruhigen.

Trotz dieser Kriegserklärung wurden die Mahlzeiten zur bestimmten Stunde und wie bisher gemeinsam eingenommen. Durch die Jagd hatte man in der ersten Zeit noch einige Schneehühner und weiße Hasen erwischen können, aber bald versiegte auch diese Hilfsquelle, denn die Kälte wurde unerträglich. Sie setzte am 22. Dezember mit der Sonnenwende ein, und das Thermometer zeigte an diesem Tag fünfunddreißig Grad unter Null. Die Männer bekamen Schmerzen in den Ohren, in der Nase und in den Armen und Beinen, und es ergriffen sie eine tödliche Starrheit und so heftige Kopfschmerzen, daß ihnen das Atmen immer schwerer fiel.

In diesem Zustand hatten die Männer nicht mehr den Mut, auf die Jagd zu gehen oder sich andere Bewegung im Freien zu suchen. Sie kauerten sich um den Ofen, der nur eine sehr ungenügende Wärme ausstrahlte, und sobald sie sich von ihm entfernten, fühlten sie ihr Blut aufs neue erstarren.

Johann Cornbutte hatte die Kälte am meisten mitgenommen. Er konnte seine Kajüte nicht verlassen, und alle Anzeichen von Skorbut traten bei ihm auf. Seine Beine bedeckten sich mit weißlichen Flecken. Marie war wohlauf und nach allen Seiten tätig. Sie pflegte die Kranken so geschickt und liebevoll wie eine barmherzige Schwester und erntete dafür viel Dankbarkeit.

Der 1. Januar wurde für die Nordmeerfahrer einer der trübsten Tage. Das Wetter war unerträglich kalt und sehr stürmisch. Wenn man hinausging, setzte man sich dem Erfrieren aus, und nur die Mutigsten wagten es, auf dem Verdeck spazierenzugehen, das von dem Zelt geschützt wurde. Johann Cornbutte, Gervique und Gradlin durften nicht daran denken, ihr Bett zu verlassen. Die beiden Norweger, Aupic und André Vasling waren frisch und gesund, sie blickten zuweilen wild und schadenfroh auf ihre Gefährten, die so elend dahinsiechten.
Ludwig Cornbutte führte Penellan auf das Verdeck und fragte ihn nach dem Feuerungsmaterial.
»Die Kohlen sind schon lange aufgebraucht«, antwortete dieser. »Jetzt verbrennen wir unsere letzten Holzstücke.«
»Wenn es uns nicht gelingt, diese Kälte zu bekämpfen, wird es mit uns allen zu Ende gehen«, sagte Cornbutte.
»Es bleibt uns nur noch eine Möglichkeit«, erwiderte Penellan. »Wir müssen alles nur entbehrliche Holzwerk von den Verschanzungen bis zur Wassertracht herab auf unserer Brigg verbrennen; wenn das nicht reicht, müssen wir das Schiff ganz zerstören und ein kleineres Fahrzeug bauen.«
»Das wäre nur im äußersten Fall nötig«, entgegnete der Kapitän. »Wir können es auch nur unternehmen, wenn unsere Männer wieder gesund werden. Aber unsere Streitkräfte nehmen sichtlich ab, während die Partei unserer Feinde sich zu stärken scheint. Das ist doch ziemlich auffallend.«
»Ich habe dieselbe Feststellung gemacht«, gab Penellan zu. »Wenn wir nicht so vorsichtig Tag und Nacht auf der Wache stünden, könnten wir in große Gefahr kommen.«
»Holen wir jetzt die Beile, um Holzernte zu halten«, sagte Ludwig.
Trotz der Kälte stiegen die beiden Männer auf die Verschanzungen des Vorderdecks und schlugen alles Holz herunter,

das für das Schiff nicht unbedingt notwenig war. Dann kamen sie, mit Brennmaterial beladen, wieder zurück, der Ofen erhielt neue Nahrung, und ein Mann mußte als Wache bei ihm zurückbleiben, damit das Feuer nicht ausging.
Ludwig Cornbutte und seine Freunde waren halbtot vor Erschöpfung, denn da sie ihren Feinden nicht die geringste Arbeit anvertrauen konnten, lag die Last der häuslichen Sorgen allein auf ihnen. Bald kam auch die Skorbutkrankheit bei dem alten Kapitän Cornbutte immer mehr zum Vorschein, und er mußte unbeschreiblich leiden. Gervique und Gradlin spürten ebenfalls Anzeichen des schrecklichen Übels, und ohne den reichlichen Vorrat an Zitronensaft wären die Armen jedenfalls schnell ihren Leiden erlegen. Aber man brauchte mit diesem wirksamen Mittel nicht zu sparen.
Eines Tages jedoch – es war am 15. Januar –, als Ludwig Cornbutte in die Kombüse hinabstieg, um neue Zitronen zu holen, erstarrte er vor Schreck, denn die Zitronenfässer waren verschwunden. Er ging wieder hinauf, um Penellan das Unglück mitzuteilen. Beide wußten für dieses Rätsel nur eine Lösung: Man hatte die Fässer gestohlen. Über die Täter gab es keinen Zweifel. Jetzt begriff Ludwig, wie es geschehen war, daß die Feinde so gesund geblieben waren. Aber es stand nicht in seiner Macht, ihnen die Zitronen wieder zu entreißen, obwohl seine und seiner Gefährten Leben von ihrem Besitz abhing. Zum erstenmal verfiel er in düstere Verzweiflung.

Not und Elend

Am 20. Januar fühlten sich die meisten der Unglücklichen so schwach, daß sie ihr Bett nicht mehr verlassen konnten. Jeder hatte außer seiner wollenen Decke noch ein Büffelfell, um sich vor der Kälte zu schützen. Doch sobald einer von ihnen den Versuch machte, seinen Arm unter der Decke hervorzustrecken, empfand er so starke Schmerzen, daß er ihn sofort wieder zurückziehen mußte.

Nachdem jedoch Ludwig Cornbutte den Ofen angeheizt hatte, kamen Penellan, Misonne und André Vasling aus ihren Betten und kauerten sich um das Feuer. Penellan kochte Kaffee, und der heiße Trank gab den Matrosen wie auch dem Mädchen, das dazukam, wieder neue Kraft.

Ludwig Cornbutte ging nun an das Bett seines Vaters, der regungslos dalag und dessen Arme und Beine durch die Krankheit völlig kraftlos geworden waren. Der alte Mann murmelte einige abgebrochene Worte vor sich hin, die das Herz seines Sohnes vor Schmerz erbeben ließen.

»Ludwig, ich sterbe ... Oh, was muß ich leiden ... Rette mich!« klang es mühsam von seinen Lippen.

Ludwig Cornbutte faßte einen schnellen Entschluß. Er ging mit festen Schritten auf den Obersteuermann zu und sagte, wobei er sich, so gut es ihm möglich war, beherrschte: »Wissen Sie, wo die Zitronen sind, Vasling?«

»Wahrscheinlich in der Kombüse«, antwortete der Obersteuermann, ohne im geringsten seine Ruhe zu verlieren.

»Sie wissen sehr gut, daß die Zitronen nicht mehr dort sind«, rief jetzt der junge Kapitän, »denn ihr Schurken habt sie gestohlen!«

»Sie sind hier der Herr, Ludwig Cornbutte, und können sagen und tun, was ihnen beliebt«, antwortete Vasling voller Ironie.

»Haben Sie Erbarmen, André. Sie sehen, daß mein Vater im Sterben liegt. Sie allein können ihn retten. Antworten Sie!«

»Ich habe hier nichts zu sagen«, erwiderte der Obersteuermann.

»Elender Schuft!« schrie Penellan und stürzte sich mit dem Messer in der Hand auf Vasling.

»Zu Hilfe, Männer, zu Hilfe!« rief Vasling, indem er vor der Waffe zurückwich.

Sofort sprangen Aupic und die beiden Norweger aus ihren Betten und stellten sich hinter ihm auf. Misonne, Turquiette, Penellan und Ludwig hatten sich ihrerseits zur Verteidigung gerüstet. Auch Pierre Nouquet und Gradlin gesellten sich zu ihnen, obwohl sie sich kaum auf den Beinen halten konnten.

»Noch sind sie zu stark für uns«, sagte André Vasling. »Wir müssen warten, bis der Sieg von vornherein unser ist.«

Die Männer fühlten sich so krank und mutlos, daß sie es nicht wagten, die vier Elenden anzugreifen. Im Fall des Unterliegens waren sie ja verloren.

»Vasling«, sagte Ludwig Cornbutte, »wenn mein Vater stirbt, so hast du ihn ermordet, und ich bringe dich um wie einen Hund.«

Er erhielt darauf keine Antwort. Die Feinde hatten sich nach dem anderen Ende des Logis zurückgezogen und verharrten in Schweigen.

Abermals mußte der Holzvorrat erneuert werden. Ludwig Cornbutte stieg trotz der großen Kälte an Deck und begann, einen Teil der Verschanzungen abzuschlagen. Nach einer Viertelstunde mußte er jedoch aufgeben, denn es bestand die Gefahr, von der Kälte übermannt zu werden. Im Vorübergehen warf er einen Blick auf das Thermometer und sah, daß es zweiunddreißig Grad unter Null anzeigte. Der Wind kam

aus Norden, und das Wetter war trocken und hell.
Am 26. Januar drehte sich der Wind. Er kam jetzt aus Nordosten, und die Kälte sank auf fünfunddreißig Grad unter Null. Johann Cornbutte rang mit dem Tod, und sein Sohn hatte vergeblich ein Heilmittel für seine Schmerzen gesucht. Endlich aber gelang es ihm, André Vasling eine Zitrone aus den Händen zu reißen, die dieser soeben aussaugen wollte. Der Obersteuermann gab sich nicht die geringste Mühe, die Zitrone wiederzuerlangen. Fast schien es, als warte er auf eine günstige Gelgenheit, um seine Pläne zur Ausführung zu bringen.
Der Zitronensaft verlieh dem alten Kapitän wieder einige Kraft, aber das Mittel hätte eben wiederholt angewandt werden müssen. Marie flehte Vasling auf den Knien an, ihr die heilkräftigen Früchte zu geben, aber auch das war umsonst. Er antwortete mit keiner Silbe auf ihre Bitten, und Penellan hörte, wie er kurz Zeit darauf zu seinen Kumpanen sagte: »Der Alte liegt in den letzten Zügen. Gervique, Gradin und Pierre Nouquet sind nicht viel besser dran. Die Kraft der anderen schwindet von Tag zu Tag mehr. Jetzt wird der Augenblick kommen, wo ihr Leben in unserer Hand liegt.«
Es wäre töricht gewesen, jetzt noch länger zu zögern. Deshalb beschlossen der junge Cornbutte und seine Gefährten, ihre geringen Kräfte zusammenzunehmen und in der folgenden Nacht die Schurken umzubringen, um nicht von ihnen den Tod zu erleiden.
Die Temperatur war an diesem Tag etwas weniger kalt, und Cornbutte benutzte diesen Umstand zu einem Gang auf die Jagd. Durch verschiedene Spiegelungs- und Brechungseffekte getäuscht, entfernte er sich unvorsichtigerweise weiter vom Schiff, als es seine Absicht gewesen war. Er setzte seinen Weg noch immer fort, obwohl Spuren wilder Tiere im Schnee ihn hätten warnen müssen und er schon etwa drei

Meilen zurückgelegt hatte, aber er wollte unbedingt frisches Fleisch mit ins Lager bringen. Da überkam ihn ein eigentümliches Gefühl, das ihm den Kopf verwirrte und ihm unerträgliche Übelkeit verursachte. Es war der »Schwindel der Weiße«.

Die Rückstrahlung der Eisberge und Eisflächen erfaßte ihn mit solcher Gewalt, daß es ihm schien, als durchdringe ihn die intensiv weiße Farbe vom Kopf bis zu den Füßen. Es war ihm, als müßte er vor Weiße irrsinnig werden, so sehr war sein Auge von dieser Farbe überströmt, und sein Blick schweifte von weiß auf weiß.

Aber ohne diese schreckliche Wirkung eigentlich zu bemerken, stöberte er bald ein Schneehuhn auf, das er eifrig verfolgte und auch erlegte. Der Vogel fiel herab, und Ludwig Cornbutte sprang, um ihn zu holen, von einer Eisscholle auf die Fläche nieder. Aber statt einen Sprung von etwa zwei Fuß zu tun, wie es die Strahlenbrechung ihm vorgespiegelt hatte, war er zehn Fuß tief hinabgestürzt und fiel, von Schwindel ergriffen, schwer auf das Eis. Obwohl er sich dabei nicht verletzte, begann er doch – ohne eigentlich zu wissen warum – um Hilfe zu rufen und stand erst nach wenigen Minuten, als er merkte, daß die Kälte ihn packte und der Selbsterhaltungstrieb die Oberhand gewann, mühsam wieder auf.

Plötzlich bekam er einen Duft wie von angebranntem Fett in die Nase, ohne daß er sich diesen erklären konnte. Da der Wind aus der Richtung des Schiffes wehte, mußte er vermuten, daß der Geruch von dort kam. Er fragte sich vergeblich, zu welchem Zweck man auf der Brigg Fett verbrennen sollte, da solche Düfte durch die Anziehungskraft, die sie auf Eisbären ausübten, sehr gefährlich werden konnten.

Von dieser Sorge erfaßt, schlug Ludwig Cornbutte den Rückweg zur »Jeune-Hardie« ein. Es war ihm eine Ahnung gekommen, und bei der hohen geistigen Erregtheit, in der er sich augenblicklich befand, verwandelte sich diese in ein Gefühl furchtbaren Schreckens. Im Geiste sah er, wie sich mächtige Massen am Horizont hin und her bewegten, und er fragte sich, ob wieder ein Beben der Eismassen zu befürchten sei. Mehrere weiße Wolken legten sich zwischen ihn und das Schiff, ja er sah sogar, wie sie an der Brigg emporkletterten. Er blieb stehen, um das wirre Bild klarer ins Auge zu fassen, und erkannte jetzt deutlich in den vermeintlichen weißen Wolken eine Horde von Eisbären. Die Tiere waren zweifellos von dem Fettgeruch, der auch ihm aufgefallen war, angezogen worden. Ludwig Cornbutte verbarg sich hinter einem Eisberg und beobachtete von hier aus, wie drei der stärksten Tiere die Eisschollen, auf denen die »Jeune-Hardie« ruhte, erklommen.

Bis jetzt schien die nahende Gefahr auf dem Schiff noch nicht bemerkt worden zu sein. Ludwig fragte sich zitternd, wie die Schiffsmannschaft sich diesem verhängnisvollen Besuch entgegenstellen sollte. Ob Vasling und seine Kumpane sich mit den übrigen Männer vereinigen würden, um die Gefahr gemeinsam abzuwehren.

Konnten Penellan und seine von Hunger und Kälte halb gelähmten Kameraden diesen furchtbaren Tieren Widerstand leisten? Und wurden nicht alle von dem unvorhergesehenen Angriff überrascht?

All diese Gedanken zogen in einem Augenblick durch den Kopf des jungen Kapitäns. Inzwischen hatten die Bären die Eisschollen erklommen und machten sich daran, auf das Schiff zu klettern.

Ludwig Cornbutte verließ sein Versteck hinter dem Eisblock, kroch auf dem Eis näher und sah, wie die Tiere mit ihren ungeheuren Tatzen das Zelt zerrissen und dann aufs Verdeck sprangen. Er dachte daran, einen Flintenschuß abzufeuern, um seine Gefährten auf die Gefahr aufmerksam zu machen. Aber wenn sie ohne jede Ahnung von dem Überfall unbewaffnet auf das Verdeck kämen, dann würden sie von den Bestien unfehlbar in Stücke gerissen.

Die Eisbären

Als Ludwig Cornbutte fortgegangen war, hatte Penellan vorsichtig die Tür des Logis – sie mündete unter dem Niedergang zum Verdeck – verschlossen und die Sorge für den Ofen übernommen, während seine Gefährten sich wieder in die Betten zurückzogen, um einigermaßen warm zu werden. So war die sechste Abendstunde herangekommen, und Penellan begann, das Abendessen zu bereiten. Er hatte bereits Wasser zum Kochen gebracht und war in die Kombüse hinuntergegangen, um Salzfleisch zu holen, das er darin kochen wollte. Als er zurückkehrte, hatte André Vasling seine Stelle am Ofen eingenommen. Er saß am Kessel und kochte große Fettstücke darin ab.

»Ich war vor Ihnen hier, Vasling«, sagte Penellan mit raschen Worten zu dem Obersteuermann. »Warum nehmen Sie mir meinen Platz fort?«

»Wahrscheinlich aus demselben Grund, den Sie haben und wofür Sie ihn wiederhaben wollen. Ich will mir mein Abendessen kochen«, antwortete Vasling.

»Lassen Sie mich jetzt an den Kessel, oder Sie werden sehen, daß diese Sache ein schlimmes Ende nimmt«, rief Penellan.

»Nichts werde ich sehen«, erwiderte Vasling höhnisch. »Ich werde hier mein Abendessen fertigkochen, ob es Ihnen recht ist oder nicht.«

»Und ich sage, Sie werden Ihr Abendessen hier nicht zubereiten«, rief Penellan und stürzte wütend auf André Vasling, der sofort nach seinem langen Messer griff und mit lautem Geschrei die Norweger und Aupic zu Hilfe rief.

Die Kerle waren in einer Minute, mit Dolchen und Pistolen bewaffnet, zur Stelle. Penellan sah jetzt, daß es eine abgekartete Geschichte war. Vasling hatte wohl die Aufgabe übernommen, ihn selbst unschädlich zu machen, denn die anderen eilten zu den Betten der Kranken, zu Misonne, Turquiette und Pierre Nouquet. Gerade dieser war so elend, daß er kaum noch eine Bewegung machen konnte, und nun fiel er dem wilden Herming in die Hände. Der Zimmermann Misonne verteidigte sich mit einem Beil gegen Aupic, und Turquiette rang erbittert mit dem Norweger Jocki.

Gervique und Gradlin litten so furchtbar unter ihren Schmerzen, daß sie kaum bemerkten, was vorging.

Pierre Nouquet bekam einen Dolchstich in die Seite. Damit hielt Herming seine Aufgabe für erledigt und wandte sich zu Vasling, der seinen Gegner um den Leib gepackt hatte. Der Norweger wollte Vasling beistehen.

Aber gleich zu Beginn des Ringes war der Kessel auf dem Ofen umgestürzt, das Fett floß auf die glühenden Kohlen und verpestete die Luft mit einem widerlichen Geruch. Marie erhob sich laut weinend von ihrem Lager und eilte auf Johann Cornbutte zu, der auf seinem Bett lag und laut röchelte.

André Vasling konnte es an Kraft mit Penellan nicht aufnehmen. Er merkte bald, daß er unterliegen mußte. Da sah er Herming auf sich zukommen und rief laut: »Zu Hilfe, Herming! Zu Hilfe!«

»Zu Hilfe, Misonne!« schrie dagegen Penellan.

Aber Misonne lag auf dem Boden und rang mit Aupic, der ihn mit einem Messer bedrohte. Das Zimmermannsbeil war für diesen Kampf eine schlecht geeignete Waffe; er konnte es kaum handhaben und mußte die Dolchstiche parieren, die der wütende Aupic ihm beizubringen suchte. Das Blut floß in Strömen, und der Kampf wurde von Minute zu Minute erbitterter. Turquette war von dem ungewöhnlich starken Jokki niedergeworfen worden, hatte einen Dolchstich in die

Schulter erhalten und suchte sich vergeblich der Pistole zu bemächtigen, die im Gürtel des Norwegers steckte. Aber dieser preßte ihn zusammen wie in einem Schraubstock, so daß ihm jede Bewegung unmöglich wurde.
Auf den Ruf Vaslings, der von Penellan gegen die Tür gedrängt worden war, eilte Herming herbei. Aber im selben Augenblick, als er dem Untersteuermann einen Messerstich in den Rücken versetzen wollte, streckte dieser ihn mit einem kräftigen Fußtritt zu Boden. Durch diese Bewegung Penellans gelang es Vasling, seinen rechten Arm freizumachen. Die Eingangstür jedoch, auf der die beiden Männer mit ihrem ganzen Gewicht lasteten, gab plötzlich nach, und Vasling fiel rücklings hinaus.
Da ertönte ein schreckliches Gebrüll, und ein mächtiger Bär erschien auf der Treppe. Er wurde von André Vasling erst bemerkt, als er noch höchstens vier Fuß von ihm entfernt war. Doch im selben Augenblick hörte man einen Flintenschuß, der Bär machte plötzlich kehrt, und Vasling, der sich wieder erhoben hatte und nicht weiter auf Penellan achtete, setzte dem Tier nach.
Der Untersteuermann richtete nun die eingeschlagene Tür wieder auf und blickte um sich. Misonne und Turquiette lagen, von ihren Feinden geknebelt, in einer Ecke und suchten vergeblich ihre Fesseln zu zerreißen. Penellan eilte ihnen zu Hilfe, wurde jedoch von den beiden Norwegern und Aupic zurückgestoßen. Seine Kraft war so erschöpft, daß er diesen drei Männer keinen Widerstand mehr leisten konnte und in wenigen Minuten gefesselt und regungslos dalag.
Dann eilten seine Peiniger auf das Geschrei des Obersteuermanns auf das Verdeck, denn sie waren der festen Meinung, daß dieser dort mit Ludwig Cornbutte kämpfte. Aber es zeigte sich ihnen auf dem Verdeck ein unerwartetes Bild. André Vasling rang mit einem Bären, dem er bereits zwei

Dolchstiche beigebracht hatte. Das Tier schlug mit den mächtigen Tatzen nach seinem Gegner, suchte ihn zu treffen und drängte ihn immer weiter zu den Verschanzungen. Es blieben ihm nur noch wenige Schritte zum Zurückweichen, dann war er unrettbar verloren. Da wurde plötzlich ein zweiter Schuß abgefeuert, und der Bär rollte zu Boden. André Vasling sah auf und erkannte, daß Ludwig Cornbutte, der auf dem Fockmast saß, ihn gerettet hatte. Die Kugel war dem Bären ins Herz gedrungen und hatte ihn augenblicklich getötet.
Aber der Haß auf den jungen Kapitän war in André Vasling zu heftig, als daß die Dankbarkeit bei ihm hätte siegen können. Er schaute sich um und sah, daß Aupic tot auf dem Verdeck ausgestreckt lag. Ein Bär hatte ihm mit einem Schlag seiner mächtigen Pranke den Kopf zerschmettert. Jocki wehrte sich mit einem Beil in der Hand verzweifelt gegen denselben Bären, der soeben seinen Gefährten niedergeschlagen hatte. Das Tier blutete bereits aus mehreren Wunden, kämpfte aber um so erbitterter weiter. Ein dritter Bär trottete auf das Vorderdeck des Schiffes zu.
André Vasling kümmerte sich nicht um dieses Tier, sondern vereinigte sich mit Herming, um Jocki aus der Umarmung des Bären zu befreien. Beide feuerten ihre Pistolen auf das Tier ab, aber als es zu Tode getroffen niedersank, hielt es nur noch einen Leichnam zwischen seinen Pranken.
»Wir sind nur noch zwei«, sagte André Vasling vor Wut grollend. »Wenn wir aber unterliegen sollen, so will ich mich vorher noch rächen!«
Herming lud, ohne darauf zu antworten, noch einmal seine Pistolen. Der dritte Bär mußte unschädlich gemacht werden.
Vasling blickte zum Vorderdeck hinüber und sah, daß die Bestie die Verschanzungen erklettert hatte und nun am Mast emporklomm, um Ludwig Cornbutte zu erreichen. Der

Obersteuermann ließ seine Flinte sinken. Eine teuflische Freude spiegelte sich in seinen Augen.
»So kann ich mich doch noch an dir rächen!« rief er.
Inzwischen hatte sich Ludwig Cornbutte auf den Fockmast gelüchtet. Aber der Bär stieg ihm auch dorthin nach und war jetzt nur noch sechs Fuß von ihm entfernt. Da legte Ludwig seine Flinte an und zielte auf das Tier.
Auch André Vasling machte sich schußfertig. Wenn der Bär fiel, wollte er Ludwig Cornbutte töten. Der junge Kapitän feuerte auf die Bestie. Seine Kugel schien nicht getroffen zu haben. Mit einem Sprung schwang sich das Tier auf den Fockmast, daß dieser erbebte.
Vasling stieß einen Freudenschrei aus.
»Hermin, hol mir Marie, hol mir meine Braut!« rief er dem norwegischen Matrosen zu, und dieser stieg schnell in das Logis hinab.
Das wütende Tier war auf Ludwig Cornbutte zugestürzt, der auf der entgegengesetzten Seite des Mastes Schutz suchte. In dem Augenblick aber, als der Bär die mächtige Tatze auf ihn herabsenken wollte, um seinen Kopf zu zerschmettern, ergriff der gewandte Seemann eine der Pardunen und ließ sich an ihr hinuntergleiten. Auf halben Wege schon pfiff eine Kugel dicht an seinem Ohr vorbei. André Vasling hatte auf ihn geschossen und ihn verfehlt. Nun standen sich die beiden Gegner mit den Messern in der Hand gegenüber.
Die beiden Feinde packten sich so fest, daß keiner zurückweichen konnte. Einer von ihnen mußte sterben. Schon floß bei beiden Blut. Vasling suchte mit seinem Arm den Hals des Gegners zu umschlingen, um ihn zu Boden zu werfen, aber Ludwig wußte sehr wohl, daß, wer zuerst fiel, auch verloren war. So hielt er seinen Feind fest umklammert, wobei ihm sein Messer aus der Hand glitt.
In diesem Moment erhob sich jammervolles Geschrei. Der

norwegische Matrose schleppte Marie herbei. Ludwig fühlte, wie ihn die Wut übermannte. Er wollte André Vasling loslassen – da wurden beide Gegner von kräftigen Armen zusammengepreßt. Der Bär war vom Fockmast herabgeklettert und versuchte jetzt, die Männer zu erdrücken.
Vasling stand gegen den Körper des Tieres gelehnt, und Ludwig fühlte, wie die Krallen des Ungeheuers ihm ins Fleisch drangen.
»So helft mir doch, Herming!« schrie der Obersteuermann.
»Penellan, zu Hilfe!« schrie der junge Cornbutte.
Gleich darauf ließen sich Schritte auf dem Niedergang vernehmen, Penellan erschien, und in der nächsten Minute entlud sich seine Pistole in das Ohr der Bestie. Ein entsetzliches Gebrüll ertönte, das Tier lockerte, von Schmerz überwältigt, seine Pranken, und Cornbutte glitt, halbtot vor Erschöpfung, aufs Deck nieder. Dann aber drückte der Bär in wütendem Todeskampf sein zweites Opfer zusammen, riß die Leiche im Fallen mit sich und zermalmte Vasling unter seinem Gewicht.
Nun eilte Penellan dem jungen Kapitän zu Hilfe und fand zu seiner großen Freude, daß keine schwere Verletzung das Leben des Freundes gefährdete. Ludwig hatte nur im Augenblick das Bewußtsein verloren.
»Marie . . .« war sein erstes Wort, als er wieder zu sich kam.
»Gerettet!« jubelte der Untersteuermann. »Dort liegt Herming mit einem Dolchstoß durch den Leib!«
»Und die Bären?«
»Sie sind alle tot, Ludwig, tot wie unsere Feinde! Ohne das Dazwischenkommen dieser Tiere wären wir verloren gewesen. Wir wollen dem Schicksal für diese Hilfe danken.«
Ludwig Cornbutte und Penellan gingen in das Logis hinab und führten das halb ohnmächtige Mädchen mit sich.

Rückkehr in die Heimat

Misonne und Turquiette, denen es schließlich gelungen war, sich von ihren Fesseln zu befreien, hatten den verwundeten Herming auf sein Bett gelegt. Er röchelte bereits und ging schnell seinem Tod entgegen. Die beiden Matrosen beschäftigten sich jetzt mit Pierre Nouquet, dessen Wunde glücklicherweise nicht sehr bedenklich war.

Heftiger Schmerz stand jedoch Ludwig Cornbutte und seiner Verlobten bevor. Der Vater gab kein Lebenszeichen mehr von sich. War er vor Angst um seinen Sohn gestorben, den er in der Hand der Feinde glaubte? Verschied er bereits, ehe die schreckliche Szene sich abspielte? Niemand wußte darauf eine Antwort, und der alte Kapitän selbst war tot.

Ludwig und das Mädchen waren von diesem unerwarteten Schlag heftig getroffen. Sie knieten neben der Leiche nieder und beteten für die Seele des alten Mannes.

Penellan, Misonne und Turquiette wollten sie in ihrem Schmerz nicht stören und stiegen wieder an Deck.

Hier gab es noch eine Menge Arbeit für sie. Die Körper der drei Bären wurden auf das Vorderdeck geschleppt, und Penellan hatte vor allem die Absicht, ihre Pelze zu verwenden. Keinen Augenblick war ihm in den Sinn gekommen, das Fleisch der Tiere zu essen. Auch hatte sich die Zahl der Mannschaft während der letzten Stunden so sehr gemindert, daß jede Sorge um ausreichende Verpflegung überflüssig geworden war.

Vasling, Aupic und Jocki fanden ihr Grab an der Küste der Bucht, und bald folgte ihnen auch Herming, der ohne Reue in der folgenden Nacht seine schwarze Seele aushauchte.

Die drei Seeleute besserten nun das Zelt aus, das an mehre-

ren Stellen zerrissen war und den Schnee ungehindert auf das Verdeck fallen ließ. Die Temperatur blieb weiterhin sehr niedrig und änderte sich erst am 8. Februar. An diesem Tag erschien die Sonne wieder über dem Horizont. Johann Cornbutte wurde ebenfalls an der Küste beerdigt. Er hatte seine Heimat verlassen, und war nun hier dem schrecklichen Klima zum Opfer gefallen. Sein Grab erhob sich auf einem Hügel und wurde durch ein einfaches Holzkreuz bezeichnet. Von diesem Tag an hatten Ludwig Cornbutte und seine Gefährten noch manche harte Prüfung zu bestehen. Ihre Gesundheit aber erlangten sie wieder, und zwar durch den Genuß der Zitronen, die sie bald nach der Katastrophe wiederfanden. Vierzehn Tage nach dem beschriebenen Kampf waren auch Gervique, Gradlin und Pierre Nouquet wieder soweit hergestellt, daß sie ihr Lager verlassen und sich durch körperliche Betätigung stärken konnten.
Die Jagd wurde bald leichter und ergiebiger. In großen Schwärmen kehrten die Seevögel zurück, und auch wilde Enten, die in dieser Gegend sehr häufig waren, lieferten einen ganz vorzüglichen Braten. Die Jäger hatten bei ihren Ausflügen keinen anderen Unfall, als daß sie zwei von den Hunden einbüßten, als sie fünfundzwanzig Meilen südlicher die Stärke des Eises erkunden wollten.
Im Monat Februar schneite und stürmte es fast unaufhörlich. Die mittlere Temperatur betrug noch immer fünfundzwanzig Grad unter Null, trotzdem litten die Überwinterer jetzt weniger unter der Kälte. Bald kündigte ihnen die Sonne, die sich jetzt mehr und mehr über den Horizont erhob, das Ende ihrer Wartezeit an. Die Wärme stellte sich in diesem Jahr außergewöhnlich frühzeitig ein – vielleicht fühlte auch der Himmel Erbarmen mit den armen Seeleuten. Schon im Monat März kreisten einige Raben um das Schiff, und ihnen folgten Scharen wilder Gänse und Kraniche, die sich auf ih-

ren nördlichen Wanderungen bis hierher verloren hatten.
Die Rückkehr der Vögel war ein Signal für die Verminderung der Kälte, doch durfte man darauf nicht zu fest hoffen, denn bei einem Wechsel des Windes, bei Neumond oder Vollmond ging die Temperatur oft plötzlich wieder herunter, und die Männer waren gezwungen, wieder Vorkehrungen wie im tiefsten Winter zu treffen. Die Verschanzungen des Schiffes, die Verschläge des Deckzimmers, das sie bewohnten, und einen ziemlichen Teil der Brücke hatte man bereits als Brennmaterial verbraucht, es war also höchste Zeit, daß die Überwinterung zu Ende ging.
Im März stellte sich die Durchschnittstemperatur nicht über sechzehn Grad, und Marie mußte sich eilen, um neue Kleidung für die wärmere Jahreszeit anzufertigen.
Seit der Tag- und Nachtgleiche war die Sonne beständig über dem Horizont geblieben, und damit hatten die acht Monate ständiger Helligkeit begonnen, dere ununterbrochene Wärme eine so erstaunliche Wirkung auf das Eis ausübt.
Man mußte sehr vorsichtig zu Werke gehen, um die »Jeune-Hardie« von dem hohen Bett der Eisschollen, das sie umgab, herabzulassen. Das Schiff wurde kräftig gestützt, und nun mußte man warten, bis die Schollen durch den Eisgang brechen würden. Aber das war gar nicht nötig. Die inneren, auf einer wärmeren Wasserschicht ruhenden Eisschollen lösten sich allmählich ab, die Brigg senkte sich nach und nach, und als die ersten Tage des April herankamen, war sie wieder auf ihrer natürlichen Höhe angelangt.
Stürmische Regengüsse beschleunigten jetzt das Schmelzen des Eises, und das Thermometer sank wieder auf zehn Grad unter Null. Einige der Männer legten ihre Robbenfellkleider ab, und man fand es nicht mehr nötig, Tag und Nacht wie bisher das Feuer in den Öfen zu unterhalten. Der Vorrat an Spiritus war bereits sehr zusammengeschmolzen und wurde

nur noch zum Kochen der Speisen verwendet.

Bald begann das Eis mit dumpfem Krachen und großer Schnelligkeit auseinanderzubrechen, und man konnte nicht mehr ohne Gefahr die Eisflächen betreten, sondern mußte erst mit einem Stock das Terrain sondieren, ehe man einen Schritt unternahm.

Mehrmals fiel einer der Männer ins Wasser, aber sie kamen immer mit einem kalten Bad davon.

Auch die Robben stellten sich wieder ein und waren ein willkommenes Wild, denn ihr Fett konnte außerordentlich gut genutzt werden.

Die Gesundheit der Mannschaft war jetzt vorzüglich, und jeder machte sich nach Kräften bei den Vorbereitungen zur Abfahrt und auf der Jagd nützlich. Ludwig Cornbutte studierte häufig das Fahrwasser und beschloß endlich, die Durchfahrt mehr im Süden zu versuchen, denn schon begann der Eisgang an mehreren Stellen, und schwimmende Eisberge strömten auf die hohe See zu. Am 25. April wurde das Schiff instandgesetzt und die Segel aus ihren Persenningen gerollt. Sie zeigten sich sehr gut erhalten, und alle Herzen schlugen freudig, als sie sich zum erstenmal wieder im Hauch des Windes blähten. Das Schiff erbebte, denn wenn es sich auch noch nicht von der Stelle bewegen konnte, so hatte es doch die Wasserlinie erreicht und ruhte wieder in seinem natürlichen Element.

Im Monat Mai taute es mit Macht. Der Schnee auf dem Ufer schmolz und bildete einen so dichten Schlamm, daß die Küste fast unzugänglich wurde. Kleine, zartrosige blasse Heidekräuter zeigten sich sogar unter der Schneedecke und schienen der geringen Wärme schüchtern zuzulächeln. Das Thermometer stand endlich wieder über Null.

Zwanzig Meilen südlich vom Schiff fluteten bereits losgelöste Eisschollen dem Atlantischen Ozean zu, und wenn auch

das Meer um die »Jeune-Hardie« noch nicht ganz frei war, so bildete sich doch ein Fahrwasser, das der Kapitän zu nutzen gedachte.
Am 21. Mai, nach einem letzten Besuch am Grabe seines Vaters, verließ Ludwig Cornbutte die Bucht der Überwinterung. Die Herzen der Seeleute waren voll Freude, aber auch voller Traurigkeit, denn wer verläßt gleichgültig und ohne Wehmut den Ort, wo er einen Freund sterben sah.
Der Wind blies aus Norden und begünstigte die Abfahrt der Brigg. Oft wurde das Schiff von Eisblöcken aufgehalten, die mit der Säge durchschnitten werden mußten, ehe es seine Fahrt fortsetzen konnte. Dann wieder türmten sich Eisschollen vor der »Jeune-Hardie« auf, und es mußten Minen gelegt werden, um sie zu sprengen. So schwebte das Schiff noch einen ganzen Monat lang in Gefahr und war oft nur eine Haaresbreite von seinem Untergang entfernt, aber die Mannschaft hielt sich gut. Sie war schwierige und gefahrvolle Manöver gewöhnt. Penellan, Pierre Nouquet und Fidèle Misonne schafften allein soviel wie sonst zehn Matrosen, und Marie hatte für jeden ein freundliches Wort und ein dankbares Lächeln.
Endlich, auf der Höhe der Insel Jan Mayen, wurde die »Jeune-Hardie« ganz eisfrei, und am 25. Juni begegnete sie einigen Schiffen, die zum Robben- und Walfischfang nach Norden fuhren. Die Brigg hatte beinahe einen Monat gebraucht, um dem Eismeer zu entkommen.
Am 16. August befand sich die »Jeune-Hardie« in Sicht von Dünkirchen. Sie war von der Wache signalisiert worden, und die ganze Bevölkerung des Hafens eilte ihr auf dem Damm entgegen. Bald konnten die Männer ihre Frauen und Kinder an die Brust drücken. Der alte Pfarrer empfing Ludwig Cornbutte und Marie mit seinem schönsten Segen, und von den zwei Messen, die er am folgenden Tag las, galt die erste

der Ruhe von Johannes Cornbuttes Seele, die zweite aber den beiden Verlobten, die schon so lange durch die Zeit des Unglücks geeint worden waren.